魂尔三部曲
I
花儿

伤雨狼　著

苏州新闻出版集团
古吴轩出版社

图书在版编目（CIP）数据

魂尔三部曲.Ⅰ,花儿/伤雨狼著.--苏州:古
吴轩出版社,2024.5
ISBN 978-7-5546-2365-7

Ⅰ.①魂… Ⅱ.①伤… Ⅲ.①长篇小说–中国–当代
Ⅳ.①I247.5

中国国家版本馆CIP数据核字(2024)第093778号

责任编辑：俞　都
见习编辑：胡　玥
装帧设计：孙嘉靖
责任校对：蒋丽华
责任照排：孙嘉靖
封面绘图：puddle

书　　名：魂尔三部曲Ⅰ：花儿
著　　者：伤雨狼
出版发行：苏州新闻出版集团
　　　　　古吴轩出版社
　　　　　地址：苏州市八达街118号苏州新闻大厦30F
　　　　　电话：0512-65233679　　邮编：215123
出 版 人：王乐飞
印　　刷：苏州日报印刷中心有限公司
开　　本：889mm×1194mm　1/32
印　　张：9.875
字　　数：236千字
版　　次：2024年5月第1版
印　　次：2024年5月第1次印刷
书　　号：ISBN 978-7-5546-2365-7
定　　价：48.00元

如有印装质量问题，请与印刷厂联系。0512-65640825

目 录

第一章　夏花

第三纪元，H2016年[1]，6月28日。

异沃世界（WORLD OF EVO）唯一的大陆"欧辛（Alsin）"，其西南方大国——梅蕾蝶斯王国（Melodious Kingdom），诞生了一位公主。

公主名为坎娜·奥古斯都（Canna Augustus）。她的出生惊动了天堂。

这一天，万丈金光从天而降，笼罩着梅蕾蝶斯王国王宫。最初神之一，美丽女神杰西卡（Jessica）从金光中走出。国王率领众人向美丽女神施礼。

杰西卡面无表情地向众人点头示意，随后缓步走到坎娜的床边，轻轻地在床沿坐下，脸上浮现出宠溺的笑容。

杰西卡将左手放在坎娜的额头上，念出了一段祝福语。

"我的孩子，你出生时，整个世界沐浴在花海之中。你美丽的笑

[1] H代表人类纪元。

容融化了世间所有冰霜。我多么希望你能永远这么纯粹、美丽地笑下去。但是如果有一天，阴影笼罩了你的心灵，让你悲痛哭泣，害你流泪的家伙，哪怕是神，都必将付出血的代价！"

之后，杰西卡起身面向国王詹姆斯·奥古斯都（James Augustus）。

"世界主人种族和其他种族之间有生殖隔离。精灵（Elf）、人类，这世间仅有的两任世界主人种族之间，更不可能繁衍出后代。我不清楚坎娜为何会降生于世。这昭示着一个新种族的诞生，我命名该种族为：魂尔（Huel）。"

"谨遵神谕。"

接着，杰西卡转身面向王国的美丽女神枢机主教（Cardinal）弗朗西斯·哈特（Francis Hart）。

"我第一眼看到坎娜，便知她代表了这世间的一切美好。从今日起，她便是我永远的选民。所有美丽女神信众，见她如见我。"

"谨遵神谕。"

杰西卡又回头看了一眼坎娜，便从众人眼前消失了。

第二章　三个小孩

H2026年，夏。梅蕾蝶斯王国王城西北方，郁郁葱葱的山林间，几个身影蹿动。

"坎娜、爱德华，等等我！我跑不动了。"

"安决斯，你看看人家爱德华。就数你最掉链子。"

"我可不能和他比，你看同龄的小孩里，有谁能打得过他？"

"谁说的？我每次都被坎娜按在地上打。"

"别把她算进来啊，她就不能被算作正常人……哎呀！我错了！老大，别拧我的耳朵了！"

正在嬉闹的三个小孩，分别是十岁的坎娜·奥古斯都、十三岁的爱德华·瓦利恩特（Edward Valiant）、十二岁的安决斯·奥尔森（Andreas Olsen）。

有着满头灿烂金发的小女孩就是坎娜，她披散的秀发中混着一些细小发辫，尖尖的耳朵深藏其中。其五官如精雕细琢一般，深邃的海蓝色眼眸晶莹剔透。她的外貌兼具了精灵与人类的特征。人类见到她，会觉得她宛如精灵；精灵见到她，则会觉得她应该是人类的一员。

爱德华有着褐色的短发以及浅褐色的眼睛，就如他的母亲。如此发色及瞳色是布朗（Brown）家族的特征。他比其他同龄孩子更加高大健硕，想必是因为瓦利恩特家族的优良血统。

安决斯则略显瘦弱，不像家族里的其他孩子。浅金色的卷发长及下巴，被梳成中分样式，让他看上去尤为青涩腼腆。从其淡蓝色的眼眸可以得知，他是奥尔森家族的一员。这种瞳色在大陆极北之地比比皆是，但在地处南方的梅蕾蝶斯王国绝无仅有。

众所周知，坎娜是梅蕾蝶斯王国的公主、王位第一继承人，同时也是最初神·美丽女神杰西卡的选民。

梅蕾蝶斯王国是由人类历史上唯一的统一帝国——圣保德勒斯帝国（The Sacrboundless Empire）分裂出来的六个国家之一。北接骑士王国——厚丽布鲁兰斯兰德（Holybrillianceland），南连精灵国度的门户——隐秘之森，西靠万物的摇篮——无尽之海，东临辽阔的死地——绝境之沙。

该国北方以平原地貌为主，而南方大多国土处在丘陵地带，最西南处是巍峨的威格（Vigour）山脉。王城——不灭之城（Neverfallville）依山而建，易守难攻。该国的公民以英勇善战著称，军队中的人们皆为战士职业，故而该国俗称"战士王国"。最初神·美丽女神杰西卡是该国的第一信仰。当然，作为一个信仰自由的王国，国境内也有许多其他神祇的教堂。只要不触犯该国律法，就算你公开信仰邪恶的神祇，也无人干涉。

瓦利恩特和奥尔森这两个姓氏在王国很有名，同属"开国四战士"家族，在崇尚战士职业的梅蕾蝶斯王国极具威望。因为年龄相仿，当代瓦利恩特家族的长子爱德华及奥尔森家族的幺子安决斯和坎娜从小一起长大，情同手足。

但安决斯似乎并没有遗传到家族的精英战士之血。坎娜和爱德华早已通过了职业考核，从战士学徒升职为战士，如今的战士等级分别为10级和11级。而安决斯却依然停在8级战士学徒的阶段，迟迟没有进步。

于是，坎娜提议带着安决斯到西部的小山丘中磨炼战斗能力。爱德华会跟过来，原因是不太放心。这个山丘以盛产15级左右的野猪著称，也是周围猎户经常打猎的地点。对于坎娜这种天才战士来说，以10级之身对抗15级的野猪或许没有难度。但是对于安决斯这种水平堪忧者，稍有不慎就可能会丧命。而如果不幸遇到野猪群，坎娜一人未必能保护安决斯全身而退。

所以爱德华此行并无"护花"责任，他专程来保护视若弟弟的安决斯。保险起见，他还从父亲的武器库中翻出了一个非常坚固的钢制小圆盾，并临阵磨枪地温习了一下盾牌战斗技巧。至于已经脱离学徒阶段的爱德华为何需要温习盾牌战斗技巧，是因为他追求奋勇杀敌的战斗风格，擅长双持两把武器作战，而一直不喜用盾牌。

然而，与传闻不符，山丘内并未出现野猪。三人四处转悠了半天，毫无意外地迷路了。

第三章　野兽

　　放眼望去，四周只有各种植物，未瞧见任何动物。但草丛中时常传出的窸窣声，灌木丛中偶尔响起的咕咕声，不断提醒着不速之客们，整片森林的动物正在与他们捉迷藏。

　　"不能再随意晃悠了，必须尽快找到回去的路。"爱德华有些焦虑。

　　"可是还没帮安决斯磨炼战斗能力呢！我希望他快点成为合格的战士，那样咱们就能一起去东方探险了。你们知道的吧，虽然东方的暴怒森林危机被探险家们解决了，但是因为危机造成的死伤太多，森林北方的贸易之国[1]出现了不少不死生物（Undead）。我还没见过不死生物，好想去看看呀！"

　　"天快黑了，坎娜你别吓我啊！"

　　"你已经是多少岁的人了，还怕亡魂，害不害臊？"坎娜对着安决斯做了个鬼脸。

---

　　[1] "贸易之国"是俄邦登兰德联邦国（The United Citys of Abundantland）的俗称。该国地处欧辛大陆中北部，是人类世界的贸易枢纽。

"坎娜，上山打野猪是一回事，去贸易之国又是另外一回事了。虽然那边出现的不死生物数量不算太多，但是很多去执行任务的60级以上的知名探险家都神秘失踪了。那边的情况扑朔迷离，弗朗西斯摄政不会准许你去的。"

"与国家内政和美丽女神教务相关的工作那么多，他早就忙得焦头烂额了。我偷偷溜过去，他不会知道的。嘻嘻。"

"坎娜……"

"好啦好啦。等我们变得足够强大以后再去，行了吧？"

坎娜两岁那年，母亲兰瑟丽尔（Lanceriel）王后离世。不久后，父亲詹姆斯国王神秘失踪。根据王国律法，储君必须在十六周岁成年后才能加冕亲政。所以王国美丽女神枢机主教弗朗西斯·哈特临危受命，兼任摄政，管理王国各项事务。弗朗西斯对坎娜非常严格，一直以来都要求坎娜努力学习各类知识和贵族礼仪。但毕竟事务繁忙，弗朗西斯无法日夜盯着她，而周围的女仆、侍从们又过分宠溺这个淘气的小公主，所以坎娜经常溜去军营"探险"，随那里的老兵们练就了一身战士本领。军营里的战士们对这个好战的小公主非常喜爱，就连弗朗西斯下达的"一旦发现公主在军营玩耍，必须立刻抓她回王宫"的这条命令，也无人理睬。

"别动！"爱德华警惕地喊道。

只见前方路口拐弯处，许多野猪惨死在地。它们血淋淋的尸体形状千奇百怪，大多不成猪形。更有甚者，被撕碎的躯干散落各处，内脏则不翼而飞。面对如此血腥的场面，安决斯已忍不住呕吐了起来。

"附近可能有狼群。"爱德华示意另外两人随他原路返回。

坎娜拔出她惯用的双手长剑，放轻脚步，随着爱德华一同离开。

安决斯亦紧紧握住钉头锤和用铁皮包裹的木质轻型盾，动作僵硬地跟着伙伴们前行。而此时的森林中，一双发出微弱红光的眼睛，正紧盯着他们。

三人小心翼翼地在山林间行走了十几分钟，眼前依然是无尽的树木，没有任何方法能让他们判断是否行进在来时的道路上。而坎娜的注意力似乎被别的什么吸引了，没有集中在寻找方位上。

"爱德华，我们被跟踪了。"坎娜轻声说道。

"有吗？"

爱德华惊异地回头望去，安决斯也惊恐地四处张望。

"别停下，这里的环境不利于我们战斗。找个视野开阔的地方……"

坎娜还未言尽，一个硕大的黑影从林中飞扑而来。坎娜瞬间奔跑至安决斯身前，举起双手长剑进行招架。巨大的力量冲击而来，坎娜用左肩顶住剑身，下一秒，她和身后的安决斯就被撞得飞出5米开外。坎娜只觉胸口一热，一口鲜血喷出，她吃惊地看着因受力而颤抖的右手——剑，断了。

"坎娜！"不远处的爱德华大喊道。

"我没事……"

说时迟那时快，怪兽立起上身，又是一掌呼啸而至。坎娜身后的安决斯迅速跳起，用左手的木盾撞向巨掌。木盾碎了一地，安决斯如风车般旋转着飞了出去。但在飞出去的瞬间，他利用旋转的力量，让右手的钉头锤狠狠地击中了怪兽的右眼。怪兽受到重击，踉跄着退了两步才站稳。

此时，他们终于看清，对手是一头巨大的棕熊。

安决斯浑身是血，他艰难地从地面爬起，单膝跪地，喘着粗气，似乎无力站起。爱德华顶盾立于他身前。坎娜助跑几步后，一个翻滚也来到他身边。

"从这畜生的力量上推断，它的等级应该不会低于50级。"爱德华冷静的语气中似乎透露出一丝绝望。

坎娜却笑了，露出两排因染血而变成粉红色的牙齿。

"有意思。"

有意思？爱德华惊讶地看着坎娜，仿佛看着一个疯子。只见坎娜双眼散发着兴奋的光芒，如沙漠中落难的旅人看见一个池塘。

安决斯依然垂着头，摇摇欲坠，若不尽快接受治疗，可能会有生命危险。而那头棕熊亦立在原地未动，右眼淌着血，看来也受伤不轻。

"爱德华，待会我先上，你找准时机攻击它的右后腿。定要让它摔倒！"

"主动出击？"

"对！它在恢复体力。从体质属性来看，它的恢复能力远高于我们。再拖下去必死无疑，我去了！"

话音刚落，坎娜使用【冲锋】技能抵达棕熊面前，断剑直指棕熊左眼。

棕熊用后肢立起，剑撞在它的肚子上，未落下伤口。没有破开防御！

直立身高超4米的巨兽，正准备将前肢的双掌砸在坎娜脸上。爱德华冲锋而来，借助惯性和自身体重，使用【盾击】技能猛撞棕熊右后腿。

"哐"的一声巨响，身体重心本就前移的棕熊失去平衡，向前方侧摔在地。坎娜飞身而起，利用下落的势头将断剑狠狠插向棕熊脆弱的喉咙。

因为剧烈的疼痛刺激，棕熊大吼一声，以匪夷所思的姿势站了起来，将两人掀飞。由于断剑剑刃不够锋利，造成的伤口太浅了。

爱德华的腰部撞在一棵树上，他跌落在地，痛苦万分，一时无法爬起。坎娜在空中调整姿势，先是双脚踩踏一棵树的树干，猛蹬之后，举剑又飞向棕熊。但是，她看不到对方的任何弱点。

此时，一道身影掠过，安决斯不知从何处奔来，用右肩撞在棕熊右前肢的肘部。棕熊踉跄了一下，用四肢立稳，没有摔倒。它张开巨口，正准备向安决斯的头部咬下，却突然停止了动作。

坎娜的断剑从棕熊口中刺入，斜着向上插入了棕熊的后脑。巨兽轰然倒地。

此时，爱德华缓过气来，蹒跚着走到伙伴们的身前。

"真惨烈。"

"第一次实战，打得挺不错了。哈哈。"坎娜依然是一脸灿烂。

"没想到竟然赢了。"

"多亏了安决斯。那一锤借助的是这棕熊的力量，不但打瞎了它的右眼，还让其脑部受到强烈冲击。要不是这一击抹去了这怪物大半的生命力，我们不可能赢！"

"关键时刻，确实没有辱没奥尔森之姓。"

卧倒在地的安决斯轻轻扬了一下右手，没有气力搭话。

"快点寻路下山吧。再不接受治疗，安决斯可能有生命危险。"

"嗯，我来背他。"

"这不是公主该干的活！"

爱德华背起战友。坎娜借助璀璨的星空，终于找准方向，领着伙伴们向东下了山。

第四章　修女

　　寻路下山花费了很长时间，而且位置与出发地偏离不少，与最近的城市相距甚远，安决斯的状况却已不容乐观。

　　"前方好像有个小村庄。"坎娜的眼神一贯很好。

　　"大多数村庄里是没有医生的。"

　　"那散发出微弱灯光的建筑似乎是座小教堂，里面应该有牧师。"

　　"快！"

　　他们快速赶了过去。坎娜用力敲打着这座小教堂的门。少顷，一个衣着朴素的修女打开了门，怯生生地看着三名陌生人。

　　"打扰了，我这位朋友的性命危在旦夕。请问你们教堂有人会治疗神术（Divine Magic）吗？"

　　"啊！丰收之神大人赐予过我一些治疗神术，快进来。"

　　爱德华随修女步入内屋，将安决斯放在一张简陋的木板床上。修女口中念念有词，对安决斯施放治疗神术。

　　眼见安决斯的生命体征逐步平稳，为了不打搅修女施法，坎娜拉着爱德华回到大厅。

见到伙伴性命无忧，爱德华终于松了一口气："这里是丰收之神的教堂啊，我还是第一次见到。有点简陋。"

"丰收之神纳撒尼尔（Nathaniel）是辅神·自然女神藤德尔（Tender）旗下的次级辅神。只有部分村庄的村民会信仰祂，比较小众。"坎娜讲解道。

"丰收之神大人是一位无私而伟大的神祇。在祂的指引下，我们村的人们一直丰衣足食。"修女治疗完毕，从内屋走出。

"失礼了。"坎娜起身行礼。

"没关系的，小姐太客气了。"

"我的朋友情况如何？"

"我目前会使用的治疗神术只有一阶的【初级贴身治疗术】。今日可用次数也悉数使用在他身上，他暂时应该性命无忧，明日我会对他再进行一轮治疗。不过他受伤严重，初级神术无法使他痊愈，还需要较长时间的自我恢复。"

"他好歹也是名战士，没那么脆弱，死不掉就行。"坎娜微笑着说道，"这座教堂只有你一个人吗？"

"我们教堂有一位牧师、三位修女，轮流执勤。因为……因为我们都还要种田。"

昏暗的油灯下，修女的脸因羞涩而泛红。她褐色的头发梳成两条粗大的麻花辫置于身后，脸上布满雀斑，外貌虽算不上美丽，却十分可爱。

"你叫什么名字？"爱德华的性格一如既往地大大咧咧。

"呀！……失礼了，我叫茱莉亚·简·玛丽·因达斯曲尔丝·福德·哈维斯特·赫尔西·嗨皮·哈里斯·莱特（Julia Jane Mary

Industrious Food Harvest Healthy Happy Harris Wright）……"修女的脸涨得通红，头越埋越低，声音越来越小。

"……"爱德华的下巴都快被惊掉了。

"你们……你们叫我茉莉亚就好了……"

"幸会。我叫坎娜，这位是爱德华，内屋被你救了的是安决斯。"

"坎娜……坎娜？好像……公主也是叫这个名字呢。"

"对，就是我。"

"呀！"茉莉亚惊得叫出声来，立马跪倒在地："拜见公主殿下。"

坎娜立马将她扶起："别这么见外。你刚救了我朋友，是我们的恩人。从今天起，你也是我们的好朋友了。"

"诚惶诚恐！"茉莉亚依旧很紧张，"嗯……请问，你们去做什么了？为什么全部受伤了？"

"我们今天去山里玩，遇到一只大棕熊，它强得没边，嘿嘿。"

"可不是，那家伙站起来有4米多高，把我们揍得屁滚尿流。"

"4米……棕熊……呀！你们遇到的肯定是巴罗（Barlow）！它是这一带的山丘之王啊！我听附近的猎人说，巴罗有80多级啊！"

"呐，坎娜，咱们为什么还活着啊……"爱德华越想越后怕，不由得打了个寒战。

"这事一定不能让弗朗西斯知道，否则我们以后都别想出门了。听到没？"

"遵命……"

"说起来，我今天明白了两个道理，爱德华。"

"什么？"

"第一，我需要一把好点的剑，不容易断的那种。"

"……"

"第二，以后我若出去探险，必须得带一个牧师！"坎娜转头面向茱莉亚，"茱莉亚，下次我探险的时候，你跟着来吧。我会给你佣金，作为对耽误你完成农活的补偿。"

"可……可是我很弱啊，我目前只是9级见习牧师。丰收之神大人曾经告诉我，我的牧师等级上限也只有52级。要是遇到巴罗这样的对手，我根本帮不上忙啊！"

坎娜所处的世界被称为"异沃世界"。在这个世界中，每个单位都有着不同的职业等级上限，这一规则是最初神·神秘之神梅比（Maby）制定的。等级上限与灵魂绑定，也就是说每个生物的各类职业等级上限在其出生时便已确定，除非更换灵魂，否则连梅比都无法改变。而更换灵魂这种事无人能做到，至少到现在为止，从未发生过。

大多数人的职业等级上限为30级左右，实际职业等级达到40级的便有资格作为正规军出战。职业等级在60级以上的人，不管到哪都算得上精英。所有职业的最高等级为100级，无法再进行突破。

有极少数人能获得高阶职业或传奇职业。高阶职业的称谓由凡人自行决定，并非由神祇制定。高阶职业的等级也是如此，由该职业内的人群共同定义，仅用来描述该高阶职业拥有者的特殊能力已达何种水平，与正常的职业等级并无关联。传奇职业是高阶职业中较为稀有的存在，"传奇"二字并不代表其比普通高阶职业更强。

举个例子，某位铁匠制作其他铁器的水平很一般，但是极为擅长打造盾牌，那么他人可能会称呼其为"盾牌锻造大师"，这便是他的高阶职业名。若他的手艺在同类人群中并不出众，则他会被定义为1级盾牌锻造大师；若他的手艺能胜过部分同类人群，则他会被定义为2级盾牌锻造大师；以此类推。

"怕什么？我们三个人都是战士，冲锋陷阵在前，你在后面帮我们治疗就行。我们一定会好好保护你的。就说你喜不喜欢旅行探险，想不想看看外面的世界？"坎娜笑着说道。

"我，我一直很想看看外面的世界……如果您不嫌弃，不怕我拖后腿……请，请务必带上我！"

"好嘞！下次找到好玩的地方，我来喊你。"

"嗯！"

四日后，安决斯已能下床行走。三人回到王城，因为此次偷溜出来的时间略久，均被弗朗西斯好好教育了一通。坎娜"喜提"禁足一个月的处罚。

之后，安决斯伤愈，顺利通过战士职业考核，成了一名优秀的战士。

第五章　花儿探险队

H2029年。

近两年来，由坎娜担任队长，爱德华、安决斯、茱莉亚为队员，名为"花儿"的职业探险队在战士王国境内四处游历。他们时而击退袭击牧民的狼群，时而剿灭杀人越货的强盗，时而在各个山林里迷路，已在王国内小有名气。但这支队伍中成员的真实身份鲜为人知。因为应爱德华要求，为防止透露王室身份，坎娜一直化名为娜娜·马丁（Nana Martin）。

经过长期的探险，四人的实力也获得了很大提升。在经历了与"山丘之王"的战斗后，爱德华下定决心要保护伙伴，不能让好友重伤危及生命的历史重演，于是修习为士兵派别，并且一直苦练盾牌使用技巧。如今，爱德华的盾牌技能达到了熟练级，再加上其作为人类种族拥有的使用盾牌的天赋，便可媲美专家级。

异沃世界中，与战斗相关的职业主要是战士（Warrior）、骑士（Knight）、游荡者（Rogue）、魔法师（Mage）、牧师（Priest）、游侠（Ranger）、德鲁伊（Druid）、医生（Doctor）等。由于修习方向不同，大部分职业下还会衍生出许多分支派别。

比如战士职业的分支派别有普通战士、士兵、盾卫、狂战士、野蛮人等等。其中普通战士最为常见，被视为战士中的多面手，精通各式武器，然后根据自己的喜好和习惯，练习各类战士的战斗技巧。士兵往往归属于正规军，精通双手武器或单手武器配盾，擅长陷阵、守护队友和团队配合。盾卫大多是贵族的私人护卫，盾不离手，不擅进攻而专精于保护目标安全。狂战士大多是雇佣兵，习惯使用双持单手武器作战，擅长伤害输出。野蛮人大多是天生神力的战士，重视力量训练，不太在意技巧，据说有些力大无穷的野蛮人能够同时挥舞两把巨大的双手武器进行战斗。

武器技能级别指的是人们对各类武器的使用技巧水平，由低到高分为：普通级、熟练级、专家级、大师级、宗师级。部分种族天生擅长使用某些武器，往往能让该族使用者的武器技能级别提高一个档次。比如，人类擅长使用盾牌、双手武器，精灵擅长使用剑类、弓类武器，黑暗精灵（Dark Elf）擅长使用匕首类、软兵类武器，矮人（Dwarf）擅长使用锤类、斧类武器，半身人（Halfling）擅长使用投掷武器，半兽人（Orc）擅长使用双持武器，等等。另外，若某人对特定武器拥有令常人望尘莫及的极高天赋，且使用技巧匪夷所思，令人叹为观止，则其武器技能级别有概率被评价为大宗师级。严格来说，大宗师级和宗师级没有档次上的差距，只是大宗师级使用对应武器时，会更加轻松自然一些。

坎娜作为特殊的魂尔种族，拥有人类和精灵两族的许多种族天赋。其幼年时在精灵种族天赋的加持下，剑类技能级别便达到了大师级；而双手武器技能级别在人类种族天赋的加持下，也于不久前达到了大师级。当坎娜使用她最擅长的双手剑时，能同时展现出剑类武器、双手武器两类大师级水平，可见其技巧已炉火纯青到何种地步。这也是为何大量王国剑术教师在看到坎娜舞剑后，毅然决然地拒绝"宫廷剑术师范"职位邀请，表示无颜教导公主。所以，如今的坎娜都是独自摸索、训练双手剑战斗技巧的。

与爱德华不同，坎娜和安决斯依然是普通战士，没有修习特殊职业派别，他们觉得多面手式的战斗方式挺好。

茱莉亚作为丰收之神的牧师，在旅行途中向各地的农夫传授耕种技巧，并宣传丰收之神的信仰。所以在许多村庄，茱莉亚比花儿探险队本身还要出名。

"太感谢你了，老板，竟然优惠了这么多，嘻嘻！"

"小姑娘你这么漂亮、可爱，看见你，我就觉得不打对折不行。"

"哈哈，我以后还会再来购物的。祝你生意兴隆！"

"借你吉言，路上注意安全哦。"

刚清理完城西下水道中游荡的软泥怪，花儿探险队正在王国北部最大的城市——天鹅城（Swanville）的商店中进行物资补给。该城因北邻王国最长的河流天鹅河而得名。由于梅蕾蝶斯王国北方大多是平原地貌，很难利用地形布置防御，故而在天鹅河中上游的南岸修建了该城。天鹅河上唯一的跨河大桥与该城相连，桥的南端三面围绕着高耸的城墙，敌人想从桥上进攻无疑是自寻死路。另外，该城驻扎了两千名擅长船上作战的水军战士，配合每隔一千米便设下的沿岸岗哨，敌军想乘船过河也是难上加难。即使敌人侥幸远远地绕开天鹅城过了河，深入王国腹地的军队也会被训练有素的天鹅城战士攻击，导致后勤路线被切断。故而有云：天鹅不破，北方无忧。

"为什么每次坎娜出面购物，人家老板都会疯狂打折？"爱德华不解。

"因为公主殿下是世界上最美丽的女孩啊！"茉莉亚的语调中充满了钦佩之情，并流露出深深的自卑。

"不光是外表，她总能给人一种无法拒绝的亲和力。"安决斯补充道。

"我一直很好奇，她的魅力属性到底是多少。"

"你直接去问她呗。"

"以她那大大咧咧的性格，才不会知道这些细节。"

"你们在聊什么呢？聊得这么欢。"坎娜加入了与队友的闲聊。

"爱德华想知道你的魅力属性是多少。"

"不知道啊，应该不低吧。等我有机会，找名魔法师施法查看一下好了。"

"我就说了她不知道吧！"

四人你一言我一语，愉快地逛街。突然，街边传来一名传教士的呐喊声，引起了众人的注意。

"AZ已经逝去，其他神祇皆为伪神。新的真神·命运之神奥斯维德（Oswald）已经诞生。只要信仰真神，真神便能满足你的一切愿望。你将自己决定命运，无人可以左右你的未来！

"放弃你们对伪神的信仰，奔向真神的怀抱。听听周围兄弟姐妹们的心声，听他们讲述信仰新神后所获得的一切！

"放弃你们对伪神的信仰，随我一同步入新世界！"

传教士周围有很多所谓的新神信徒在和民众分享自己的经历，有不少民众表示愿意随传教士去觐见新神。虽然也有城市卫兵过来阻挠，但是人们大喊着信仰自由是基本国策之一。卫兵也无可奈何。

"坎娜，你听说过命运之神吗？"爱德华有些好奇。

"从来没听过。这事很奇怪，我要去询问一下杰西卡。前面不远处有一座美丽女神教堂。到那儿后，你们在门口等我。"

"好嘞。"

不多时，坎娜独自步入天鹅城的美丽女神教堂中。该城的美丽女神大主教虽没认出探险家打扮的坎娜是谁，但是能感觉到她全身散发出美丽女神所赐予的荣光，于是并未多问，便将她引入神谕室。

"蒙福之人，请随意使用。"大主教行礼后退出房间，将门关上。

坎娜双手相扣，做出祷告姿态。

"杰西卡，你在忙吗？"

片刻，一道柔和的圣光布满神谕室，最初神·美丽女神杰西卡出现在坎娜面前。

坎娜露出欣喜的笑容，飞身扑进杰西卡的怀抱里。

"杰西卡，我只是有些小问题想问问你，你怎么亲自过来了呀？我好开心呀！"

"我刚好有空，听到你的呼唤，便过来了。许久不见，甚是想念。你似乎又长高了。"

"哎嘿嘿嘿……"

美丽女神微笑着抚摸坎娜的脑袋，目光充满慈爱。

"对了，你找我有何事？"

"呃……是什么事来着？"

"哈哈。"

美丽女神忍俊不禁。这个笑容如同漫山遍野盛开的鲜花，又宛若清泉涌出激起的阵阵涟漪。祂温柔地看着坎娜，似乎并不急着听到回复。

"啊！对了，这座城里有人在传教，说有新神诞生，是命运之神。有这回事吗？"

美丽女神收敛笑容，露出严肃的神情。

"这是不可能的。宇宙万物由造物主（The Creator）AZ所创。AZ最初创造的神祇是含我在内的十位最初神，而后为了方便管理异沃世界，又创造了许多直属于祂的辅神。虽然最初神和辅神皆有创造次级辅神的神权，但是这必须经过AZ同意才能做到。AZ于H1986年，也就是天堂所言的沉睡元年沉睡后再无音讯，不可能再有新神诞生。

"另外，AZ虽将大量神职分派给诸神，有两个重要神职却从未被祂赐予过任何神祇。一是命运，二是生命。虽然有幸运女神这样的辅神存在，但是祂只能在微观事件中影响凡人的运气，绝无法在宏观层面改变凡人的命运。生命亦是如此，只有AZ能创造出新的生命物种。

"所以，一定不会有命运之神或者生命之神的存在。"

"那一定是邪教了。这类以伪神之名妖言惑众的行径，诸神不管吗？"

"妖言惑众属于凡间百态之一，并没有神祇的神职是管理这类事物的。即便是一些神职范围内的凡间事务，按照AZ所定规则，诸神也很少会直接出面干预，往往是委托信徒处理。若这危害到了你的世界，你自行决定如何处理便可。"

第五章 花儿探险队

"好的。我明白了。"

"若无他事,我先回去了。"

"杰西卡,再抱抱呢。"

"这么大了,还总是撒娇。真是的!"

"哎嘿嘿嘿……"

与美丽女神告别后,坎娜走出教堂。她突然想到因为爱德华好奇,本准备顺便问一下杰西卡,自己的魅力属性具体是多少,结果见到杰西卡太高兴,就把这个问题给忘了。不过这种小事,很快便被坎娜抛之脑后。

"坎娜,这就问完了?"

"美丽女神大人怎么说?"

"妥妥的邪教。咱们花儿探险队有活干了。"

第六章　邪教

作为一座繁华的大城市，同时又是与跨河大桥相连的交通枢纽，天鹅城的街道上车水马龙，熙来攘往，但簇拥在邪教传教士身边的人群依然十分显眼。

"我带来几个朋友，想加入教派，觐见新神。"

"你叫什么名字？"

"娜娜。"

"带他们去教堂。"

一名披着黑色斗篷的牧师带领坎娜等人在城中穿梭。穿过许多幽暗的小巷子，他们走进了一条死胡同。带队的牧师念念有词，伸手一挥，消除了地面幻术，一扇平放在地面上的金属门映入眼帘。牧师将门打开，只见洞口内有一排阶梯通往地下。

"你们自己进去吧，我还要带其他人过来。"

坎娜等人踏上地底阶梯后，牧师从外面关上了门。

四周非常阴暗，只有寥寥几盏油灯散发着幽幽的光芒。一行人摸索着下到台阶尽头，眼前又出现一扇门，守门的卫兵随便问了几句话，便放众人进入大厅。大厅挤满了形形色色的人，有布道的牧师，有咨询的民众，有祈祷的信徒。除了环境昏暗及身处地下，场景和正常的教堂没有太大区别。

"新人？"一名牧师装扮的信徒问道。

"对，我们刚加入教派。"

"从右手边那个门进去，一路往前有个向下的阶梯，沿着路走就能到神谕室。所有刚入教的新人都能获得一次觐见真神的资格。"

"谢谢。"

坎娜等人按牧师所指，和其他几个新人一同往深处走去。空气中弥漫着一股奇怪的气味，这气味让人极为不适，却又似乎吸引着人们往深处前进。随行的其他新人已不自觉加快了脚步，将坎娜四人甩在身后。

"这里很诡异啊！"爱德华轻声说道。

"我……我有点不舒服。"茉莉亚脸色惨白，如生病了一般。

"我也很不舒服。似乎和其他神祇走得越近，在这里受到的反噬越大。"坎娜平静地说道。

"我们要怎么做？"爱德华看向坎娜，等待指令。

"急什么？见到那个所谓的'新神'自有结论。"

"坎娜，你不觉得很奇怪吗？"安决斯表示不解，"这个教派的信徒已经很多了。按照他们的描述，这个神能满足所有信徒的愿望。如果他没有这个能力，怎会有这么多人上当？如果他有这个能力，却不是神，那他是什么？"

"我怎么知道？你们士气这么低落是什么意思？你们不觉得……很刺激吗？"

"这种刺激……我，我的心脏有点受不了……"

"不要怕，我们三个会保护你的。"

"嗯嗯，麻烦大家了。"

不知不觉中，他们来到了神谕室面前。这是个大而空旷的房间，从四周石壁的腐蚀情况推断，修建的年份有些久远。石壁旁放着几座烛台，不整齐地插放着许多蜡烛。隐约能听到些墙外的流水声，该地下室很有可能曾是地下排水系统的一部分，如今被切断与下水道的联系，改造成这般模样。房间的地面上画着一个非常复杂的魔法阵，暗红色的颜料已经干涸。无人能看懂这个魔法阵的意义。早到的几个新人已站至房间中央。

坎娜走近之后，才发现那几个新人互相紧靠在一起，全身发抖。随着他们的目光望去，坎娜等人看到角落里有些奇怪的人形物体，散发着恶心的异味与不祥的气息。

"这些是……尸体？"茱莉亚满脸疑惑。

听到"尸体"一词，那几个新人惊吓得魂不附体，疯也似的向门口奔去，在靠近门口处却像撞在墙上一般摔倒在地。他们哭喊着，抓挠着，敲打着，却无论如何都无法再跨过一步。

"这些真的是尸体？"爱德华也露出不可置信的表情。

"虽有人形，但人的面目怎么可能扭曲成这个样子？是恶趣味的雕塑吧？"安决斯表示无法认同。

"虽然不知道为什么，但是我感觉……我感觉这些是尸体。"

"确实是尸体。"坎娜发话了。

"什么手段能让人变成这样子？"爱德华警惕地说道。

"会不会是死灵系魔法？"

"不是。死灵系魔法确实能通过匪夷所思的方式，在无需使目标生物受伤的状况下直接抽取其生命力，甚至直接攻击目标生物的灵魂，以此达成让其在健康状态下死亡的目的，但肯定无法使其扭曲狰狞到如此地步。如果真是魔法造成的，这种黑魔法实在是前所未闻。"坎娜虽然从未学习过魔法，但似乎对魔法的认识很深刻。

"好吵啊……"一道空洞的声音不知从何而来，在封闭的房间内四处回响。

坎娜等人一直轻声细语，想必吵闹者指的是那几个依然在哭天喊地的新信徒。而在这道声音出现后，那几个新人突然倒地不起。他们开始全身痉挛，面目变得越来越丑陋不堪，直至扭曲得不成人样，不多时便和角落里的尸体大同小异了。

"哦？还有胆大的家伙？"

三位战士已经蓄势待发，纷纷抽出武器做好了战斗准备。茱莉亚也一改平日慌张的模样，眼神坚定，双手紧握十字权杖，将之置于胸前，随时准备施展神术。看来，经过常年的组队探险磨炼，花儿探险队的年轻人都已经成长为老练的探险家了。

而那道空洞的声音却说出了一句让人始料不及的话语。

"说出你们的愿望。作为真神，我能帮你们实现。"

第七章　伪神

　　阴暗的地下室内烛光晃动，映射出的人影亦如鬼魅般张牙舞爪。坎娜等人本以为一场猝不及防的遭遇战已然降临，没承想，这不见身影的迷之存在竟开口让他们尽情许愿。

　　"我想每天都有肉吃，而且不会长胖。可以实现吗？"茱莉亚脱口而出。

　　"别上当！"

　　"啊！对不起，对不起！"茱莉亚不断向爱德华点头道歉，然后重整战斗姿态。

　　"倒是说说，你要用怎样的方式来实现我们的愿望。"坎娜似乎意有所指。

　　"很简单。只需要告诉我你们的愿望，然后与我签订一份契约……"

　　"契约完成后，你会让我们忘记契约的具体内容或签订契约这件事，但是我们的愿望会在某种意义上实现，代价就是我们死后，灵魂归你。对吧？"

"哦？小姑娘很懂行啊！"

"现身吧！恶魔！"

"咔嘻嘻嘻嘻嘻嘻……"

伴随着令人恶心的笑声，一个丑陋的身影从房间阴影处凭空出现。他有着红色的皮肤，又长又尖的獠牙，蜷曲的绵羊角以及一对蝙蝠般的翅膀，身体周围笼罩着暗红色的阴云，强大而邪恶。

"看起来，你们也不像傻瓜。可以实现愿望，并且不会死在这里，这个选项不是很诱人吗？"

"闭嘴，恶魔！我今日就算战死，灵魂也会安详地睡在丰收之神的脚边，定不会在你的手上！"

"看不出来，你的信仰这么坚定啊！"爱德华面向茱莉亚，露出欣赏的眼神。

"别瞎说。"坎娜笑了起来，"谁说我们会战死？死亡这种事，还是择日再谈吧。上了！"

坎娜向恶魔奔跑过去。爱德华、安决斯对恶魔使用了【冲锋】技能，在坎娜之前到达恶魔身边。他们正准备用武器对着恶魔的头颅猛攻，恶魔的身影却突然消失，从房间另一边出现，并开始吟唱法术。3秒过后，一个火球从恶魔的右手中飞出，轰向众人。坎娜使用【冲锋】技能躲开火球并到达恶魔面前挥剑便砍。恶魔一跃而起，扇动翅膀悬在半空。火球在爱德华身边炸裂，房间一角陷入一片火海。爱德华和安决斯跑出火海，翻滚着扑灭身上的火焰。

"这不是普通的火，是地狱火焰。它不需要可燃物，在施法者法力耗尽或被击倒前会持续燃烧。我们得在整个房间变成火海前速战速决！"坎娜向队友喊道。

“了解！”

爱德华用左手握住右手腕，托住跳上来的安决斯，奋力往上一抛。房间高5米左右，飞起的安决斯很快到达恶魔面前，一锤敲下。

“天真。”

恶魔灵巧地躲开这一击，并对着爱德华吟唱法术。突然，一道剑光闪过，坎娜掷出的双手长剑斩断了恶魔的左翅。恶魔跌落下来，身上预先准备的某种法术被激活了。

茱莉亚跑到房间中央开始吟唱三阶神术【群体防护邪恶生物】。该神术能减轻邪恶生物造成的伤害，对恶魔、龙、不死生物等被诸神唾弃的邪恶生物有显著效果。

跌落在地的恶魔刚翻身站起，三名战士便已奔至他身边，抢起武器猛砸其头部。武器却被无形的力量弹开了。

“你们找死！”

恶魔大吼一声，一道火圈以他为圆心向四周扩散，将众人击飞。由于【群体防护邪恶生物】神术的作用，三人受到的伤害减轻了不少。茱莉亚连忙施放一阶神术【初级贴身治疗术】为队友治疗。为了配合这种近身才能施展的神术，众人聚在一起重整旗鼓。

“你刚才跌落时，受到的总伤害达到阈值，触发了【意外术】。【意外术】绑定的魔法是【防御术·一切武器】和【护盾术·岩石皮肤】，对吧？【防御术·一切武器】最多只能免疫武器攻击10秒，【护盾术·岩石皮肤】最多可阻挡10次物理伤害。待你防御术效果消失，再砍你11剑就行了。”正在接受茱莉亚治疗的坎娜微笑道。显然，这也是为同伴们进行的应对讲解。

“在此之前，我绝对能杀掉你们！”

恶魔伸出左手，将手掌对着众人。三名战士向恶魔奔去。突然，一股诡异的法力波动在三人脚下爆炸。三人一愣，这奇怪的法术并没有造成任何伤害。紧接着，第二发法术迎面而来。

"不好！这个法术你们扛不住几次，快点避开，由我一人面对他！"

"可是……"

"信我！"

多年来的默契让爱德华和安决斯明白此事非同小可，立刻听从坎娜的安排，后退到茱莉亚身边待命。此时，茱莉亚已在远处对坎娜施放了二阶神术【初级加速术】。该神术能在短时间内略微提高受术者的攻击、移动、吟唱速度。由于并不清楚敌人当下法术的效果，茱莉亚不敢胡乱浪费施法次数以及法力储量，此时只能远远地看着坎娜，默默为她加油。

恶魔的诡异法术对着坎娜猛轰，而坎娜则对着恶魔连斩。当她砍出第六剑时，已不知吃了几记法术。

"这不可能，你为什么还没死？……我和你拼了！"

恶魔已失去理智，站在原地丧心病狂地和坎娜对攻。诡异的法术无数次轰在坎娜身上，她却不为所动。

第十一剑。

坎娜劈开了恶魔的胸膛。敌人应声而倒。

"假的吧……你的魅力属性……到底有多高……"嘟囔完最后一句，恶魔断气了。

坎娜一屁股坐在地上，因为【初级加速术】结束的后遗症，她此时有些疲劳。队友们立刻围了上来。

"坎娜，你这是……毫发无伤？"准备施放治疗神术的茱莉亚发现了不对劲的地方。

"他施放的是什么法术？为什么我们会扛不住，而你却毫发无伤？"爱德华非常困惑。

"他使用的是一种高阶恶魔法术，每次施法能大量削弱敌人的主要属性之——魅力。任何生物都有多项主要属性，比如：力量、敏捷、体质、智力、精神、魅力等。当任何一项主要属性被降低到零以下，生物都会真实死亡，不可被复活。正常的魔法或神术也能在短时间内降低敌人某些属性，但绝不可能叠加生效或永久生效。这种能在本质上永久改变敌人属性的黑魔法，只存在于恶魔法术领域。角落里的那些尸体，想必是因为魅力属性被降至负数，才会那般丑陋扭曲。我还是第一次亲眼见到这种法术，实在是太可怕、太邪恶了……"

听到坎娜的讲解，众人惊魂未定，却又很快被坎娜接下来的话语吸引回注意力。

"按理说，信仰的'神'死了，旗下牧师会有所察觉，我们出去后应该会发生一场恶斗。此地不宜久留，我们走。"

恶魔死后，入口处的法术结界也消失了。坎娜等人按原路返回，小心翼翼。到达大厅前，坎娜探出脑袋查探一番，发现大厅一切如旧，无任何异常。

"伪神就是伪神，死都死了，信徒却无一人发觉。"坎娜感叹道。

"哈哈，虚惊一场，我握剑的手都出汗了。"爱德华笑道。

"呼……吓死我了……"茉莉亚也松了一口气。

四人大大方方地向门口走去。

"这么快就要离开？"卫兵询问道。

"我们已经得到真神的神谕，准备带更多的信徒回来。"

"辛苦了，我送你们出去。"

一路向上，很快就重见天日。

"坎娜，接下来怎么办？"爱德华询问道。

"接下来没我们的事了。我会以公主的身份去见该地领主——战锤公爵，让他派人铲除邪教，并引导被骗的信徒回归正途。另外，恶魔几乎无法突破地狱结界主动来到我们的位面。据说在H2009年，暴怒森林曾经出现过通往地狱的传送门。即便如此，能通过传送门来到我们位面的恶魔也少之又少。刚才的恶魔，肯定是通过复杂的黑魔法被召唤来的。我也会让战锤公爵去调查这背后可能存在的阴谋。若有线索，我们再继续跟进此事。"

"这里的恶魔已经死了，那些和恶魔签订了契约的可怜人，他们的灵魂能得到救赎吗？"茉莉亚露出担忧的眼神。

"不能。从他们和恶魔签订契约的那一刻开始，无论做什么都补救不了。恶魔活着，他们死后，灵魂会归那个恶魔所有；恶魔死了，他们死后，灵魂会直接去往地狱。就算恶魔主动放弃了契约也没用，他们死后，灵魂还是会去往地狱。"

"过分，太过分了……"茉莉亚紧紧地握住权杖，目泛泪光。

坎娜拥抱住茉莉亚，轻轻地拍着她的背。

"咱们花儿探险队，会和邪恶奋战到底。"

"嗯……"

离开前，坎娜侧过脸说道："安决斯，你不顺便回趟家，和我一起去见见你的长兄吗？"

安决斯慌张地说道："不去，不去。被他得知我陪着你胡闹探险,我又要挨骂。"

天鹅城以及天鹅河以北所有的土地都是战锤公爵的领地。

梅蕾蝶斯王国在建国之前曾受到厚丽布鲁兰斯兰德王国的大举进攻。这场战争史称"梅蕾蝶斯卫国战争"。建国后,第一任国王威廉·奥古斯都(William Augustus)授予战功最卓绝的四位战士公爵爵位,并以其最擅使武器命名,分别为"巨剑公爵""坚盾公爵""战锤公爵""长枪公爵",史称这四位公爵为梅蕾蝶斯王国的"开国四战士"。

战锤公爵是奥尔森家族族长世袭的爵位,当代战锤公爵正是安决斯·奥尔森的胞兄。其府邸就在天鹅城。

坎娜从公爵府邸出来后,便和伙伴们会合,准备回旅馆休息。这会儿,她突然发现了什么,看着爱德华和安决斯的脸,笑得直不起腰。坎娜找茱莉亚要了一块随身携带的小镜子,递给他们。

爱德华接过镜子,问道:"为什么你出门探险还随身带着镜子这种平添负重的无用之物?"

茱莉亚红着脸不搭话,坎娜帮她回答道:"女孩子出门在外,随身带小镜子不是很正常?我平时也带,只是这次忘了。"

爱德华表示无法理解,便不再多话。

照完镜子后,爱德华不悦地嘟着嘴,安决斯用双手紧紧捂住了脸。

"哈哈哈!看到没,你们两个变得好丑啊!哈哈哈哈……"

茱莉亚单手抚着侧脸,叹出一口气。

"呼……还好我没有中这个法术……"突然,她又如想起来什么一般,"呀!不对!他俩怎么办啊?"

"没事,没事。这类永久改变属性的法术,让牧师施放一下【高级复原术】还是能复原的。"

"【高级复原术】？这个神术的等阶太高了，是八阶的啊！我就算到达等级上限，都不可能成功施展这种级别的神术！"

异沃世界中，魔法师使用的魔法和神职者使用的神术原理是一样的，都属于法术[1]。二者都是通过吟唱咒语，从特殊的能量空间中提取威能。不同的是，魔法由最初神·魔法之神普罗方德（Profound）构筑的魔法能量空间实现，而神术由各神职者所信仰的神祇构筑的神力能量空间实现。魔法只要魔法师能力足够就有可能学会，属于魔法师自己的力量；而神术则必须由信仰之神赐予，并不能由神职者凭主观喜好而选择，属于神祇的力量。恶魔法术使用的能量空间是地狱领主（Hell Lord）构筑的，在其他方面则和魔法无异。

凡人可使用的法术从弱到强分为一阶至十阶。在正常情况下，法术职业等级为1级者能使用一阶法术，法术职业等级为10级者能使用二阶法术，法术职业等级为20级者能使用三阶法术，以此类推。不过，想要使用高阶魔法，不光需要达到相应的职业等级，还需要极高的魔法天赋与之匹配。而高阶神术还需要对神祇有极其坚定的信仰或者做出特殊贡献才能被赐予。所以即便是100级的施法者，不会使用八阶及以上的法术，都是很常见的事情。

"看来又得麻烦美丽女神教堂的大主教老爷爷了。属性复原后，别忘了给慈祥的老人家送些礼物以表感激哦。"坎娜愉快地在

---

[1] 魔法师使用的魔法全称为"奥秘魔法（Arcane Magic）"，但一般简称为"魔法（Magic）"。所以当使用"魔法"这个词时，有时表示大类，有时表示小类。为作区分，表示大类时写作"法术"。

前面带路。

"喂！我说，坎娜你中这个魔法的次数远多于我们吧，为什么你的样貌一点都没变？"爱德华依然嘟着嘴。

"因为我是杰西卡的选民呀。美丽女神选民的特性就是魅力属性无法被以任何方式降低啊！"坎娜回过头理所当然地回答。

"就这？这个选民特性除非遇到今天这种极少见的特殊情况，还有什么用？"爱德华非常不屑。

"你不懂。"坎娜表示懒得再进行解释。

"啊！没天理啊……好羡慕……"茱莉亚无意中吐出了这么一句。

忽然，茱莉亚的头顶似乎闪过一道微光；接着，她的脑袋就被敲了一下。

"啊！对不起，对不起！丰收之神大人，我错了，再也不敢了！"

"女孩的心思好奇怪……"安决斯依然紧紧地用双手捂住脸。

第八章　回城

结束了天鹅城的探险，茉莉亚和大伙暂时告别，去往自己的村庄，坎娜等人则赶回不灭之城休整。应坎娜之邀，爱德华和安决斯准备随行一同前往内城游玩。

走近内城城门，他们突然发现一个熟悉的身影。

梅蕾蝶斯王国美丽女神枢机主教兼王国摄政弗朗西斯·哈特正立于城门口，身后站着十名王室精英禁卫团成员。

梅蕾蝶斯王国王室精英禁卫团满编两百人，成员均为90级以上的战士，代表着异沃世界战士团体的最顶尖水平，团员主要职责为领导禁卫军小队及王室护卫。弗朗西斯作为王国第一信仰——美丽女神教派在王国内的最高领袖，一直享有受王室精英禁卫团护卫的待遇，如今身兼摄政一职，更是拥有调动王室精英禁卫团全员的权力。

"完了，我要挨骂了。"坎娜小声嘟囔道。

"那什么，我突然想到还有重要的事情需要回家报告，我先走了。"

"啊，我还要去买把新的钉头锤。回见！"

爱德华和安决斯向弗朗西斯行礼后，掉头一溜烟地跑了。坎娜决定，下次见面时非将毫无仗义可言的二人打得趴在地上不可。

"回来了？"中年男人语气威严。

"啊……是呀。我还有事，得先回王宫了，回见。"

"在下刚好也有事去往王宫，便随公主殿下同行吧。"

"……"

王宫的会客大厅金碧辉煌，穹顶的油画上描绘了美丽女神降临王国的盛况。穹顶中央悬挂着一个巨大的烛台，烛台由贵重金属雕琢而成，做工细腻，上面放置了近百支蜡烛。穹顶边缘则悬挂着六个较小的烛台，玲珑剔透。大厅北侧的墙壁上有着精美的浮雕，讲述的是精灵帮助建造不灭之城的往事。东西两侧的墙壁上挂巨幅油画，东边的是王国第一任国王——威廉·奥古斯都的画像，西边的是王国"开国四战士"之首——巨剑公爵"悠扬的杰卡"（Melodious Jeca）的画像。四周有许多和墙壁连为一体的长桌子，上面放满精妙的工艺品。桌边空隙处则排放着二十把椅子。所有桌椅均镶金包银，贵气逼人。

坎娜不太喜欢这个大厅，因为闪得眼睛疼。

"公主殿下，在下可以坐吗？"

"啊！随便坐，随便坐，别客气。"

弗朗西斯在东侧寻了个椅子坐下。

"殿下，您不坐吗？"

"我不用，我不用，我喜欢站着。你有什么话就直接说吧。"

"殿下今年十三岁了吧？"

"对。"

"算是有三年资历的优秀探险家了啊!"

"那可不!"

"……"

"啊不不不!什么探险?我只是爱出去玩罢了。"

"这些日子,在下仔细想过了。再过两年多,殿下就要亲政了。到时候政务繁忙,您想胡闹,也没机会了。为了不让您的人生抱有遗憾,接下来的两年,您跑出去做探险家这事,在下就不干涉了。"

"哈哈,我就知道弗朗西斯你最好了!"

"但是,殿下要注意安全。光靠瓦利恩特和奥尔森家那两个小孩跟着可不行,最好带上一百个护卫。要知道,探险总是会死人的。"

"好的,好的,我知道了。"

之后,弗朗西斯又说了很多。诸如王国的历史和荣耀,国王的义务和责任,宫廷的规章和礼仪,等等。全是老生常谈,坎娜都无奈地应付着。

"天快黑了,你留下来吃晚饭吧。"

"不必了,在下还有些教务要去教堂处理。" 弗朗西斯起身。

"好的,我送你出宫。"

"要记住我的话,出门多带护卫,注意安全!"

"知道了,知道了。"

送走弗朗西斯,坎娜松了一口气,心情不错。她蹦蹦跳跳地往她的专用餐厅吃饭去了。

第九章　爱看书的公主

今年的冬天异常寒冷，雪陆陆续续下了两个月。此等天气，外出不便。加之雪灾对村庄的影响很大，不少房屋的屋顶都被积雪压坏了，茉莉亚完全抽不开身。于是，整个冬天大半时间里，花儿探险队成员都各自在家。

这一天，一位少年立在肃穆的王宫门口，等待着觐见公主。

"安决斯少爷，公主让您直接去图书馆见她。请随我来。"

"有劳了。"

安决斯随女仆抵达图书馆，推门而入。

坎娜坐在一张书桌前看书，桌子上堆满了各类书籍。此时她的装扮与出门旅行时截然不同。满头直发整齐地梳向后脑，始于两鬓的发辫将秀发全数固定在双耳之后。她身着银黑相间的男性贵族燕尾套装。这种穿衣风格并未让安决斯感到意外。除非是出席庆典、会议等正式场合，否则坎娜基本不会穿裙装，因为实在是太不方便了。

"你来了。"坎娜转头看了一眼安决斯，用手拍了拍右边的椅子，

"过来，坐。"之后又埋头进入了书本的世界，将旁边静坐着的安决斯忘得一干二净。

当坎娜合上手中已看完的书，正准备拿下一本的时候，才想起来安决斯在一旁干等了很久。

"啊！不好意思，安决斯，我看得太投入了。"

"没关系啊。我本来就是因为在外城区的宅子待着无聊，才过来看看你，并没有什么重要的事要说。你最近都在忙什么呢？"

"没什么事，上午练剑，下午看书，晚上睡觉。嘻嘻。"

"我刚才关注了一下，你桌上的这些书，很多都是关于魔法的。咱们王国几乎没有魔法师，没有人教，你能看得懂？"

"理论知识我是能看懂的。咱们探险时，偶尔会遇到魔法师职业的敌人，虽然除了上次那个恶魔，暂时还没遇到过其他高阶魔法师。但是常在河边走，哪能不湿鞋，多了解一点没有坏处。毕竟魔法太危险了，多一分了解，就多一些应对策略。"

"说到这里，我很早就想问了：在我们和魔法师战斗的时候，你总是很快便能知晓对方施放了什么魔法，这也是因为你看过许多魔法类图书吗？"

"一方面是这样，另外一方面我也说不清楚，可能是天赋异禀吧。我总能轻易感受到各类不同的法力波动，以及能发现和魔法接触时的各种细节。我把这些说不清的感触与书中的理论知识结合，便总能猜个八九不离十。比如，之前和那个恶魔战斗，我们的武器被弹开了，你还记得吗？"

"记得，当然记得。当时我都慌了，感觉我们根本不可能战胜对方。"

"能弹开武器的魔法大多为变幻系的，比如五阶的【防御术·一般武器】，六阶的【防御术·魔法武器】，七阶的【防御术·初级屏障】，八阶的【防御术·中级屏障】，九阶的【防御术·高级屏障】，十阶的【防御术·一切武器】，等等，而当时武器被弹开的手感，更像是书籍中描述的【防御术·一切武器】造成的，于是我排除了其他可能。"

"……"

"并且，当时，我明显感觉到了两股法力波动，在【防御术·一切武器】内还有一层魔法防护。我从其法力波动的光泽以及频率，推测它不是咒术系的【铠甲术·坚甲】、魔能系的【铠甲术·魔甲】、死灵系的【铠甲术·魂甲】等铠甲术，也不是种类更加繁多的结界术，而是护盾术的一种——元素系四阶的【护盾术·岩石皮肤】。"

"坎娜……你说的话我一句都没听懂。"

"不要在意这些细节，我能明白就行。咱们是一个团队呀！"

"我突然感觉，你可能是一个被战士职业耽误的传奇魔法师。"

"我不喜欢魔法师这个职业，战斗的时候太麻烦了。还是冲上去揍人比较爽快。"

"你这样可是不会被人喜欢的！"

"难道对你来说，喜欢我这件事比挨揍还艰难吗？哈哈哈哈……"

安决斯瞬间面红耳赤，无法作答。

坎娜将桌上的书一本本收拾好，放回书架原位。安决斯注意到，桌上还留有一本装帧风格截然不同的书。那书封面漆黑且厚实，不知是用什么动物的皮革所制。上面用红色的文字写着书名，那是安决斯不认识的语言。

"这本不放回去吗？"

"这本不是图书馆的书，"坎娜将那书捧在手里，若有所思。"这是一本禁书，属于只有国王才可以查阅的资料之一，是我从父亲卧室的书房里翻出来的。此书是精灵所著，人类世界仅此一本。"

"这么神秘？这书讲述的是什么？"安决斯脱口而出后顿感不妥："……不，这不是我该问的，也不是我可以知道的。请原谅我的失态。"

"如果是你的话，说与你听也无妨……不，因为你是我探险的同伴，加之今后可能面对的状况，反而必须得让你了解这本书的内容。"

"今后的状况？"

"前几天，我收到你的长兄，战锤公爵奥利·奥尔森（Ole Olsen）的来信。对城内恶魔教派骨干分子的审讯已经结束，召唤恶魔的魔法师来自北方，他在召唤恶魔并培养了几名骨干信徒后就杳无音信，而我们连他的名字都无从知晓。"

"北方？天鹅城以北没有大城市了吧。难道他隐居在山野乡村？"

"我倒觉得他来自北方骑士王国的可能性更大。所以我已经修书一封，寄给骑士王国的守护公爵沃德·阿瑟尔（Ward Athill），请他留意王国内与恶魔教派相关的问题。"

"我听过这个名字，他现今好像是骑士王国光辉骑士团的团长。"

"是的。虽未谋面，但我和他偶有书信往来。此人谦卑且正直，堪称'完美骑士'。多年前，恶魔入侵骑士王国王城光辉之城（Brilliancedunum），光辉骑士团几乎全军覆没，沃德爵士以公主的守护骑士身份奋战到最后，击败了剩下的恶魔，护住了王国小公主赛拉·奥古斯都（Sarah Augustus）的安危。由于国王和王子们全部在那一役中英勇战死，赛拉公主便成了骑士王国女王，直至今日。而沃德爵士也因此功劳，被赛拉女王授予王国有史以来第一个公爵爵位——守护公爵。值得一提的是，沃德作为守护骑士，因奋勇作战保护了自己的公主，被他所信仰的次级辅神·守护之神加迪恩（Guardian）赞誉，钦定为选民，他是一位值得敬佩、信任的朋友。"

"真了不起。"安决斯不由得感叹。

"我们杀死的那个恶魔等级不低，所以召唤他的神秘魔法师等级也不会低。近来无事，我便研究了一些有关魔法的书，并翻出这本禁书——《恶魔的一切》。"

"《恶魔的一切》？"

"对。书如其名，详细介绍了恶魔的历史和信息。AZ在创造异沃世界之前，将自己的物质形态和邪恶部分从本体中分离出来。AZ担心这些分离出的部分将来威胁到自己的立场，便将其分割成十三份，并创造了地狱来囚禁他们。同时，祂给地狱施加了一层牢不可破的结界，防止他们逃离。不知道过了多久，这十三份邪恶的存在衍化出了各自的肉体和意志，他们自称'地狱领主'，并将地狱分割成十三层，各自统治一层，彼此之间并不和睦。他们无法打破地狱结界，所以AZ无视了他们。

"后来，AZ创造了异沃世界、灵魂和生命。凡人死亡后，灵魂大概率会去往他们所信仰的神祇处。若神祇对他们没有特殊安排，与神祇告别后，这些灵魂会再去往最初神·死亡女神布露暮（Bloom）处，与无信者的灵魂一起接受审判。正常情况下，这些灵魂会通过审判，在死神的后院等待往生；但极少一部分会在审判中被死亡女神判决为'不可饶恕'，随后被祂扔往地狱。地狱领主们用这些灵魂制作出了恶魔。当然，高阶恶魔们也会通过种种手段蛊惑凡人，譬如以签订契约或者诱惑堕落等众多方式，让凡人的灵魂绕开诸神的规则直接去往地狱，进一步增强地狱的实力。"

安决斯露出惊愕的神情，坎娜继续往下述说。

"一般的方式无法真正杀死恶魔。关于凡人的死亡，众所周知，有普通死亡和真实死亡之分。在普通死亡状态下，死者可通过神术等特殊方式复活。而寿命已尽、死去多时、尸体被破坏等情况下，生命无法复活，则为真实死亡。但在真实死亡之上，还有一种更可怕的状态——灵魂泯灭，即灵魂被彻底消灭，不复存在。恶魔和神祇一样，不是凡物。他们没有真实死亡这种状态，只有普通死亡和灵魂泯灭这两种状态。"

"可是，那个恶魔不是已经被我们杀死了吗？"

"对，是被我们杀死了。但那只是普通死亡，不是灵魂泯灭。战锤公爵在来信中提到，他的手下没有在地底教堂找到恶魔的尸体。看了这本禁书后我才了解到，恶魔在凡间经历普通死亡后，他的尸体不久便会消失。因为他的灵魂和肉体都会回到地狱，在那里重生。"

"那用什么办法能让恶魔灵魂泯灭呢？"

"需要神力。但不是有神力就能彻底解决恶魔。首先，你要有实力将恶魔杀死；其次，在其濒死时，需要使用足够多的神力将其彻底摧毁。恶魔的实力越强，使其灵魂泯灭所需的神力就越多。举个例子，咱们队伍里的神职者仅有茱莉亚一人，如今30多级的茱莉亚所能调用的神力，最多只能彻底摧毁20级左右的恶魔。"

"这也太难了……"

"是否能让恶魔灵魂泯灭并不是我关注的重点。毕竟恶魔想来到我们的位面并不容易，将他们打回地狱还是将他们彻底摧毁的区别不大。让我担心的是，既然神祇的神力能彻底摧毁恶魔，那么恶魔也有办法彻底摧毁神祇。"

"不是吧？"

"很遗憾，事实就是这样。恶魔之血能彻底摧毁辅神和天使，和摧毁恶魔同理，若具有实力将神祇杀死，在其濒死时，使用足够多的恶魔之血便能将其彻底摧毁。最初神具有AZ从自身神格中分离出的少许本源神格，倒是能免疫恶魔之血的影响。但若使用足量的地狱领主之血，连不朽的最初神都有可能被彻底摧毁。"

"……"

"恶魔的实力和其召唤者的能力挂钩，而地狱领主受到地狱结界的束缚远大于普通恶魔。即便强如最初神，也无力在我们的位面召唤出远强于自己的地狱领主，所以地狱领主的事情无需担心。说回普通恶魔之血。和恶魔战斗，如果战况惨烈，身上布满恶魔之血非常正常。若在这种状况下战死，辅神和天使都无法幸免，更别说我们这些凡人……"

"所以说，如果以后再遭遇恶魔，战斗的时候要异常小心，因为战死可能意味着灵魂泯灭。"

"是的。"

"你刚才提到，召唤出的恶魔的实力和召唤者的能力挂钩。那么，与我们战斗的那个恶魔的实力在什么水平？召唤他的魔法师实力又如何？"

"根据他能使用十阶魔法【防御术·一切武器】来看，他的恶魔法师等级在90级以上。召唤他的魔法师的等级不好估计，实力和等级之间并不能画等号。若那个魔法师的魔法天赋一般，他可能得达到100级才能召唤出这样的恶魔；若那个魔法师天资卓越，等级在70级左右也未必不可能。若咱们花儿探险队以现在的实力遭遇这个魔法师，必然凶多吉少。"

"你连他召唤出的恶魔都能打败，又何惧魔法师本人？"

"刚好相反！"坎娜严肃地打断了安决斯，"且不说战胜那个恶魔得益于我恰好对其绝招免疫，胜之不武。与恶魔战斗和与凡人战斗根本是两码事，特别是当对手是魔法师时！"

"为什么？"

"因为恶魔不怕死！他知道我们无法真正摧毁他，所以敢搏命。你想过没有？那个魔法师若在防护类法术失效前，使用控制类法术争取时间，待重新加固魔法防护后再继续战斗，结局又会如何？能成为高阶魔法师的，哪个不是智力超群？真有那么容易失去理智，放弃防护类法术和战士搏命？若正面一对一决斗，战士几乎没有可能战胜同档次的小心谨慎的魔法师。"

"不公平……"安决斯有些沮丧。

"其实很公平。大多数人只要肯勤学苦练，就能成为合格的战士，但是只有极少数人能成为合格的魔法师。魔法师、骑士这类职业的入门条件超乎寻常，需要满足各类要求，属于精英职业。战士这种大众职业在个体实力上本就很难与他们争锋。但是你也不要妄自菲薄，咱们不是独自参与战斗。战士本就属于团队性职业，一个战斗团队中可以没有魔法师，可以没有骑士，但绝对不能没有战士。既然是团队性职业，咱们就运用团队配合，打败一切敌人！要知道，咱们梅蕾蝶斯号称"战士王国"，军队中清一色的都是战士。无论遭遇怎样的敌人，对外战争的战绩是全胜！"

"对！我一定不会辱没奥尔森之姓！我一定会成为一名强力战士，守护咱们的王国，守护公主殿下！"安决斯站立起来，将右手握拳置于胸口，用力向坎娜行了一个军礼。

看着安决斯又精神起来，坎娜开心地捏了捏他的脸："那可不，你一定要保护好我哦！"

安决斯再次瞬间面红耳赤。

"对了，安决斯，今天聊的话题涉及很多秘密，传播出去可能会引起民众恐慌和世界混乱。"

"我知道。我以奥尔森家族的名誉起誓，今日所言有关恶魔的一切，我绝不会告诉任何人。至于爱德华和茱莉亚，在你觉得需要的时候，亲自和他们讲便可。"

"嗯。你既然来了，刚好陪我练习一下对战技巧。"

"好的，请务必手下留情。"

"嘿嘿。"

第十章　郊游

终于春暖花开。

H2030年的春天与往年相比，迟到了许久。而万物似乎都在抗议这春天来得太迟，迫不及待地给漫山遍野染上了姹紫嫣红。在村庄的春种结束之后，茱莉亚终于有空和花儿探险队的其他成员一聚，并建议大家结伴郊游。

花儿探险队沿着威格山脉，从不灭之城一路往南。

不灭之城所在的丘陵被称为"峻米（Dreamy）丘陵"，其靠近威格山脉的山丘海拔会高些，平均在500米左右。离威格山脉越远，山丘的平均海拔越低，为100米至300米不等。顺带一提，经过战士王国农夫数百年的开垦，峻米丘陵不少地区的地貌已和平原无异。

小伙伴们在这些山丘间穿行，时而追逐兔子、仓鼠，时而猎杀野兽进行烧烤。夜间，他们在树林里搭设帐篷睡觉，两位男士则负责轮流守夜。

坎娜的箭术不错。严格来说，所有军用武器她都用得不错，长弓、短弓技能都达到了熟练级，若算上精灵族使用弓类武器的天赋加成，她便有了专家级水平。得益于此，他们收获了很多猎物。

接受过战士王国正规军的训练，能熟练使用大多数军用武器本是再正常不过的事情。爱德华为了保护队友，将盾牌战斗作为主修方向，慢慢放弃了对剑盾外其他军用武器的修习。安决斯虽然一直刻苦训练，但学习能力似乎比他人略逊一筹，他几乎把所有的精力都用在了练习钉头锤和盾牌上，对其他武器的掌握度并不如意。所以队伍成员平常携带的备用武器中，除了长剑、盾牌和钉头锤，只有一把王国制式的军用短弓，由安决斯收着，坎娜要用的时候向他伸手便可。

这日午时，坎娜又背回来一只山猫。安决斯忙着处理猎物，茉莉亚在一旁生火等着烤制。爱德华却突然窜出，踩灭火焰，并用斗篷一把盖住余烬。

"爱德华! 你……你干什么?"茉莉亚被吓了一跳。

"看那边，有几处炊烟!"

"那……那保险起见，我们离开这里吧。"

"不能走。"坎娜望向爱德华所指的方向，"从炊烟数量来看，对方人数不少。这里是王国腹地，且据我所知，此处山丘中没有村庄。"

"对，不能把潜在的威胁放置不管，我们应该去一探究竟。"爱德华赞同道。

众人商议完毕，将行囊置于原地，携带随身武器前往炊烟处。

为了防止行踪暴露，且一直警惕沿途是否设有陷阱，四人用了半个小时才到达目标位置。这里居然藏着一个村庄!

"这……不像是人类的村庄吧。"

"这当然不是人类的村庄。看那边的入口处，有两个哥布林

（Goblin）卫兵。"

众人朝着坎娜示意的方向看去，发现确实有两个哥布林拿着粗制棍棒在由栅栏围成的入口处站岗。村庄里有十几间茅草屋，但村内看不到哥布林走动。可能是因为正值午餐时间，他们都在室内进食。

"我们要怎么做？"爱德华看向坎娜。

"这里怎么会有哥布林？太奇怪了。我直接去问他们好了。"

"直接去问？"安决斯一脸诧异。

坎娜已经起身从林中走出，迈向村庄入口处。伙伴们立刻紧随其后，同时都把手放在武器处，准备应变。

"嗨……"坎娜笑着对那两个哥布林打招呼。

"人类！人类！有人类来进攻了！快去喊人！"

一个哥布林卫兵紧张地向后退去，另一个飞快地跑向村庄里面呼喊救援。与此同时，两个手拿木弓的哥布林从村口旁的一个茅草屋内奔出，立刻对着坎娜一伙射箭。

哥布林自制武器的做工非常粗糙，弓箭的威力也远无法和军用弓弩相比。爱德华用盾牌轻松地将飞来的箭矢拍落，随后使用【冲锋】技能近身外加一次【盾击】技能，将其中一个哥布林射手撞飞到3米开外。同时，安决斯也使用【冲锋】技能，顺势一锤将另外一个哥布林射手敲晕在地。

手持棍棒的哥布林卫兵一看情况不对，吓得连忙掉头就往村内跑。他跑至半路，看到一群手拿简陋武器的伙伴赶来救场，于是停止逃跑，又掉头领着众哥布林"咿咿呀呀"喊叫着向爱德华、安决斯冲去。

坎娜见状，立刻使用【战争践踏】技能，从10米开外跳跃至一众哥布林中间，将半数以上的敌人震翻在地。她顺手抓住领头哥布林卫兵的布衣，准备对他一剑穿喉。

"够了！"

听到这略带沙哑的女性声音，坎娜收住握剑的右手，将剑架在哥布林的脖子上。被抓的哥布林双脚抖如筛糠，吓得尿了一地。哥布林尿液的气味刺鼻，坎娜略皱眉头，犹豫是继续用剑架住他的脖子，还是离他远一点。同时，坎娜发现喊话者是一位哥布林女性。她的衣服上并没有破洞和补丁，似乎在这个村庄有一定地位。

"你们都退下。"这个女性对其他哥布林下命令道。接着，她看向坎娜，换了一副语气，恳求道："请问，能放过我们吗？"

爱德华走上前来："给我一个放过你们的理由呗。"

"难道，因为我们是哥布林，就不配活着吗？"

"明明是你们先动手的……"

坎娜放开手中颤抖的哥布林，伸手挡住向前一步且情绪激动的爱德华，然后将剑收回剑鞘。

"我叫娜娜，请问该怎么称呼你？"

"娜娜小姐，您好，我叫芭芭拉（Barbara），是这个村的村长。"

"王国北方有众多哥布林倒还正常，但这里是王国腹地，怎么会有哥布林村？"

"说来话长，请到寒舍一叙。"

"小心有埋伏。"爱德华在坎娜耳边低语道。

"无妨。"

坎娜随芭芭拉走进村庄中央的茅草屋，另外三人也紧随其后。

第十一章　哥布林的远征

"噗……"

刚喝了一口芭芭拉端上的浸泡着某种植物枝干的饮料，安决斯立刻将它喷了出来——味道又苦又涩。

"不好意思，看来人类和我们哥布林的口味差别非常大呢。"

"不用客气了，说说你们是怎么来到这里的。"坎娜礼貌地说道。

"我原本生活在人类骑士王国南方的山林里。但在十二岁的某天，我独自在外采蘑菇，不小心被当地一个人类农场主的手下抓获。本来我是要被当场杀死的，但农场主的儿子说他想要一个哥布林当宠物。于是，他们用狗项圈、狗链拴住我，把我带了回去。之后，我在那个农场主的家中生活了十余年，农场主的儿子对我做了无数禽兽不如的事情。"

芭芭拉停顿了一小会儿，眼神黯淡，似乎回忆起了许多痛苦的往事。很快，她便调整过来，继续说道："后来有一天，我终于找到机会溜了出来，回到了部落。其实，在人类世界生活的这十余年，我学到了很多东西，包括播种、耕种、人类的礼仪、勾心斗角等等。您是知道的，哥布林大多智力不高，我这种特例很快便崭露头角，当了部落首领。"

坎娜微笑着听着她的故事，时而轻轻颔首。

"三年前，因为王国南方的哥布林泛滥成灾，经常打劫人类村落，骑士王国终于派出了精锐部队。"

"光辉骑士团！"爱德华不禁插了一句。

"对，光辉骑士团！当时，各个哥布林部落的首领聚集在一起，商议共同对抗人类。我是在人类世界生活过的，非常清楚哥布林部落和人类正规军之间的战力差距，更何况对手是王国精锐。所以我表面上应付着那帮蠢货，暗地里却思索着逃亡问题。逃到哪里才能和平安逸地活下去？越是繁华的地方，人类就越多，探险家与佣兵也越多。我是知道的，人类佣兵群体里有这么一句话：'什么都打不过怎么办，去杀哥布林啊！'"

"哎……"茉莉亚忧伤地叹了口气。

"我看过人类绘制的世界地图，思考了很久，准备不惜代价，带领整个部落迁往偏僻、安全、物产丰富的世外桃源。"

"于是你们想到了这里。这里西边是巍峨的高山和无尽的大海，东边是难以逾越的沙漠，南边是无法通行的森林。这里是人类世界最偏僻的西南角落，人迹罕至。"

"是的，娜娜小姐。"

"问题是，你们是怎么从骑士王国南方纵跨整个梅蕾蝶斯王国，在各城卫兵、巡逻队眼皮底下来到这里的？"

"我率领部下一路躲躲藏藏，由北往南迁徙。战士王国的北方防线不在国界处，而在天鹅河，所以到达天鹅河的难度并没想象中大。我们在一个没有星星和月亮的雨夜游过天鹅河，远远绕开天鹅城，进入最西方的麦格伦特（Migrant）山地，以避开人类为主要目的，往南跋山涉水进入威格山脉，然后翻越雪山绕开不灭之城，一路上与恶劣的自然环境抗争，与饥饿为伍，与凶猛的野兽搏斗，历时近两年终于到达这里。出发时的一百余人，后来只剩下三十多人。"

"了不起！"坎娜赞叹道。

"谢谢。在这里安家之后，我教育部下用人类的方式饲养野猪，耕种粮食，并时不时去山丘深处打猎补充食材，暂时解决了温饱问题。我们爱好和平，只希望与世无争地活下去。我们完全可以自给自足，绝对不会骚扰人类。所以，可不可以不消灭我们？可不可以不将我们的存在告诉他人，让我们在此安静地生活？"

"这不是长久之计。"坎娜思索片刻后回答，"此处偏僻，确实不易被人发觉，但不是绝对无法遇到人类。你们下次会遇到什么样的人，他是否会向领主报告，领主是否会派军队剿灭，这些都是未知数。"

"那该如何是好？难道我们注定要被人类杀死吗？"

"那倒不尽然。如果你能相信我。"

"我信您。请娜娜小姐务必指一条明路。"

"我认识这附近的领主，可以说服他将你们这里当作正常的人类村庄对待，但是你们要遵纪守法。说到遵纪守法，你们到时候也要和其他人类村庄一样按时纳税。这样更容易让人类认可你们村的存在，你们也能更好地融入人类社会之中。"

"我们的温饱问题才解决不久，纳税后可能又会挨饿……"芭芭拉垂下头。

"不是你想的那样。梅蕾蝶斯王国的第一信仰是美丽女神，追求美好的生活是主流价值观。咱们王国的税收制度，标准是对满足了基础温饱后剩余的收入部分征税。遇到灾年，若领主有存粮，还会给予民众接济。"

"这是真的吗？"

"是真的。你在人类社会生活过，应该明白，权利和义务是相辅相成的。"

"嗯。我明白了！"

"过个把月吧，应该会有户籍官员和税收官员过来你们村进行登记工作。千万不要见到人就射箭了。再有下次，我都救不了你们。"

"我一定会教育好部下。不会再犯错了！"

"那个……那个我能插一句嘴吗？"茱莉亚似乎有话要说。

"认识这么久了，还这么客气干什么？有话直说。"

"我随身携带了不少经过筛选的优质谷类种子，而且可以教授你们更好的耕种方法，能让你们收获更多的粮食。"

这些年来，茱莉亚只要路过村庄就会和当地人探讨耕种知识，筛选优质种子。所以，对于她总是随时随地能掏出大量农作物种子这种事，花儿探险队其他成员早已见怪不怪。

"真是太感谢您了。还不知道小姐怎么称呼？"

"我叫茱莉亚·简·玛丽·因达斯曲尔丝·福德·哈维斯特·赫尔西·嗨皮·哈里斯·莱特，是丰收之神的牧师。你们只要全村都信仰丰收之神，粮食就更容易获得丰收。"

"好！好！我们都会信仰丰收之神！"

"又来了……"爱德华摇着头走向门口。

"照这个趋势下去，总有一天，丰收之神会成为王国第二信仰。"安决斯紧随其后。

"哈哈哈哈……"坎娜开心地跟着两人走出茅草屋。

第十二章　隐秘之森

婉拒了哥布林提出的一起吃晚餐的盛情邀请之后，花儿探险队逃也似的离开村庄，回到之前的野营地休息。天亮后，他们继续南行。

旅行了近一个月，慢慢远离了高低起伏的丘陵地带，一大片阴郁茂密的森林出现在队伍面前。

"坎娜，这……这里是什么地方啊？有点……有点儿阴森恐怖。"

"这里就是传说中的隐秘之森了。"

"隐秘之森？"

"对。从这里进去，就能到达精灵的家园。"

"啊，我在天鹅城的时候看到过几个精灵。他们长得好英俊啊！"

"你害不害臊？"

"爱德华，你……你讨厌！"

"精灵都是很美丽的，比如坎娜。"安决斯小声地插了一句嘴。

"可我不是精灵啊！"

"是啊。美丽女神大人说过，坎娜是独一无二的魂尔。说明她和精灵完全不同。"爱德华点头道。

"我也觉得坎娜公主和精灵不太像呢。嗯……从整体上看，她的五官更像人类的。虽然耳朵也是尖尖的，但是比精灵的耳朵短很多。精灵的耳朵好长啊！"

"呃……是这样吗？我怎么感觉都差不多？"

"这就是典型的'饱汉不知饿汉饥'。站在美丽顶端的人，看其他人觉得都差不多。"爱德华打趣道。

"怎么可能？美丽的顶端是杰西卡好吗？！"

"我，我听说……那个……最初神·罪恶女神米娜（Mina）大人也很美，是，是真的吗？"

"罪恶女神？我没见过祂，但是我很讨厌祂。"

"祂惹你了？"爱德华表示不解。

"祂是杰西卡的敌人。这个世界大多不美好都拜祂所赐。所以不管祂长相如何，在我眼中这个存在就是丑陋不堪的。"

"这样，这样说最初神……会不会受到神罚？"

"祂的神职范围包括管理凡人的言论吗？每个神祇在自身神职之外，不能干涉凡间事务，最多也只能处罚一下自己的信徒，或是让自己的信徒去实现祂们的意愿。如果随便就能对其他神祇的信徒下手，诸神之间争取信众岂不是要把凡人杀干净了？"

"可，可是……我还是觉得这样不太好……我有点害怕。"

"好啦，是我的错。不聊这些影响心情的话题了。"

坎娜站在森林的边缘，不断好奇地探头往深处望去，却没有往前迈步。

"这么感兴趣，咱们就进去转一圈呗。"爱德华随口说了一句。

"好啊，好啊。我也很想去精灵的家园参观一下呢。预感会看到很多英俊的精灵男子……哎呀！"茱莉亚用手捂住自己绯红的脸。

"进不去的。"坎娜摇了摇头。

"为什么？"

"上古时期的精灵内战结束之后，精灵就用魔法将自己的家园隐藏了起来，过着与世隔绝的生活。虽然偶尔会有精灵来人类的世界，但是人类去不了精灵的世界。这个隐秘之森就是分界点，不属于精灵世界的家伙进去就会迷路，最后又会回到出发点，白费力气。"

"那……真是太遗憾了。"

众人相谈甚欢时，一只奇怪的小生物悄悄地从森林里飞出，小心翼翼地停在坎娜身后不远处，打量着四人。

"呀！坎娜，看你身后……那是什么呀？"

听到茱莉亚的惊呼，众人朝着那个小生物望去。这是一个人形生物，身体只有成年人巴掌大小。其五官俊俏，留着翠绿色的蓬松长发，碧绿的大眼睛充满好奇。她穿着似由花瓣编织而成的连衣裙。与其说是穿着，不如说这连衣裙是从她身上长出来的更加合适。她扇动着蜻蜓翅膀般半透明的四翼，停留在与坎娜脑袋等高的半空中。

"这是花妖精（Pixie）。好漂亮啊！"坎娜看着妖精，露出欣喜的笑容。

"坎娜公主，您好啊！"

花妖精抓住连衣裙的尾端，在空中欠身，向坎娜行了个礼。

坎娜予以回礼。

"你认识我？"

"坎娜公主是美丽女神的选民。在精灵国度，没有人不认识您。"

"那我能去精灵国度玩吗？"

"坎娜公主能亲临精灵国度，是我们的荣幸。请允许我给您带路。对了，我叫丹妮丝（Denise）。"

花儿探险队跟随丹妮丝在隐秘之森里穿梭。有时，他们顺着树木之间预留的间隙穿行；有时，面前的树木似乎挪开了位置，让出一条新的道路。丹妮丝一边飞舞着，一边哼着歌。歌声愉悦，曲调绵长，似乎不是从她口中发出，而是由众人周围的森林歌唱出的一般。

茱莉亚从未见过如此可爱的小生物，惊喜得心花怒放。她一改往日拘谨的常态，紧紧跟在丹妮丝身后。许多次，她试着伸出手，想轻轻捧住丹妮丝。但是，每当茱莉亚的手快要触碰到她时，丹妮丝总是如同闪现般在空中移动一小段位置，尽管她根本没有回过头。根本就抓不住！茱莉亚明明了解这一点，却像上瘾一般不断重复尝试。而丹妮丝毫不在意，似乎像在和茱莉亚玩游戏，一直左右忽闪着在前方带路。

在这样的森林中行走，大伙早已分不清方向，也忘记了时间。不知走了多久，眼前豁然开朗。前方有一条小溪，小溪的对面是一片更加广袤的森林。但是与隐秘之森不同，这片森林笼罩在明媚的阳光之中，连每片树叶都如由金子雕琢而成。

"哇！我还是第一次看到金光灿烂的森林！"茱莉亚震撼地张开了嘴。

"欢迎来到阳光森林。"

丹妮丝飞到溪水上空，突然窜入水中，很快又从水中窜出，身上粉色的花瓣变得如刚刚盛开般生机勃勃，构成一幅花簇锦攒的美景。

坎娜等人也跑到溪水边，用手捧水喝。溪水甘甜可口，沁人心脾。前方的森林中有两只银灰色的麒鹿，远远地望着众人。当大伙看过去时，它们又蹦跳着跑开了。

队伍顺着溪流一路往南。不多时，溪流汇入了一条大河。丹妮丝介绍，这是异沃世界流域面积最大的河——恩泽河。沿着河往东南方向漫步，沿途遇到不少精灵，有的在河边垂钓，有的从森林里打猎归来。他们看到坎娜一行，大多先是一愣，而后会过来打招呼，向坎娜问好。听说丹妮丝要带坎娜游览阳光森林，许多精灵还送给队伍不少干粮，大有希望一行人慢慢游玩，别急着回去之意。

"丹妮丝，为什么他们都认识坎娜？你一开始说这是因为坎娜是美丽女神的选民。但是他们并没有见过坎娜啊。"安决斯终于把大伙心中的疑问抛了出来。

"在上古精灵纪元初期，几乎所有的精灵都是信仰美丽女神的。如今过去了几万年，发生了很多事情，精灵的信仰也丰富了起来，但是依然有过半的精灵信仰美丽女神。即便并不信仰美丽女神的精灵，对美丽女神也是非常尊敬和喜爱的。精灵国度的女皇，艾丽卡（Erica）陛下，就是美丽女神教派的教宗。这件事坎娜公主肯定知道。"

"对，杰西卡和我多次提到过艾丽卡陛下，说若有机会很想为我们介绍。"

"会如此亲切地称呼美丽女神大人，坎娜公主和美丽女神大人真是关系亲密呢。"

其余三人步调一致地连连点头，深表赞同。

"嘻嘻，我最喜欢杰西卡了。"

"想必美丽女神大人也是最喜欢坎娜公主的。对了，继续刚才的话题。艾丽卡陛下曾向美丽女神大人请求瞻仰选民，也就是坎娜公主您的盛世美颜，美丽女神大人便将您的样子投映到精灵皇室花园中央的喷泉上三天三夜。艾丽卡陛下找来精灵最好的画师，将您的样貌绘成画卷，在精灵国度广为流传。所以，几乎所有的精灵和妖精（Fairy）[1]都能一眼认出您。"

"哎呀，你们真是的！"

坎娜的脸上染上一层淡淡的红晕。伙伴们第一次见到坎娜害羞的样子，似乎忘记了这个常年在他们身边蹦跳如男孩一般的少女是谁，看得目不转睛。

仿佛为了阻挡同伴异样的目光，抑或是为了遮挡绯红的脸颊，坎娜一把将探险斗篷的兜帽戴上，将脸深藏其中，一溜烟跑向前方。

---

[1]妖精是智慧种族中的一个大类，其下有花妖精、树妖精等子类。

第十三章　故入

　　在旅行途中，有热心肠的精灵送给队伍几匹马。因为精灵国度比战士王国大得多，若只是步行，过于耗时。这几日来，坎娜沿着恩泽河一路策马奔驰，丹妮丝则坐在坎娜肩头。安决斯的骑术不错，紧随在坎娜身后。茉莉亚完全不会骑马，于是只能和爱德华同乘一骑。只见茉莉亚坐在爱德华身后，紧紧抓住爱德华的皮质腰带，紧闭双眼，面色铁青。但与当初刚组队探险那会儿时不时需要下马呕吐相比，如今她似乎开始慢慢习惯了起来。

　　渐渐地，一片辽阔的水域展现在众人面前。他们站在水边，不论往哪个方向看去，皆望不见水域的尽头。花儿探险队的成员都未曾见过如此景观。

　　"这是无尽之海？"爱德华问道。

　　"不是的。我们离大陆南方的尽头还很遥远。这里是异沃世界最大的湖——蓝宝石湖。由于这个湖实在太大了，面积将近10万平方千米，很多学者认为，这应该是个内陆海，而不是湖。"丹妮丝作为导游非常合格。

"内陆海都这么壮观了，那无尽之海肯定更加不可思议。真好奇在无尽之海乘船旅行，会看到怎样一番景色。"茱莉亚似乎从晕马的旅途中缓过来了。

"无尽之海非常危险，几乎有去无回。H2009年，白色王国[1]的著名航海家费迪南·约翰逊（Ferdinand Johansson）前往无尽之海深处探索，此后彻底失去音讯。"坎娜说道。

"是的。在传说中，欧辛大陆是一块漂浮于无尽之海上的土地。无尽之海浩瀚无边，不知道通向哪里。"丹妮丝补充道。

坎娜望向茱莉亚，问道："你确定想去？"

"算，算了吧……"

"哈哈。未来的事说不准呢，说不定我们能有机会去无尽之海探险。"

"我，我觉得还是安分在家种田比较好……"

众人牵着马，沿着湖岸散步。晴空万里，和煦的阳光通过树叶的间隙洒在花丛上，七彩的蝴蝶在阳光编织的线条间飞舞。湖面泛着几叶洁白的小木舟，舟上的精灵头戴花环，弹奏着竖琴歌唱。他们的歌声空灵悠扬，就如湖面拂来的春风，使人心旷神怡。

风儿轻轻地吹过树林，

鸟儿叽喳着掠过天际。

小舟荡起涟漪，

---

[1] "白色王国"是格雷西兰德及约顿群岛联合王国（The United Kingdom of Glacierland and Jothu Islands）的俗称。该国地处欧辛大陆最西北部，那里遍布着大量的冰川、霜原和冻土，是气候最寒冷的人类国家。

在这晴朗天气。

赞美温暖明媚的阳光，

万物都被拥抱在怀里。

我们一起歌唱，

在这蒙福之地。

……

坎娜仅听清了这段用精灵语吟唱的歌词。之后小舟漂去远方，歌声逐渐缥缈，歌词不再可辨。

前方不远处，几十名精灵战士正在湖边的草地上训练。坎娜表现出极大的兴趣，将缰绳扔给安决斯，快步向那队精灵战士走去。行至近处，发现一个异常熟悉的身影。

"你是……巴奈威（Barnavi）？"

"梅蕾蝶斯王国公主，坎娜殿下！"

他乡遇故知，坎娜开心地奔向巴奈威，和这名身材挺拔的精灵男子拥抱在一起。看着坎娜同陌生男性热情拥抱，爱德华与安决斯神情复杂。他们快步走近，端详起这位男子。只见这名精灵男子身高1.9米左右，着金色精灵轻型板甲，腰带两边各佩带着一把精灵长刀（Elf Blade）。他橙色的眼睛炯炯有神，尖尖的长耳向后方竖立，金色的长发间梳着许多麻花小辫，以人类的标准来看，年纪应有三十余岁，可谓玉树临风，英姿飒爽。他面带微笑，向坎娜的伙伴示意。

坎娜转头望向同伴，介绍道："这位是我的剑术老师，巴奈威。他是现役精灵皇庭剑舞者（Sword Dancer）队长。"

"剑舞者！"安决斯惊呼道。

精灵剑舞者，这一传奇职业在异沃世界普通战士眼中，近乎传说。据说在战斗时，他们的身影矫若游龙，如同舞蹈。他们出剑如繁星点点，剑影则如逝水无痕。无人可以理解他们是如何用剑的，当看清他们的剑锋时，剑已刺穿敌人要害。

这个传说对梅蕾蝶斯王国战士的影响更甚。因为梅蕾蝶斯王国"开国四战士"之首——"悠扬的杰卡"便是精灵剑舞者。无人知晓他的真名，但是这个外号却响彻寰宇。"杰卡"是精灵族民众围绕篝火跳舞时经常哼唱的一类舞曲，可以借此想象其战斗身姿是多么的优雅、潇洒。

根据梅蕾蝶斯王国史记载。

H1613年，全人类历史上唯一的统一帝国——圣保德勒斯帝国的皇帝威廉·奥古斯都遭遇长兄政变。正在帝国都城光辉之城旅行的"悠扬的杰卡"将威廉救出，跋山涉水一路往南，最终在人类帝国境外，靠近精灵国度的峻米丘陵地带落脚。之后，陆续有众多贵族、平民追随威廉而来。接下来的两年内，精灵帮助威廉建造不灭之城，而"悠扬的杰卡"一直为威廉训练部队将士。这也是为何梅蕾蝶斯王国战士的战斗风格具有剑舞者的影子。

H1615年，帝国篡位者乔治·奥古斯都（George Augustus）麾下六万大军压境。因为敌众我寡，不灭之城五千将士全军尽出，于城东北方260千米外的峡谷口阻击敌人。而敌方一支有数千人的特别行动队却翻越东方狮鹫山，绕过了峡谷。虽然猛兽云集、危机四伏的狮鹫山让这支部队损失大半，但依然有千余人抵达不灭之城。当时不灭之城的内城还在建设当中，城墙都未建造完毕。城内的战士只有"悠扬的杰卡"和百余名刚应征入伍接受训练的少年，几乎所有人都绝望地认为，不灭之城的末日已经降临。

那日，夕阳似血，"悠扬的杰卡"和受训的新兵交代了几句，便只身一人单剑出城。没有人能描述出那场战斗中发生了什么，只知道最终"悠扬的杰卡"击杀敌人三百余名战士、一百余名弓箭兵[1]、五十余名骑士。敌军士气崩溃，抱头鼠窜。敌人全部跑得不见踪影后，"悠扬的杰卡"依然独自立于战场。城里的新兵出城查看，发现他全身如被血洗过一般，已战死沙场。据当年负责入殓的人员口述，"悠扬的杰卡"全身有三百多道伤口，血流至尽而亡。

但传说终归是传说，毕竟目睹过那场战斗的人皆早已作古。所有他国学者都认为一人对战千人并击杀其中半数这种事根本不可能做到，这只是梅蕾蝶斯王国为了弘扬国威杜撰出来的伪史罢了。但是精灵剑舞者的威名，却早已在全世界战士职业人群心里留下了深深的烙印。

"你这么年轻便能成为剑舞者的队长，真是厉害。"爱德华不禁感慨。

"哈哈。感谢你能说我年轻，我很开心。不过，我已为艾丽卡陛下战斗了上万年。"

爱德华一时语塞。一旁的茱莉亚看着一群英俊的精灵剑舞者，兴奋异常，两眼放光，也说不出话来。

"坎娜，你是在什么时候有剑舞者老师的？我们怎么不知道？"

"说来惭愧，鄙人自觉无脸被称为老师。多年前，我去不灭之

---

[1]弓箭兵（Bowman）属于战士职业士兵派别，为擅长使用弓箭的士兵（弩兵、骑兵同理），和游侠职业的弓箭手（Archer）派别完全不同。

城凭吊老友'悠扬的杰卡'，有幸见到时年六岁的坎娜公主。坎娜殿下知晓我的身份后，挽留我在王城教她剑术。我与坎娜殿下一见如故，便留下指导了月余。之后几年，我曾两次去人类世界旅行，也顺路去看望过坎娜殿下，并短暂停留王城，指导坎娜殿下剑术。但整体指导时间过短，实在担不起老师之名。坎娜殿下能剑术有成，完全得益于她的剑术天赋和常年来的不懈努力。"

"这么说来，坎娜将来也会成为一名剑舞者了？"爱德华惊喜地问道。

"是的。亲睹坎娜殿下成为剑舞者，是我余生所愿。"

"好期待坎娜升职为剑舞者的样子。"

"安决斯，你不知道传奇职业剑舞者的判定标准，对吧？"

"是的，不知道。"

"只要满足一个要求，便能被称为'剑舞者'——作为战士，以精灵剑舞技战斗，资历过千年。也就是说，一名战士在使用剑舞技战斗了一千年还活着，就是剑舞者。我们王国的军队因为有'悠扬的杰卡'留下的传承，几乎所有精锐战士都会使用剑舞技，但没有剑舞者。因为人类没有像精灵那样无尽的寿命。"

"……"

"作为魂尔，坎娜殿下和精灵一样拥有无尽的寿命。所以我相信，自己一定能亲眼见证殿下成为剑舞者。"

"千年以后的事情，想那么多不觉得累吗？能否成为剑舞者这个问题，以后再说吧。嘻嘻。"

"对了，坎娜殿下……"

"打住！不要一口一个'殿下'，太见外了。就叫我坎娜吧。"

"好的，殿……坎娜。几年未见，不知你如今剑术进步如何，要不要切磋一下？"

"好啊！"

坎娜要和精灵剑舞者队长单挑！这个走向如晴天霹雳般冲击着作为战士的爱德华和安决斯的心灵。能亲睹这种级别的切磋，对战士职业来说，是极为珍贵的经历。两位小战士不觉抖擞精神，拭目以待。周围的其他剑舞者也围过来，期待不已。茱莉亚不懂这些，但是能近距离观看英俊的精灵战斗，也令她乐不可支。

坎娜和巴奈威相隔十步，各自摆开架势。坎娜双手握住剑柄，手臂放松，垂于身前。巴奈威双臂敞开，双掌松弛，仅用小拇指压住刀柄。两人左右踱步，无人轻易动手。

忽然，巴奈威双手紧握刀柄，将双刀移至身体右侧似要出招，卖出左腰一个破绽。坎娜冲锋而来，垂着的双臂猛然发力，提剑从右下方往左上方挥砍。巴奈威却以诡异的速度使双刀平行招架住剑刃。双脚轻蹬，借着坎娜挥砍的力道向后飞去。同时，巴奈威的左手一挥，长刀破空而出，飞向坎娜的右眼。

"这招的目的不是伤敌，是夺我注意力！"

经过冷静思考，坎娜没有紧盯刀刃，只是右腿后撤一步，侧身躲过，双目却锁定对手的身影。巴奈威身手极快，刹那间已举刀直刺坎娜面门。

坎娜大惊。

"太快了！退步导致后移的重心还没归位。躲不开！"

脑中思绪还未结束，坎娜条件反射般猛力地抖了一下右手腕。"当"的一声，剑身弹在刀身中段，将长刀向右荡开。巴奈威顺势从坎娜右侧穿过，在地上翻滚一圈，捡起掷出的那把长刀，转身就是一个交叉斩。与此同时，坎娜的双手长剑已自上而下劈砍而来。三把兵刃撞在一起，迸出火花。

坎娜突然双手泄力，上身后仰躲开双刀，使用剑柄撞向巴奈威的腹部。巴奈威的身影如同鬼魅，竟在空中向左侧翻滚两圈后落在坎娜右侧，脚尖刚触地面，右手的长刀便向坎娜脖子处横劈。

坎娜立刻下蹲躲开长刀，同时用剑扫向巴奈威左脚。巴奈威顺势抬起左脚踏上坎娜的剑身，飞身而起，右膝撞向坎娜面门。

坎娜用左臂挡住巴奈威攻来的膝盖，退了一步，提剑反攻。

……

两人激斗正酣，在场围观的诸位也屏住呼吸，延颈举踵。

看了许久，安决斯在不觉中已双拳紧握，终于忍不住问起爱德华。

"呐，说句实话，面对这样的对手，换作我们，能挡几招？"

"和坎娜这样的对手对决，能挡二十招左右；和巴奈威这样的对手……十招内我们应该就趴下了。"

"你是说，巴奈威在让着坎娜？"

"不然呢？一个战斗了万年的顶级战士，欺负自己不满40级的学徒？仅就我能看明白的部分，若非巴奈威留手，坎娜的左肩、右腰、右腿外侧已有三处伤口。虽然坎娜也意识到了这几次危机，在步伐上有所应对，只会受到轻微割伤，不会无法继续战斗，但是带伤战斗终究会使自己更加陷入劣势。"

"我还是第一次以旁观者的视角看坎娜全力战斗，没想到她已达到如此水准。"

"是啊。另外，若说坎娜之所以年纪轻轻就能掌握如此惊人的剑技是源于她的天赋，但是她面对恐怖如斯的对手所展现出的反应能力，绝对不是用天赋可以简单概述的。看来，坎娜平常的训练强度远超我们想象。"

"我们若不加倍努力，真的会辱没先祖之名。"

"没错。他们可是在那个战乱年代，和传说中的那位剑舞者齐名的战士啊！"

两位小战士暗暗下定决心，不甘落后。而这边的切磋也接近尾声。近百个回合，坎娜已气喘吁吁，步伐不稳。

"今天先到这吧，"巴奈威将双刀收起，"你进步的速度比我想象中的快了许多。"

"嘿嘿，还远远不够呢！"坎娜拍了拍身上的灰尘，愉快地说道。

"坎娜，你处在这个职业等级，力量却能与我相当，这是你作为战士的天赋；而你在用剑的技巧上也无明显漏洞，想必长年累月花费了苦功。随着战斗经验的累积，你将来必然远胜于我。"

"直接说后面'但是'的部分吧。"坎娜可爱地噘着嘴。

"咳咳……但是，你对力量的掌握还需注意细节。刚才比拼到第二、十六、三十七招的时候，你用于招架的力量大了，只需三分之一的力量便可挡住。比拼到第十五、二十九、四十三、七十八招的时候，你出剑使用的力量大了，只需一半的力量便可达到同样效果。对决中，在招数上使用过多无用的力量，不但会消耗额外的体力，还会使得下一招的发动变得更慢。我列举的只是用力过度的几次，还有太多用力稍过之处，就不一一赘述。我希望在以后的实战中，你自己能重点注意这一部分。剑技的极诣是，以最少的力气，对敌人造成最多的伤害。要知道，在每一招都用上最大力量，是庸人战士最显著的特征。"

听到巴奈威最后那句，安决斯深深地低下了头，而爱德华则故意看向他处。

"我明白了。"坎娜似乎体会颇深，一边点头一边认真思索。

"我们也差不多要归队了。那么，坎娜，后会有期。"

"后会有期。"

目送剑舞者队伍离开。丹妮丝飞到坎娜身旁："今日天色已晚，咱们在这里扎营。天亮后沿湖向西出发，继续游览阳光森林。"

"好啊。我出了一身汗，想去湖里游泳，顺便洗个澡……爱德华! 安决斯!"

"到!"

"怎么了?"

"我要去湖中游泳，你们两个男生去那边的树林里布置夜宿营地，不许偷看!"

"是!"爱德华和安决斯红着脸，乖乖地跑向树林。

坎娜缓缓褪去探险斗篷、腰带、武器、锁甲、护手、战靴、外衣和长裤，仅穿着白色亚麻衬衣和短裤跳入湖中。看着坎娜开心地戏水，茉莉亚回头确认两位男士已跑远，不见踪影，也心痒难耐地褪去束腰外衣，穿着粗布内衣和长裤跳进湖里。两个女孩在湖中追打嬉闹，好不欢乐。

丹妮丝四处飞舞，帮忙望风，防止有男士不经意间靠近。

第十四章　山洞

　　绿草如茵，长长的草叶随着阵阵清风摇曳，坎娜等人策马向西奔腾。一路走来，左边是宝石般的璀璨之湖，右边是金光灿烂的阳光森林。风和日丽，鸟语花香。行了数日，前方出现一片小山丘。

　　丹妮丝一如既往地认真讲解道："这片山丘叫'宝石之丘'。如其名所示，盛产各类宝石。因数量众多而显得异常廉价的有钻石、紫水晶、石榴石、橄榄石等，较珍稀的有红宝石、蓝宝石、祖母绿、日光石、月光石等，极珍贵的有迪梦蓝钻、精灵白晶、黑金猫眼石等。

　　"所有精灵国度的居民可以在这片山丘自由收集各类宝石。众所周知，精灵都很爱美丽闪亮的东西，许多精灵都会来这里采集五彩缤纷的宝石，自行将之加工成首饰佩戴。精灵在采集时，从来不会考虑宝石的稀有度与价值，只会根据自己的审美进行挑选。

　　"另外，精灵的律法规定，虽然这里的宝石可以随意收集，但是不能私自带出精灵国度。只有皇室直属的商会能将这里的宝石少量带去人类世界进行贸易。所以你们若见到在人类世界旅行的精灵，应该能注意到，他们基本上是不佩戴饰品的。"

"啊……好可惜……"茉莉亚略表遗憾。

"但是坎娜公主是不一样的！我相信，如果坎娜公主看到喜欢的宝石，和艾丽卡陛下打声招呼的话，肯定是想带多少出去都没关系。"

"不用了。虽然五颜六色的宝石非常美丽，我也非常喜欢，但是探险时，戴一堆首饰实在不便。梅蕾蝶斯王国王宫内也有很多从精灵商人处购买的珠宝首饰，除了节庆日需要根据礼仪进行装扮，我也是从来不戴的。再说了，美好的事物是用来欣赏的，未必需要占有。我相信，这些宝石在自然之中本来的样貌，比做成首饰佩戴在身上还要美丽。"

"坎娜公主真不愧是美丽女神大人的选民呢。听到您的话，就如同听到美丽女神大人的亲自教诲。"

"我怎么可能比得上杰西卡呢？不说这个了，我们进山转一圈，看看美丽的宝石。"

众人将马和行囊留在湖边，徒步走进山中。宝石之丘果然名不虚传，青草间、树荫下、峭壁上，漫山遍野都有各色各样的宝石。而精灵在此收集宝石的方式类似于采集野果，没有留下任何挖掘的痕迹，使得自然风貌完好如初。坎娜和茉莉亚两个女孩在这宝石的世界里时而漫步，时而奔跑，欣喜雀跃。爱德华和安决斯倒不太在意这类东西，也不明白女孩们看到遍地宝石为何如此开心。

走着走着，爱德华眼前一亮："前面好像有个山洞，里面还散发着幽幽的蓝光。"

丹妮丝说道："这个山洞名为'宝石之心'，是一处著名景点。坎娜公主不妨进去参观一下。"

坎娜一行步入宝石之心洞穴，发现整个洞穴的地面铺满了蓝色的宝石，连落脚点都很难找到。

丹妮丝解释道："这个洞穴内的宝石名为'迪梦蓝钻'。迪梦蓝钻、精灵白晶、黑金猫眼石同为异沃世界最稀有的宝石，且都仅产自宝石之丘，世界其他地方都没有。这三种宝石中，又属迪梦蓝钻最为神奇，全部集中在这个洞穴里，没有一块出现在洞外。"

爱德华道："蓝色的钻石我见到过，人类世界的部分钻石矿场中偶尔也会开采出蓝钻，它虽然珍稀，但不能说只产于此地吧？"

"迪梦蓝钻并不是钻石。上古时代的精灵发现这个洞穴后，由于这里的蓝色宝石如钻石般坚硬，便称其为'蓝钻'。但随着物质解析类魔法技术的进步，精灵们很快就意识到这里的蓝色宝石和钻石毫无关系，是一种独一无二的宝石。你们应该知道，钻石虽然是硬度顶尖的矿物之一，但易碎；而迪梦蓝钻完全不同，不但硬度超过钻石，是目前已知硬度最高的物质，而且强度极高，不会破碎。这里所有的迪梦蓝钻上，都未出现过一丝裂纹。按理说，这应该是可以想象出的最完美的装备制作材料，但大自然似乎开了一个玩笑，因为无论使用什么工具、方法，都无法对其进行开采。以前就有很多工匠大师做过尝试，任何工具从完好到破碎，都无法在迪梦蓝钻上留下一道划痕。也有很多魔法师做过尝试，任何魔法都无法切割迪梦蓝钻，它完全是元素不侵、魔法免疫的。"

听到丹妮丝的讲解，爱德华露出不可思议的表情，抚摸着地上的宝石。

洞穴深处的顶端有一扇天然形成的天窗，一缕阳光从天窗处穿入，经过布满洞穴的蓝色宝石的反射，使得整个洞穴光辉夺目。安决斯突然发现,这缕阳光直射处的地面上有些异样。

"坎娜,你看那缕阳光与地面交会处,是不是插着一把剑?"

"真的!"

因为遍地凹凸不平的宝石有碍行走,坎娜一路跌跌撞撞到达阳光下。只见那儿确实有一柄剑状物插入宝石之中。它的剑柄、剑格由银白色金属构成,剑身则完全由迪梦蓝钻构成,只露出地面少许,其余部分深埋地下。

坎娜双手紧握剑柄,奋力往外拔取,剑却纹丝不动。坎娜甩了甩手,做了几下深呼吸,憋着气,用上了吃奶的力气,再次奋力往外拔取。剑还是纹丝不动。坎娜端详起这个剑状物,发现其剑身上的宝石和地面上的宝石完全融为一体,没有任何分隔痕迹,根本不像插入其中的异物。

"不行,完全拔不动。"坎娜摇了摇头。

"你再努力试试!"爱德华似乎不甘心。

"你行你来!这剑身上的宝石和地上的宝石完全是一体的,说不定它只是形状像剑的宝石罢了,根本不是剑。"

听到坎娜如此说,自知力量不如坎娜的爱德华立马收声,避免自取其辱。

丹妮丝解释道:"那个剑状物确实可能只是形状奇特的宝石罢了。上万年来,无数精灵战士尝试过拔取,它都是纹丝不动的。不用管它了,这附近还有很多其他景点,我带你们去参观。"

"好啊。"坎娜爽朗地笑着,摸爬着回到洞口,同众人一道离开。

第十五章　林地

在宝石之丘游览了一天有余，坎娜等人沿着山丘边缘向西北方继续前行。骑行数日，前方的树木不再茂密，与许多条绸带般的小溪一起，装点出一片不似凡尘的林地。远方有几处白点，似乎是精灵国度特有的白色野马。坎娜策马向前，来到距离白色生物50米左右的位置。引起对方警觉，坎娜立刻勒住马并翻身而下。她这才看清，这些生物虽然有着和白马类似的身形，但额头处都长有尖尖的长角。

"是独角兽！"坎娜看着眼前的生物，非常欣喜。

"是的。这里是独角兽林地，所有野生独角兽都在这片林地生活。"丹妮丝坐在坎娜肩头说道。

安决斯等人也追上了坎娜，在其身后下马。

"第一次看到活生生的独角兽。好美啊！"安决斯的眼中充满了向往。很难理解一位男生为何会如此喜爱这种洁白的生物。

"不可以向前！"丹妮丝喊住安决斯，"你会吓到她们。这些是野生独角兽，不是很亲近人[1]。即便是训练有素的独角兽坐骑，也很厌恶性或失贞女性的接近。坎娜和茱莉亚可以试着慢慢靠近，若她们表现出想要逃走的姿态，你们就不要往前了。这些女孩很敏感，不要惊着她们。"

"好嘞。"坎娜开心地向前缓慢走去。

"我，我也可以去吗？"茱莉亚有点紧张。

"当然可以。除非你……"丹妮丝欲言又止。

"没，我没有……"

"不用紧张，她们和你一样害羞。说不定你们会惺惺相惜。"丹妮丝俏皮地笑道。

"啊……真是的！我，我才不害羞……"语毕，茱莉亚怯生生地跟着坎娜缓步向前。

随着彼此间距离的拉近，位置最近的几只独角兽慢慢侧过身，似乎准备随时跑开。坎娜立在原地，挥了挥右手，说了声："嗨。"

那几只独角兽愣了一下，其中一只谨慎地向坎娜靠近。坎娜向前伸出双臂，开心得合不拢嘴。

那只独角兽停在距离坎娜1米处，不断嗅着坎娜的气味，而后走到坎娜面前，用脸蹭着坎娜的脑袋。坎娜顺势环抱住它的脖子，爱不释手地抚摸着。

不知不觉中，许多独角兽从林地深处走出，将坎娜和茱莉亚围了起来。茱莉亚显然还没法适应这样的场合，越发紧张起来，不知所措，过了好半天，她才从嘴角小声挤出一句："你，你们……好

---

[1] 这里的"人"指的不仅是人类，而是泛指精灵、人类等各种智慧生物。

呀。"独角兽们仿佛很喜欢茱莉亚这种腼腆的状态，都凑过来舔她的脸。

这边的茱莉亚已淹没在独角兽的热情海洋中，那边的坎娜不知何时已骑上最先靠近她的那只独角兽，在林中窜来窜去。

看着两个女孩和独角兽群打成一片，安决斯远远望着，羡慕不已。爱德华疑惑地看着他，很不解："这和马有什么区别？"

"你不觉得这种生物很美吗？"

"美能当饭吃吗？"

"虽然你是战争之神的信徒，并不信仰美丽女神。但我很难相信你竟然会说出这种话。"

"这两年我已经离开战争之神的怀抱，投身于守护之神了。但这并不影响我对美丽女神大人的尊敬。美丽女神大人教导子民向善，追求美好的生活，守护爱与和平。这才是男人应该追求的美，而不是像女孩那样过分喜爱美丽的外表。就算坎娜长得像巫婆（Hag）一样，我也愿意用生命守护她。"

"如果我长得也像巫婆一样呢？"

"呃，我刚才想象了一下巫婆版的安决斯。嗯……太恶心了！我一定会用袋子罩住你的脸，你敢拿下来我就揍你。"

"明天起床时，你会发现心爱的盾牌装满了马粪，爱德华。"

"你敢！"

"另外我会告诉坎娜，你说她长得像巫婆。我们到时候看看谁会被揍。"

"安决斯，咱们是兄弟不是吗？有话好说。我刚才认真看过了，独角兽确实比马美丽多了。"

"哈哈哈！"

黄昏时分，酣畅淋漓地跑了一场的坎娜从独角兽群中救出茱莉亚，二人一起回到伙伴身边。只见茱莉亚的脸上、头发上都沾满了独角兽的口水。她眼中噙着泪，带着哭腔说了句："独，独角兽……好，好可怕……"此行对她造成了心理阴影，以致之后只要看到与独角兽形象相关的物品或图画，她都会瑟瑟发抖。

夜晚，大伙围着篝火一边野餐，一边聊天。

"坎娜公主，我不敢相信，布兰琪（Blanche）竟然允许您骑她。"

"布兰琪？"

"就是今天您骑乘的那只独角兽。她是这片林地的公主。按理说，野生独角兽在接受训练和被驯化前，是不可能让任何生物骑乘的。"

"我之前就想问这个。有被驯化成坐骑的独角兽吗？"爱德华好奇地问道。

"当然。你没有听说过精灵的独角兽骑兵（Unicorn Rider）吗？是战士传奇职业。好吧，我也不确定算不算战士，因为她们都是战士兼魔法师。"

"没有听说过，更没见过。"

"独角兽骑兵、精灵皇庭剑舞者、月光森林神射手（Sharparcher），是精灵的三支王牌部队，属于精锐中的精锐。你没听说过独角兽骑兵，应该是因为这支部队从未离开过精灵国度。独角兽无法离开精灵森林太久，她们无法在外面的环境生存。"

"那为什么要骑独角兽？骑马不是更方便吗？"

"独角兽在林中奔跑比马匹灵活得多。当然，这一点，精灵鹿骑兵的表现并不比独角兽骑兵差，最重要的是独角兽对魔法非常敏感。刚才说了，独角兽骑兵都是战士兼魔法师，在她们吟唱魔法时，独角兽能很快感受到法力波动。会自动和敌人保持距离，保护骑手在战场上顺利吟唱魔法。你知道一群比马跑得更快，并能在移动中施法的魔法师有多强吗？"

"确实强得可怕。普通的魔法师就已经够让人头疼了。"安决斯嘟囔道。

"独角兽骑兵部队是精灵森林最坚固的一道移动防线，但是培养成本也极高。将独角兽驯化成坐骑就已经需要花费大量的精力和时间了，每只独角兽的骑手还不可更换。另外，独角兽骑手必须是纯洁的女孩，同时必须精通无缰骑术、魔法、长柄武器等等。"

"为什么独角兽的骑手不可更换？"爱德华不解。

"每名独角兽骑手都会陪伴一只年幼的独角兽长大，在这个过程中驯化她。骑手和自己的坐骑之间有一种特殊的情感链接，她们是一一对应的。独角兽失去了她的骑手，不会再允许其他人骑乘；同样，骑手若失去了她的独角兽，也无法再被其他独角兽认可。所以若是精灵派出独角兽骑兵出战，说明国度已陷入了极大的危机。"

坎娜问道："我注意到，在描述独角兽时，你使用的称呼为'她'[1]。"

"是的。独角兽都是女孩，没有雄性的独角兽。她们在这片林地生长到一定年龄，便会自然怀孕。一生最多生育一次，一胎孕育一到两只小独角兽。如果离开这片林地，她们便无法孕育后代。所以我

---

[1]异沃世界中，第三人称代词有性别之分。

们都称呼独角兽为'林地的孩子'。"

坎娜微笑道:"好神奇的生物!"

愉快的闲聊间,周围的花丛突然晃动起来。三位小战士的手都摸到了身边的武器上,因为这会儿并没有起风。

"不用紧张。"丹妮丝示意大家无需戒备,"这些花儿有事找我。请稍等。"

丹妮丝飞到花丛中,和花儿们窃窃私语了一阵子,又飞了回来。

"坎娜公主,艾丽卡女皇已知道您驾临精灵国度,她想见您。"

坎娜嘿嘿一笑:"好啊,我也很想见她。"

"好的。今晚咱们早点休息,明天由我带领大家去往精灵皇宫所在地——最初之城。"

第十六章　最初之城

　　威格山脉的西南方，恩泽河的上游，阳光森林与月光森林的交界处，坐落着最初之城。

　　AZ创造了第一批精灵后，异沃世界便进入精灵纪元。这批由AZ亲手创造的精灵，被称为"造物主之长子"，也被称为"最初的精灵"。之后，为了方便管理异沃世界，AZ于E1年[1]创造了十位最初神。在之后漫长的时间里，AZ创造了许多辅神，最初神又与辅神陆续创造了许多次级辅神。诸神和精灵在一起生活了很久，共同建造了最初之城。直至E5000年，诸神才随AZ离开这片土地，去往天堂居住。

　　E31044年至E31144年，第一次精灵内战，导致精灵国度最西南部的大片土地坍塌，沉入无尽之海。E31227年至E31248年，第二次精灵内战，导致阳光森林大半面积被毁，变成了绝境之沙。由于两次大战，精灵人口骤减，之后便用魔法将自己的家园隐藏起来，和其他

---

[1] E 代表精灵纪元，E1 年为精灵纪元元年。

新兴智慧种族以及主世界隔绝。此后，异沃世界进入人类纪元。

而最初之城依旧完好无损地屹立在那里，看尽沧海桑田。它仿佛是一位历史的见证者，一位世界的旁观者。它是如此华美，如此冷酷。

坎娜看着阳光照耀在这座圣洁的白色城池上，反射出绚烂的光。

"真像世外之物啊！"坎娜感慨道。

皇宫卫队正在城门外列队迎接坎娜的到来。

丹妮丝没有进城，她表示想休息一会儿，在城外等坎娜出来。只见她向路边的花丛飞去，停在一处植株上倒头便睡，身上的花瓣立刻与植株融于一体。即便走近了仔细查看，也只会觉得是植株开出了鲜艳的花朵，无法发现是一位花妖精躺在上面。

一众精灵侍女引领坎娜等人踏上白色的石阶，穿过一条条花园甬道，直至主殿。只见那主殿深处，一棵巨大的白色橡树破顶而出。准确地说，并不是橡树冲破了穿顶，而是宫殿本是围绕着树木建造的，浑然一体。橡树突起的根部自然形成一个长椅般的形状，椅子上坐着一位精灵。她金色的卷发披散在地上，金子般的眼眸仿佛能望穿世间一切虚妄。她身着金银双色的华美礼服，头戴镶满宝石的精灵皇冠。

她的两边站着许多精灵侍女，侧后方站着一位精灵女战士。这名战士身高约2米，金白色的头发梳成一条麻花长辫置于胸前，着一身银色精灵轻型板甲，腰带左右两侧各佩带着一把长剑和两把短剑。她的双腿绑着皮质腿带，腿带外侧的鞘内各插放了五把匕首，身后背着一把双手巨剑。她双手抱于胸前，面无表情，始终闭着眼睛。

在椅子上端坐着的精灵见到坎娜进来，微笑着站起身。她的身高有2.2米。全身自内而外散发出不矜而庄、绰约多姿的气质。

　　茱莉亚从未感受过如此庄严的气场，"扑通"一声，双膝跪倒在地。爱德华和安决斯也不禁紧张地将双手置于胸前，深深鞠躬行礼。

　　坎娜略微欠身，微笑着用精灵语说道："参见精灵国度的女皇、美丽女神教宗、造物主之长子，艾丽卡陛下。"

　　艾丽卡欠身低头向坎娜回礼，用人类世界通用语说道："欢迎！詹姆斯之女坎娜。"随后点头向爱德华等人示意。

　　"不用多礼，各位请坐。坎娜，来。"艾丽卡向坎娜伸出手，之后牵着走上台阶的坎娜，一同坐在橡木长椅上，轻声说道："未能远迎，请见谅。"

　　"你不用这么客气。"坎娜难得显露出一丝腼腆。

　　"好的。"艾丽卡不断打量着坎娜，"经常听美丽女神大人提到你，今日一见，果然不同凡响，令我万分欣喜。"

　　坎娜有些不好意思地低下头去。

　　艾丽卡继续说道："我为你们准备了一些薄礼，还望不弃。"

　　艾丽卡向旁边的侍女示意，起身向殿下走去，侍女们捧着礼物紧随其后。

　　艾丽卡走到爱德华身前："安德鲁（Andrew）之子爱德华，我在这个大厅接见过你的祖父，你和他一样高大强壮。你继承了祖辈的光荣使命。"艾丽卡递上礼物："这是一面精灵筝形盾（Kite Shield），由精灵制盾大师莫西迪尔（Mosidir）锻造，著名大法师（Arch Mage）芬纳维尔（Fennevil）为之附魔。附魔效果为极大降低重量，所以非常轻巧，适合四处旅行使用。希望你能使用这面盾牌好好保护坎娜。"

爱德华起身，双手接过盾牌，庄重地向女皇行礼，并表示誓死护卫坎娜周全。

接着，艾丽卡走到安决斯身前："赖西（Lasse）之子安决斯，我已经上百年未曾见过奥尔森家的人了，愿天鹅城如威格山脉般永远屹立。"艾丽卡递上礼物："这是《美神圣经》的原本。当初精灵和诸神一起生活时，将美丽女神大人的圣言记载下来汇编成此书。世间别的《美神圣经》皆为此书的撰抄本。愿你不忘初心。美丽女神大人和我都会一直注视着你。"说完，对安决斯报以神秘一笑。

安决斯颤抖着双手接过《美神圣经》，激动地紧紧将书抱在胸前念着祷文，一时忘了向女皇谢礼。

然后，艾丽卡走到茱莉亚身前："麦田之女茱莉亚，你可是个名人，连北方飞来的鸟儿都会向我讲述你教育他人耕种的故事。"艾丽卡递上礼物："这是一个精灵远征次元袋，能装入大量物品且不会增加重量。和其他次元袋相比，它的空间不算特别大，但是有一个特殊效果，即放入其中的食物能永久保鲜，不会变质。当然，你用它盛放各种作物的种子，也是万年不坏的。"

异沃世界的人们在外出执行任务或探险时，大多会携带魔法口袋，以便收纳海量的装备以及出行用品。一个手掌大小的魔法口袋往往拥有4立方米以上的容量。对这类魔法收纳道具进行附魔的难度很高，价格也不菲。根据工艺水平及附魔等级不同，魔法口袋的容量也是不同的。但基本上都有一个共同的特点，就是无法降低内容物的重量。但次元袋不同，这是传说级收纳道具，内部的空间处在另一个特殊位面，放入的物品完全不会增加口袋的重量。而精灵远征次元袋更加珍稀，其次元空间内的时间是静止的，所以放入的物品永不腐坏。在精灵纪元，精灵军队中的精英在远征探索世界时，会人手一个这样的袋子。随着人类纪元的到来，精灵将国度与主世界隔绝后，这些次元袋大多进了仓库，无人问津。

茉莉亚接过次元袋，受宠若惊，一时不知如何是好。又是"扑通"一声，双膝跪倒在地。

艾丽卡微笑着将茉莉亚扶起，转身向坎娜走去。她来到长椅旁边，贴着坎娜坐下，取出最后一件礼物，说道："在诸神和精灵一起生活的年代，辅神·自然女神藤德尔亲手在阳光森林西边种了一棵树。这棵树生长得飞快，藤德尔每日清晨都会在树荫下歌唱。很快，这棵树便生长得高耸入云，每一片树叶都闪耀着星辰般的光芒。阳光透过枝繁叶茂的巨树倾泻而下，若点点星光。这也是为何巨树以西的森林被称为'星光森林'。从清晨日出开始，直至下午三点左右，那片森林都沐浴在巨树的'星光'之下。三点之后，太阳才会到达巨树的西边，彻底照亮整片星光森林。

"AZ很喜欢这棵树，封其为圣，赐予其不朽的生命，于是这棵圣树被称为'生命之树'。生命之树四季如常，从不换叶。E5000年，AZ带领诸神离开这片土地，去往天堂居住。依依不舍的生命之树掉落下两片树叶，一片感恩自然女神赐予的歌声，一片感恩造物主赐予的不朽。这个吊坠中镶嵌着的，便是其中一片树叶。有了这片树叶，任何时候你都能穿过隐秘之森进入精灵国度。另外，将这片树叶放于掌心，叶尖永远会指向生命之树所在的方向，没有任何法术或屏障能阻挡这个效果。坎娜，你是精灵的女儿，这里永远是你的家。不论你去到何方，这片生命之叶都能帮你找到回家的路。"

坎娜接过生命之叶并将吊坠戴在脖子上，甜蜜地微笑着，挽着艾丽卡的手臂，闭上眼睛并将头靠在她的胸口，说道："艾丽卡和杰西卡好像啊！"

艾丽卡用右手温柔地抚摸着坎娜的脑袋。

很小的时候，坎娜便失去了母亲，父亲又不知所终，只有偶尔见到百忙中抽空而来的美丽女神杰西卡时，她才能感受到母性的关爱。虽然坎娜是个坚强的孩子，一向独立自主、阳光乐观，但是，缺乏母爱的她，在这样的情形下，也总会不禁撒起娇来。坐在殿下看着此情此景的茉莉亚，已经不觉感动得梨花带雨。

"呐，艾丽卡……"

"嗯？怎么了？"

"你认识我的妈妈吗？"

艾丽卡若有所思，目光从坎娜身上移至远方，说道："认识。"

第十七章　精灵少女

　　听闻女皇与母亲相识，坎娜的目光中充满期待，问道："和我讲讲我妈妈的事，好吗？"

　　"好。"艾丽卡重新看向坎娜，"AZ亲自创造出的第一批精灵，被称为'最初的精灵'，也被称为'造物主之长子'。那时候，人类没有诞生，AZ也没有限制精灵的出生率。最初的精灵们繁衍了很多后代，他们大多生活在阳光森林，被称为'太阳精灵'。而后，一些不是很喜欢耀眼阳光的精灵迁往了月光森林和星光森林。月光森林的阳光虽然未被生命之树遮挡，但这片森林的树木既高大又茂密，所以在白天光线也不会过于耀眼。另外，月光森林作为大陆最西方的森林，每晚都会最早沐浴到月光，因此得名。而带领人们迁往月光森林和星光森林的精灵领袖，被追随他们的人民奉为月亮精灵和星辰精灵的王。你的母亲便是月亮精灵王的后代，是月亮精灵的公主。所以，坎娜，你也是月亮精灵的公主。"

　　坎娜吃惊地直起身，说道："这样啊！"

　　艾丽卡对坎娜点了点头，继续说道："你的母亲名叫兰瑟丽尔，出生在H1300年前后，具体年份我记不太清了。H2009年时，绝境之沙东方的绿洲之森中的生物集体狂暴，这一事件被称为'暴怒森林事件'，对世界影响深远。你的父亲詹姆斯王应我之邀来到最初之城商讨对策，与恰巧在此游玩的兰瑟丽尔公主相识，两人很快坠入爱河。H2015年，年轻的兰瑟丽尔公主嫁给了你的父亲。当时，他们的婚姻在人类世界引起轰动，受到了梅蕾蝶斯王国国内极大的阻力。"

"这事我听说过。因为人类、精灵与非本族生物间都有生殖隔离，国内贵族极力反对这场不会有继承人诞生的婚姻。"

"是的。但是你的父亲力排万难，坚持和兰瑟丽尔完婚。次年，便有了你。坎娜，你的出生是个奇迹。在最初神·罪恶女神米娜成功劝说AZ创造人类后，AZ极大降低了精灵的怀孕概率，目的是让人类代替精灵成为世界的新主人。大多数精灵变得不孕，新生的精灵数量少之又少，更别说在生殖隔离下诞生的混血儿。"艾丽卡似乎花了些时间，才将自己从回忆中抽离，她的目光柔和且温暖，说道："你的父母都很爱你，坎娜。"

"嗯。杰西卡也和我说过，我的父母都很爱我。不过在我能清楚记事之前，他们就离开了。我甚至不知道他们的样貌。"

"他们的样貌多半体现在了你的身上。你这黄金般的发色遗传自你的父亲，很少有人的发色如奥古斯都家这般灿烂。而这笔直的长发遗传自你的母亲，这是月亮精灵的特点，人类根本没有这么直的头发。"

"确实呢，我见过的人们大多是卷发，即便是直发，也没有完全笔直的。"

艾丽卡微微点头，继续说道："你这暗金色的眉毛与炯炯有神的大眼睛像极了你的父亲。和你比起来，月亮精灵的眉眼会显得更

细长一些。但你这精雕细琢般笔挺的鼻子，这薄如花瓣的上唇，以及比上唇略厚的下唇，和你母亲的如出一辙。"

坎娜听得出神，似乎在脑海中勾勒着父母的样子。

艾丽卡慈爱地轻抚坎娜的脸颊，继续说道："你的脸型和耳朵倒像是两人样貌的结合。你父亲的脸比你宽些，而母亲的脸则长些。耳朵就更明显了，想必你自己也注意到了，你这尖尖的耳朵是精灵的特色，但精灵的耳朵可比你的长多了。"

"哈哈，是的，我注意到了。"

"不过你的身体有一个部位是独一无二的，和所有精灵及人类都不同。"

"哪里？哪里？"

"瞳色！"艾丽卡认真说道，"你父亲的眼睛是绿色的。人类的瞳色种类虽多，但无非是褐色、绿色、浅蓝色、银灰色这几大类。"

"啊！我没在王国见过和我一样的瞳色，一直以为妈妈的眼睛是这个颜色。"坎娜打断道。

"你的瞳孔并非黑色，颜色深于虹膜，这的确是精灵的特征。但月亮精灵的眼睛是天蓝色的，最初的精灵的眼睛为金色，太阳精灵的为橙色，星辰精灵的为银色，散落在人类世界的野精灵的为琥珀色。没有人的眼眸像你这般，蓝如深邃的海洋。"

"哦？"坎娜表现出吃惊的神色。

艾丽卡看着坎娜海蓝色的眼睛出神，没有告诉坎娜，兰瑟丽尔王后是被谋害的。这事只有詹姆斯王和自己及少数心腹知晓。这么多年来，自己一直没有放弃对真凶的调查，也从未停止派人去往人类世界寻找坎娜失踪的父亲。她不希望仇恨的种子在面前这个美好的小女孩心中萌芽。这个残酷的世界或许配不上这个孩子，但在她直面世界的冷酷之前，值得拥有一段无忧无虑的少年时光。

艾丽卡的目光如清泉般滋润着坎娜，她心疼地说道："坎娜，你不会寂寞的。你有很多关心你的亲人与朋友。我们永远在你身边。"

"嘻嘻，艾丽卡，你真好。" 坎娜再次扑进女皇怀里。

艾丽卡任由坎娜撒娇，温柔地抱着她，许久后说道："坎娜，在精灵国度，你有什么有趣的见闻与我分享吗？"

"有的，有的。我看到了独角兽，好美啊！可惜不能被带出精灵森林。还有，还有，我还看到了遍布宝石的山丘……对了！"

"怎么了？"

"宝石之丘上有个奇怪的山洞，里面有一块形状看着像剑的宝石。"

"你说的是布满迪梦蓝钻的宝石之心洞穴？"

"对对对！丹妮丝说的是这个名字。"

"啊，这个我知道……"艾丽卡似乎在回忆很遥远的往事，沉思道，"那确实是一把剑。"

"那真是一把剑？"

"是的。那是欧辛大陆万物孕育出的宝石剑，名为'阿什莉（Ashley）'，代表着大地万物之美。还在精灵纪元的时候，我不记得具体是哪一年了，美丽女神大人曾带我去过那个洞穴。当时祂抚摸着那把剑的剑柄，听懂了大地万物的声音。大地万物感激精灵与大自然的和谐相处，将此剑献给最美丽的精灵少女。众人都说我是最美的精灵女性，但是我拔不出那把剑，可能是因为我早已过了少女的年纪吧。"艾丽卡摇了摇头，自嘲地笑着。

"原来需要最美的精灵少女啊！怪不得我也拔不出来。嘻嘻。"

艾丽卡若有所思，说道："我觉得未必。"

"啊？"坎娜对此感到不解。

"我认为'最美的精灵少女'中有三个关键词，'最美''精灵''少女'缺一不可。你这人类探险家的打扮，怎么看都不像是精灵。我建议你穿着精灵寻常少女的传统服饰再去试试。"

说罢，女皇向侍女示意。侍女很快便拿来一套精灵少女的连衣裙。在女皇的反复怂恿下，坎娜跟着侍女去别间更衣。

过了一段时间，坎娜才走回正殿。这是一套平平无奇的白色精灵连衣裙，左胸口处有一枚精致的树叶状银色胸针别住衣襟，除此再无其他装饰。坎娜金色的直发披到腰间，长长的裙摆散在地上。从未穿过这么薄的裙子，她的脸颊已羞红如火。众人看着，眼中仿佛出现了幻觉，似乎此时的坎娜正置身画中，画内落英缤纷、云蒸霞蔚。爱德华看得目瞪口呆。安决斯已不知不觉站了起来，惘然若失。就连茱莉亚这个女孩子都看得痴了。

"好美啊！"艾丽卡感叹道，"胜过我当年。这天地间能与坎娜你相比的，只有美丽女神大人本尊了。"

坎娜低着头说道："别拿我打趣了。"

爱德华和安决斯虽然见过多次坎娜穿着裙装礼服出席王国重要活动的样子，却是第一次瞧见如此富有少女气息的坎娜，自是失态非常。茱莉亚则由如痴如醉变得心神不宁，顿感自己与公主果然有云泥之别。

只有艾丽卡女皇的神情无半分异样，拉着坎娜其乐融融地聊了许久家常。欢乐的时光往往稍纵即逝，一名侍女走到女皇身边耳语

一番，女皇转头对坎娜说道："坎娜，我还有些事务要处理，暂时不能陪你了。在精灵国度，你不用拘谨，凡事自便。"

坎娜起身说道："好的，谢谢款待！"

艾丽卡亲吻了一下坎娜的额头，并和向她行礼的其他人点头示意，接着便徐徐走出正殿。那位闭着眼睛的精灵女性战士也跟着女皇离开，步伐轻盈、悠然。

坎娜从侍女手中接过换下的探险服饰，走下阶来。

爱德华凑了过来，小声说道："你注意到那个武装到牙齿的女战士的步伐了吗？"

坎娜露出笑容，转头面向爱德华："嗯！强得远超理解上限呢。"

"不愧是拥有几万年底蕴的种族，真是藏龙卧虎。"

"别想那么多了，快随我去拔剑！"

爱德华应和着，同茱莉亚一起跟上坎娜急匆匆的步伐。

坎娜突然回头喊了一句："安决斯，别站在那儿发呆了。快跟上！"

"哦哦！"发愣的安决斯终于缓过神来，小跑着跟随伙伴们离开大殿。

第十八章　奇怪的职业

　　队伍再次回到宝石之心洞穴。坎娜走到宝石剑旁边，深吸一口气，用尽全力，奋力一拔。这一次，她未受任何阻挠，宝石剑一抽便出。倒是坎娜，因为用力过猛，狠狠地往后摔了出去。好在这附近并无形状尖锐的宝石，她倒也没有摔伤。

　　爱德华指着狼狈摔倒的坎娜捧腹大笑，安决斯和茱莉亚则为坎娜拔剑成功而欢呼雀跃。丹妮丝在空中翩翩起舞，哼唱着一段仿佛是用来庆祝节日的旋律。

　　众人将坎娜围了起来，端详着她双手捧着的宝石剑。该剑剑身通体由迪梦蓝钻构成，璀璨剔透。剑柄和剑格由银白色的不明金属构成，光滑如镜面一般。坎娜握住剑柄试了试，既不冰凉，也不打滑，材质并不是真金属，看来无需裹上防滑皮革。

　　接着，坎娜又用手丈量了一番。阿什莉全长120厘米，介于单手剑与双手剑之间。剑身通体双刃，长90厘米；剑柄长26厘米；剑格宽4厘米。剑柄可供双手握住。由此可见，该剑可单手使用，也可双手使用。

坎娜一直习惯使用双手剑，很难想象其受教于剑舞者，因为剑舞者大多擅长双持轻便的长剑。使用轻便的武器能更好地控制用力的分寸并发挥战斗技巧。自古以来，使用双手剑的剑舞者，仅有那位传说中的"悠扬的杰卡"。坎娜的力量属性很高，即便在等级更高的人类成年男性战士群体中，也鲜有力量比坎娜大的。但是，即便是王国军械库内尺寸最小的双手剑，对坎娜来说也过于笨重，用起来打击强度尚可，但控制的精准度不足。而阿什莉因为材质特殊，重量仅相当于一把短剑，简直是为坎娜量身定制的。

坎娜试着挥舞了一会儿阿什莉，以前连斩出三剑的时间内，她如今能斩出五剑左右。

"适应如此轻巧的武器尚需时日，慢慢来吧。"

坎娜怀着如此想法，待伙伴们先行离开后，在洞内换好探险服饰才走出洞穴。这时，她看见洞口外一位精灵女性站在离同伴不远处，似乎正等着她。

这位精灵女性穿着一身精灵锁甲，腰间佩有两把长剑，淡金色的长发整齐梳向后脑，端庄地立在那儿。她看了一眼坎娜腰带上挂着的宝石剑，微笑道："坎娜公主，你好啊。"

坎娜笑着回道："嗨！你好啊。"

"我是太阳精灵伊西多丽尔（Isidoril），听闻坎娜公主来此拔剑，特此恭候。能否借一步说话？"

坎娜点头，只身随伊西多丽尔向林中走去。

行至林中深处，伊西多丽尔停步问道："你腰上的那把剑，就是阿什莉吗？"

"是的。"

"能否让我端详一番？"

"好呀。"坎娜递上剑。

伊西多丽尔仔细地反复查看阿什莉，又单手握住它挥舞了一番，说道："剑体远比金属剑轻，重心就在剑格位置，使用起来完全和手掌融为一体。构成剑柄、剑格的不知是何材料，防滑性极佳，即便手心出汗，也丝毫不会打滑。再加上迪梦蓝钻匪夷所思的硬度和强度，这是一把无与伦比的极品单手长剑。"

"我打算双手使用呢。"

"双手？我很少使用双手剑。使用双手剑的战士，往往需要利用剑身的重量对敌人进行打击。在面对重甲敌人时，也能起到一定的钝器作用。但据我所知，你的剑术启蒙老师是巴奈威对吧？剑舞者追求的战斗方式，是避开硬碰硬，使用轻巧的利器快速突刺或切割敌人护具薄弱的部分。所以说，双手剑的使用方式和剑舞者的追求有点背道而驰。使用双手剑的剑舞者可能只有众所周知的那一位了吧。这把剑虽然比寻常单手长剑长不少，但是重量极轻，又锋利非常，算是剑舞者追求的最佳单手武器。当初，我也试过拔取，但无奈没有被其认可。若双手使用这把剑，能造成的平均伤害自是不弱于任何双手武器。但是对于双手剑的常用战斗方式来说，该剑重量太轻，挥舞起来速度太快，单次伤害略显不足。"

"你对剑的理解好深啊！你也是剑舞者吗？"

"很早以前是，现在不是了。"

"你转职了？"

"是的。我现在是一名剑吟者（Sword Singer）。"

"剑吟者？我从来没有听说过这种职业。"

伊西多丽尔略显无奈地摇了摇头，说道："哪怕在传奇职业里，剑吟者也是极其稀有的存在。从古到今的剑吟者加起来，总数可能不到二十人。人数如此稀少的原因，是这个职业略显尴尬。"

"愿闻其详。"坎娜的态度很认真。

"你是知道的，有不少人的职业是战士兼魔法师。其中战士等级较高的俗称'秘法战士（Arcane Warrior）'，而魔法师等级较高的俗称'战斗法师（Battle Mage）'。剑吟者也是战士兼魔法师的一种，但它的特殊性在于，要求在使用战士的方式战斗的同时，能成功吟唱并施放魔法。"

"这……这是可以做到的事情？"

"这个世界有数以万计的魔法，除去大量需要复杂施法材料和施法准备的，适合日常实战的也有几千种。没有任何魔法师能同时准确记住这么多的魔法，即便是以魔法学识渊博而闻名的魔法师传奇职业之一的大法师也无法做到。所以魔法师都会携带魔法书，记载自己能成功施放的魔法，在战斗前，强记其中少许，方便战斗时不翻阅魔法书便能正确施放。而对于没有事先强记的大多魔法，则必须翻出魔法书进行朗读吟唱。魔法是一门很严谨、很复杂的学科，吟唱时发错一个音调，都可能导致自杀行为。"

"确实。"

"魔法师在吟唱咒语时，需要投入极大的专注力。别说在进行物理战斗的同时吟唱，就连在移动时吟唱都几乎是不可能做到的事情。所以，修习剑吟者职业时，大多尝试者的魔法师等级都远高于战士等级。但是，先不说在物理战斗时成功施法，魔法师只要能做到移动时成功施法，以此为基础努力提升纯魔法师的能力，就能实打实地强过绝大多数战士兼魔法师，再修习战士职业完全是画蛇添足。朝这个方向发展比走上剑吟者之路轻松得多，且展现出的实力大概率比看重魔法师等级、轻视战士等级的剑吟者强，那为什么还要去当剑吟者？这是尴尬点一。"伊西多丽尔停顿了片刻，问道："你听说过精灵独角兽骑兵吗？"

"丹妮丝和我讲解过。"

"嗯。精灵独角兽骑兵都是战士兼魔法师，但是其中的剑吟者不到五人，以后只会越来越少。因为骑乘独角兽战斗，就是为了回避尴尬点一，利用坐骑独角兽移动，来实现移动施法。也因此她们对施法能力的要求不高，大多是战士等级较高，魔法师等级较低。只需要在战斗中为自身添加防护类法术便可。"

"原来如此。"坎娜听得入神。

"说回在物理战斗时施法。其原理仍然是在施法时将所有专注力都投入吟唱中。在吟唱魔法的这几秒内，将物理战斗完全交给身体的本能反应。但是能做到专注于其他事情，靠本能战斗，能达到这种水平的战士，基本上已经与剑舞者同级别了。既然已经达到剑舞者水平了，那为什么还要去当剑吟者？这是尴尬点二。因为这两个尴尬点，现在越来越鲜有人愿意尝试升职为剑吟者了。总而言之就是付出和收获不成正比，'性价比'太低。"

"那么，已经是剑舞者的你，为何要吃力不讨好地转职成剑吟者呢？"

"你觉得同档次的战士和魔法师单挑，谁的胜算大？"

"魔法师的胜算远大于战士。不出意外的话，魔法师必胜。"

"是的。那么在传奇职业里进行比较，同档次的剑舞者和大法师单挑，谁的胜算大？"

"在战前没有施放好全套防护类法术或做各类战场布置的情况下，剑舞者的胜算大。因为剑舞者的速度和技巧能频繁干扰魔法师施法，并使自己躲避掉很多魔法。"

"没错。那么十位剑舞者和十位大法师战斗，结果又如何？"

"我没见过这么多传奇职业者聚集在一起的战斗，很难推算出结果。"

"我见过，见过很多次。"伊西多丽尔低下头，神情略显痛苦："战况会变成大法师群体压制剑舞者群体。即便不是大法师，而是普通的高等级魔法师，也是如此。因为战场状况复杂，地形以及敌我双方站位复杂，很难让剑舞者与魔法师一对一作战并同时打断他们的施法。只要其中一位魔法师成功施放出一个群体控制类魔法，接下来的战况便会陷入恶性循环，而当参战双方扩大到上百位剑舞者对战上百位魔法师时，战况会由压制变成魔法师单方面碾压。"

"……"

"魔法是精灵教给人类的。可想而知，在精灵纪元时期有多少精灵魔法师。我参与了两次精灵内战。魔法师部队碾压剑舞者部队的状况，我经历了很多次，这就是剑吟者的意义所在。这种状况下，若有少量剑吟者一边使用防护类法术或驱散队友身上异常状态的魔法，一边冲入敌阵，打乱敌人的施法节奏和阵形，情况便能反转。"

"所以说，你认为剑吟者的价值在于依靠战士的技巧战斗，使用魔法辅助自身或队友，降低队伍被控制的概率和减少在战斗中受到的伤害？"

"坎娜公主果然冰雪聪明，一点就通。是的，我认为剑吟者的价值就在于此。在此基础上，再根据实际情况考虑是否需要在战斗中加入控制型或攻击型魔法。那些为了能在物理战斗时成功施法，而盲目提升魔法师等级，使之远超战士等级的尝试者，完全是本末倒置。为了追求剑吟者职业，而忘了剑吟者是为了什么而存在。剑吟者是最讲究天赋的传奇职业，天赋不足，很难做到在物理战斗时成功施法的人，不如一门心思专精于一个职业。"

"你能帮我看看，我的天赋如何吗？"

"稍等一下。"

伊西多丽尔从腰间的精灵远征次元袋中掏出一本魔法书，翻找到咒术系八阶魔法【高级查探术】，并对坎娜施放。八阶的【高级查探术】和四阶的【查探术】的不同点在于，前者除了能查探到目标的各项主要属性、职业等级，还能查探对方各项天赋对应的档次。

"不可思议……"伊西多丽尔喃喃道。

"怎么了？"看着伊西多丽尔自言自语的状态，坎娜十分好奇。

"不论是力量天赋、敏锐天赋、魔法天赋、吟唱天赋等等，所有和战斗相关的天赋，你都是最高的十阶。"

"也就是说，我能同时掌握战士、魔法师、游荡者、游侠等一切职业的技能？"

"理论上确实如此，只要天赋允许，一个人能兼修所有职业，并掌握所有技能。但实际上根本不可能做到。无论他天赋如何卓越，都不可能做到。"

"为什么？"

"对职业高级技能的掌握来源于对职业技能的熟能生巧，所以不光涉及天赋，还对职业等级有要求。你现在等级不高，在平时练习以及探险的过程中，只体验过升级，没体验过降级，对吧？"

"职业等级还会下降？"

"当然会。任何能力，长期不练习或没有达到那个级别的练习量，就会生疏，生疏便意味着降级。任何人的时间和精力都是有限的。就算你不吃不睡，每天训练24个小时，也不可能同时将三四个职业维持在高等级状态，更别说将全部职业提升到足够等级，以便掌握所有职业的技能。等级越高，维持等级越难；兼修职业越多，维持等级越难。特别是维持多职业等级这件事，其难度提升不是线型的，而是跳跃型的。若要追求个体实力强大，最多兼修一个职业；兼修两个或更多职业的，往往是出于特种任务的需要，和变强这个追求毫无关系。"

"伊西多丽尔是最强的剑吟者吗？"

"目前来说是的。我的老师、最初的精灵艾尔凡（Erfan）阁下是世界上第一位剑吟者。他略强于我，但是在第二次精灵内战期间牺牲了。"

"抱歉……"

"不用在意，他是载入史册的精灵英雄，我为他感到自豪。"

坎娜联想到为了保卫梅蕾蝶斯王国而牺牲的"悠扬的杰卡"，不由得心中肃然起敬。而后又继续提问："伊西多丽尔的等级状况如何呢？"

"在精灵内战期间，因为连年征战，我的等级达到了生涯极限。战士100级，魔法师78级，传奇职业剑吟者20级。若要尝试突破魔法师等级80级大关，使用九阶魔法，我的战士等级可能会跌破90

级。经过长期的和平岁月，虽然我一直坚持进行高强度训练，但是常态等级也不过维持在战士90级左右，魔法师70级左右，剑吟者12级左右。"

坎娜陷入一阵沉思，然后一字一句态度异常坚定地说道："我想成为剑吟者。"

第十九章　剑吟者

伊西多丽尔收敛笑容，严肃地说道："你确定吗？这条路在前行的过程中布满荆棘。"

坎娜庄重地点点头，说道："嗯，我确定。之前我和同伴遇到过一个恶魔法师，如果不是运气好，全员要折损在那儿。以后若是遇到更难缠的魔法师，即便侥幸胜出，我的朋友们也很难全身而退。所以我很认真地想过了，我要成为剑吟者。"

看到坎娜的坚定，伊西多丽尔喜出望外。但是她压抑住内心的欣喜，依然严肃地说道："你以前尝试过施放魔法吗？"

"因为好奇，我试过。施放一阶的魔法毫无问题。"

"好的。我现在把最简单的魔法之一，魔能系一阶的【魔法飞弹】的咒语念一遍给你听。你强记下来，对前方那块巨石使用。"

伊西多丽尔念了一遍咒语，坎娜便记了下来。接着，她对巨石施放出一发魔法飞弹，紫色的飞弹从坎娜左手飞出，撞向石头。"砰"的一声，巨石上留下了一个直径2厘米左右的小窟窿。

"很好，"伊西多丽尔说道，"接下来，我将和你对决。你要尝试在对决途中对我施放一发魔法飞弹。记住，不要为了施放而施放，要在对战斗有意义的时机施放。我将以此判断在成为剑吟者前，你需要朝哪个方向努力。"

坎娜点头道："好的。"

两人分隔出十步距离，各自摆开架势。

坎娜左右踱步，寻找进攻的时机。而伊西多丽尔直接在原地吟唱魔法，她的行为出乎坎娜的意料。别无选择，坎娜只能立刻向前，企图阻碍伊西多丽尔施法。

一剑当头而来，伊西多丽尔用右手的剑脊招架。坎娜这一剑用了极大的力量，伊西多丽尔用左肩顶住另一侧剑脊。坎娜顺势横向劈砍伊西多丽尔的脖子，剑却在未抵达脖子时被弹开了。原来，伊西多丽尔的变幻系五阶魔法【防御术·一般武器】已施放成功。

【防御术·一般武器】能在几秒内免疫非魔法武器造成的伤害。根据魔法师能力的差别，持续时间不同，但不会超过10秒。阿什莉虽是一把无与伦比的利器，却是纯天然的武器，未经附魔，魔法性为0级，自然无法对此刻的伊西多丽尔造成任何伤害。

坎娜意识到了伊西多丽尔施放的防护类法术的效果，立刻向后跳开。伊西多丽尔紧追而来，完全放弃防御，双刃狂舞，剑剑致命。坎娜挥舞阿什莉，奋力招架。

"阿什莉太快了。若使用普通双手剑，我根本无法在只能防守的状况下挡住这暴风骤雨般的攻击。"坎娜如此想道。

确实如此。坎娜的剑技虽然师承剑舞者巴奈威，但加入了极多自身的理解。剑舞者应对敌人的进攻，采取的措施主要是招架和闪避，并伺机反击。但是坎娜的应对方式还加入了搏命。坎娜的理解是：彼此互砍，若能攻击到敌人的部位，比敌人能攻击到自己的部位更加致命，怎样都不会亏。若敌人较弱，在对坎娜造成皮外伤时，已被坎娜击杀；即使敌人强大，面对这样的博弈，也只能放弃当次进攻，转为防守。因为这种战斗方式，在之前的探险生涯中，她虽未遇到太多强敌，全身上下也落下了不少伤痕。和顶尖战士剑舞者巴奈威切磋时，坎娜这种战斗风格则多次逼得对方不得不守。

但是此时的这场战斗完全不同，对方暂时对坎娜的武器免疫，坎娜只能防守。可是面对伊西多丽尔这般剑技高超的战士，一味防守不可能化解所有攻击。不多时，坎娜的右肩、左臂已留下两道殷红伤口。

伊西多丽尔丝毫不打算留手，暴风骤雨般的攻击仍未间断。突然，伊西多丽尔找准机会，将右肘砸向坎娜的脸颊。坎娜提手便挡，手肘撞击在左臂的伤口处，鲜血四溅，坎娜退了三步。

伊西多丽尔顺势提起左手长剑直刺而来。与此同时，坎娜已吟唱完【魔法飞弹】的咒语，抬起左手，一发飞弹直飞伊西多丽尔面门。伊西多丽尔条件反射地收回攻击，双手的长剑一前一后去挡飞弹，同时口中念念有词。她左手的长剑慢了0.2秒，与飞弹擦肩而过，右手的长剑挡住了飞弹。只听"砰"的一声，飞弹撞击长剑发出一道清脆的声响。该长剑似乎并非凡品，【魔法飞弹】这种一阶魔法根本无法在其剑身上炸出痕迹。

与此同时，坎娜已跳起举剑劈下。此时刚过10秒，【防御术·一般武器】必然失效，而刚刚全力挡开魔法飞弹的伊西多丽尔必然来不及招架。但是，伊西多丽尔之前便开始吟唱的魔法已然就绪。一道强横的魔法能量从伊西多丽尔的身体中心向外喷薄而出，以球体形状扩散,炸向四周。坎娜被该魔法击中,飞出10米开外,在地上滚了两圈。这是魔能系七阶魔法【魔能爆炸】,能对魔法师周围所有单位造成大量魔法伤害并将其击飞。坎娜口中已溢出鲜血,猛蹬一脚,冲锋而来。

"够了。"伊西多丽尔冷静地说道。而后她再也无法压抑自己欣喜若狂的心情,扑哧一笑:"不可思议,太不可思议了!"

在伊西多丽尔身边停下的坎娜眨着无辜的大眼睛,不明就里。

"第一次……第一次在实战中使用魔法,你便在被拳脚相加的间隙施放了出来!坎娜……"伊西多丽尔激动得有点语无伦次:"什么叫你想成为剑吟者……你分明已经是一名剑吟者了!"

"这样啊……"此时坎娜才反应过来,开心地笑道:"太棒了!"

"坎娜,"伊西多丽尔好不容易按捺住激动的心情,恢复严师的姿态,认真说道,"剑吟者无需记忆太多魔法,只要熟练掌握数个能在最大程度上弥补自身战斗不足之处的魔法便可。"

"嗯嗯。"

"比如说,阿什莉不是魔法武器,上面没有永久附魔,对普通战士来说是个缺点,但是对剑吟者来说却很完美。你完全可以根据敌人的不同,对该剑施加不同类型的临时附魔。这样一来,不但能补足其作为双手剑使用时不够高的单次伤害,也能直接对抗许多物理防护类法术。"

"嗯嗯!"

"只有你自己会知道在战斗中辅以怎样的魔法最有意义,所以我不会对你的魔法选择提出过多建议。接下来,我只和你聊一聊,这万年以来,面对不同类型的敌人时,我个人的一些实战感悟。"

第十九章 剑吟者

坎娜开心坏了,忙说道:"好呀,好呀!"

师徒二人交谈甚欢,不知不觉已日落西山。当暮色深沉,伊西多丽尔才反应过来时间已晚,于是微笑着和坎娜告别而去。

走出森林的坎娜看到伙伴们已在湖边布置好了野营地。安决斯的垂钓似乎收获颇丰,茱莉亚在一旁用树枝插着已处理好的鱼,翻转着烤制。夜色中的火光暖暖地映照在众人脸上,形成一幅令人向往的温馨画面。

"坎娜,你来得正好。快来吃烤鱼!"茱莉亚向坎娜挥着手。

"好嘞!"

第二十章　回国

　　在精灵国度游玩的时间实在太久。爱德华提醒流连忘返的伙伴，若再不回国，估计所有人都会以为他们出意外了。于是，坎娜委托丹妮丝帮她向艾丽卡女皇道别。数日后，花儿探险队来到了精灵世界的出口处——隐秘之森。剑舞者巴奈威在林边空地处站着。

　　"坎娜，这就要回去了吗？"巴奈威的声音低沉，似乎闷闷不乐。

　　"啊！巴奈威，你来送我们呀？"坎娜一时没有注意到对方的异样，愉快地跑去他身边。

　　巴奈威幽幽地说道："听说你升职成为剑吟者了？"

　　"嗯！对呀。"坎娜此时才发现老师的状态不对，但没反应过来为何如此。

　　"你口口声声称我为老师，结果却不准备当剑舞者，跑去当剑吟者，你让为师情何以堪？"

　　坎娜这时才明白老师为何如此不快。她思索片刻，反问道："剑舞者的升职要求只有一个，即作为战士，以精灵剑舞技战斗过千年，对吧？"

"对啊。"

"我为什么不能是一名剑吟者，然后在千年后兼修剑舞者？有谁规定不能兼修传奇职业吗？"

"兼修传奇职业……"巴奈威不敢相信自己的耳朵，愣头呆脑地喃喃道，"这，这不可能……即便强如伊西多丽尔，都是放弃了剑舞者的战斗方式而转职成为剑吟者的。纵观精灵几万年的历史，也只有'那位大人'一人做到兼修传奇职业……"

坎娜没有说话，歪着脑袋，微笑着看向老师。

巴奈威恍然大悟般大声说道："不！如果是你的话，确实有可能做到！"

停顿了一会儿，巴奈威将手放在坎娜的肩头，说道："为师期待着亲眼见证你成为剑舞者的那天！"

坎娜笑着拥抱住巴奈威："你会看到的。"

之后众人闲聊了片刻，坎娜向巴奈威挥手告别，走出隐秘之森，去往不灭之城。

回国后的坎娜在很长一段时间内降低了外出频率，花费大量的时间投入研究和练习魔法上。按理说，魔法师只能正确抄写自身等级能够理解、施放的魔法，但是凭着卓越的魔法天赋，坎娜硬是将一堆远高于自身魔法师等级，需要在今后实战中试用、评估实用性的魔法抄录到了自己的魔法书上。

在生日前两天，坎娜收到了一个由精灵商人带给她的包裹。是一个用精灵绒布包裹着的长条状物件。

坎娜将绒布打开，展现在她面前的是一个精美的白色剑鞘，通体由白木打造。

白木取材自精灵白桦，这是一种只生长在太阳森林、金叶白干的树木，非常稀有。这种树木的枝干不论内外，都是纯白色的。另外，其枝干无法被火焰点燃，不会因潮湿而腐烂，也不会被虫蛀，只有被埋于土壤之内时，才会慢慢分解消失。由于此种特性，一直以来，白木都是制作家具和船只的顶级材料。而使用白木制作房屋则显得过于奢侈，整个精灵境内，也只有女皇的寝宫是由白木打造的。

　　众所周知，精灵是很爱护自然环境的种族。为了不危害动植物的繁衍，他们尽量只从自然界提取能满足自己基本生活所需的材料，所以精灵是不会将动植物制作的物品当作商品出售给外界的。精灵出售的商品大多是珠宝首饰、金属制武器装备等。因此，在人类世界几乎见不到这种木材。梅蕾蝶斯王国倒是收到过一些被精灵作为国礼赠出的白木家具，但依然屈指可数。坎娜卧室的家具，包括一张床、一个衣柜、一张桌子、两把椅子便是白木所制。但仅有这些而已，整个人类世界中的白木家具，都在坎娜那间闺房内了。

　　在白木制成的剑鞘的两侧，由亮银色金属进行了包边。坎娜通过触感判断出使用的金属是白金。这是异沃世界中最为贵重的金属，价值远高于黄金，甚至高于被矮人垄断的秘银。目前世界上，仅骑士王国境内拥有一处白金矿脉，产量低得可怜。所以该金属基本上只被用于首饰制作。骑士王国的国王倒是有一件白金半身板甲，那是全世界唯一的白金防具。按理说，白金的坚硬度不如钢铁，与矮人的秘银以及黑暗精灵的黯金更没有可比性，所以并不适合制作装备。当初骑士王国制作那件板甲，想必是为了彰显尊贵的地位。但后来在某次国王遇刺事件中，他们发现这件白金板甲对于魔法攻击具有恐怖的防御能力，于是请来魔法师进行测试，证实了白金本身是对魔法免疫的，于是那件板甲成了传说级防具。尽管白金有特殊的极致魔防性能，但其终归产量太低，原产地骑士王国也没有再尝试制造第二件白金护具。

精灵国度拥有世界第一的白金储备量，皆是通过贸易得来的。精灵国度本就能自给自足，精灵会和人类世界进行贸易，并不是为了获得货币，而是为了获得一些人类世界的特殊的商品，比如特殊材料、工艺品、乐器等等。白金闪闪发亮的色泽本就符合精灵的喜好，再加上其性质极其稳定，不会生锈，不会褪色，没有毒性等原因，便成为给器具镀金的最完美选择，是精灵国度进口最多的特殊材料之一。

除了包边，剑鞘顶端的正反面都镶嵌了由白金打造的狮鹫纹章图案，这是梅蕾蝶斯王国的王国纹章。异沃世界有不少王国、势力或家族的纹章会使用动物形象。比如太阳精灵使用独角兽，月亮精灵使用飞马，星辰精灵使用银鹿，原人类帝国使用狮鹫，等等。值得一提的是，由于梅蕾蝶斯王国的创建者是原帝国的正统继承人，所以王国纹章沿用了狮鹫图案。不同之处在于，原帝国纹章上的狮鹫是正面展开双翅的形象，而梅蕾蝶斯王国使用的是侧身飞翔的形象。

坎娜将阿什莉收入剑鞘之中，尺寸完美契合。想必巴奈威是从伊西多丽尔处打听到阿什莉的尺寸，找良工巧匠专门定制的。此时坎娜才发现，剑鞘口处的白金不仅是装饰，还包含了一个非常精巧的卡扣。当剑完全收入剑鞘时，这个卡扣会自动扣住，防止剑身滑出。用手指轻触剑鞘口，卡扣便会打开。若使用较大力气硬拔，剑身也能将卡扣弹开出鞘，但考虑到阿什莉的坚硬、锋利程度，长此以往很容易让卡扣损坏就是了。

"巧夺天工的装备使用起来本就需要小心爱护。以前我一直用普通装备，从不爱惜，用坏便扔的习惯确实要改改了。这份礼物十分贵重啊，得花费老师他老人家上百年的薪水吧。以后遇到适合老师用的物件，收集起来给他当回礼好了。"坎娜如此想道，将剑鞘固定在腰带左侧，继续去图书馆研习魔法了。

经过不懈的努力，坎娜将自己的魔法师等级提升到了30级，并牢牢记住了六个魔法。分别是魔能系三阶的【抹除临时附魔】，元素系三阶的【元素弱点探测】，元素系四阶的【附魔术·火元素武器】【附魔术·水元素武器】【附魔术·气元素武器】【附魔术·土元素武器】。

附魔元素武器是较简单的附魔魔法，只能对武器使用。使用后，在短时间内，武器命中敌人时，能对他额外造成少量的元素伤害。在附魔期间，武器的魔法性会暂时提升为2级；面对变换系五阶的魔法【防御术·一般武器】时，能直接无视其效果。但是在面对变换系六阶的魔法【防御术·魔法武器】时，需要使用【抹除临时附魔】将魔法武器变回非魔法武器，才能进行有效攻击。顺带一提，一个魔法师身上同时间只能存在一个防御术，所以【防御术·一般武器】与【防御术·魔法武器】无法同时存在。面对元素系四阶的【护盾术·岩石皮肤】这类抵挡物理伤害次数的魔法时，因为拥有额外的元素伤害加成，每次攻击命中后，虽然武器造成的物理伤害被抵消了，但额外的元素伤害仍能生效。魔法【元素弱点探测】能在一段时间内探测到附近单位各类元素抗性，方便坎娜选择附魔何种元素。

在坎娜认真钻研魔法期间，茉莉亚经常和爱德华通信，有问到为何坎娜最近很少出门旅行这个问题。爱德华在回信中如此答复：坎娜公主最近沉迷魔法，玩物丧志。对于战士王国未来的女王可能会是个魔法师这件事，我深表担忧。

第二十章　回国

第二十一章　奔赴战场

时光荏苒，转眼已到H2031年。

大陆中北部由贸易都市组成的俄邦登兰德联邦国内不死生物泛滥，国王兼俄邦登贸易商会会长西蒙·内森（Simon Nathan）向人类诸国发出求救信，承诺若谁能拯救俄邦登兰德联邦国，便能迎娶塔莉娅（Talia）公主并继承王位。各国探险家与佣兵蜂拥而至，开启了拯救贸易之国的旅途。

因为坎娜的召见，爱德华和安决斯来到王宫。坎娜在餐厅对面的小型会客厅接见了他们。

"贸易之国的事情你们听说了吗？"坎娜开门见山。

爱德华答道："听说了。这是几十年前的暴怒森林事件留下的后遗症。虽然这些年来，许多探险家和佣兵团体配合俄邦登兰德城邦联合军，一直在和不死生物战斗，但是互有死伤，而死去的生灵大多又变成了不死生物，导致不死生物的数量越来越多，直至泛滥。贸易之国已经撑不住了，不久前以王位和公主作为奖励，向世界求援。"

坎娜点头认可，说道："嗯。我准备去一趟贸易之国。"

"坎娜，"爱德华接过话来，"你为了人家的公主，甘愿冒这么大险。你要是娶了塔莉娅公主，那么谁是谁的国王，谁又是谁的王后呢？虽然你一直都很像'女汉子'，但是……"

坎娜不等爱德华说完，走到他面前，提起右手，一拳打在他的腹部。爱德华腹部的板甲凹陷，他痛得蹲在地上发不出声。

坎娜微笑着说道："爱德华，修习士兵派别时日已久，你的【嘲讽】技能已经精通到效果不分敌我了呢。"

爱德华依然说不出话，摇了摇手表示认错投降。

"不死生物本是很弱的种族，但非常麻烦。对付不死生物，必须以优势兵力在短时间内给予重创才行。那些为了功名利禄，陆陆续续跑去送死的菜鸟佣兵团体才是罪魁祸首，他们的行径完全是给敌方赠送兵力。"安决斯说道。

"没错，本来我准备带兵前往的……"

"弗朗西斯阁下不同意？"

坎娜虽贵为王位第一继承人，但根据王国律法，她在十六周岁成年前不能亲政。调动军队远征他国兹事体大，必须获得摄政首肯。

坎娜无奈地摇了摇头，说道："我和弗朗西斯谈过了。他说军队出征不是件简单的事情，涉及外交、征兵、换防、粮草、器械等一系列问题。最少需要半年以上的准备时间。"

"贸易之国能把王位作为奖励，可见情况已迫在眉睫。半年以后，怕是一切都尘埃落定。"

"是啊，"坎娜感慨道，"弗朗西斯这人什么都好，就是处事太保守。劳师动众确实于国不利，且我国和贸易之国间，北有骑士王国，东有绝境之沙，我们根本不接壤，乍看上去事不关己。如果这只是生灵种族之间的战争，我们确实无需插手，但不死生物完全不同，若不死生物覆灭了贸易之国，将百万平民转化成亡灵军团……虽然不死生物普遍很弱，但是面对这样的数量……即便我们和骑士王国倾两国之力，也不敢说一定能胜利。"

终于缓过劲的爱德华站起来说道："是的。和亡灵军团战斗，必须以少量牺牲击溃敌军。死伤惨重的胜利等于失败。"

"我已让弗朗西斯尽快准备三千精锐出征的事宜。他既然借口说要准备半年，我就给他半年。但我们也不能在这干等着。我决定先潜入贸易之国，伺机调查不死生物事件的内幕。毕竟在自然状况下，死者变成不死生物的概率很低，很难相信这次事件的背后无人操控。另外，据说那里的亡灵军团中拥有大量具有自我意识的高阶不死生物，这是需要灵魂的。能从最初神·死亡女神手里抢夺如此庞大数量的灵魂，幕后黑手绝不简单。若能解决掉幕后黑手，自然最好；若解决不掉，能除去一些敌方小头目也是好的。我只要争取使半年内的局势不再恶化便可。待我方军队到位，再联合他国军队将不死生物一举歼灭。"

爱德华严肃地说道："坎娜，你要想好了。此次已不是普通的探险了，而是要进入战争的中心地带。"

"是的，"安决斯接过话来，"你若决定前往，我等必誓死相随。但是你必须答应我，情况不妙便立即撤退。不可乱来！"

坎娜笑着看向安决斯，说道："我答应你。情况不对，我撒腿就跑。"

爱德华依然神色凝重，说道："行。我们回去做准备。"

数日后，坎娜等人准备完毕，拉上茱莉亚，借道骑士王国。四人三马耗费一月有余，顺利抵达贸易之国。

第二十二章　贸易之国

　　时逢秋天，行走在贸易之国的土地上，目光所及之处，皆是黄绿相间的草地，望不见任何丘陵山峦。如此广袤的草原上，仅有一条蜿蜒曲折的小溪通向远方，未见任何牛羊家畜，显得十分单调寂寞。

　　爱德华和安决斯一如既往，身着普通战士套装：板甲头盔、锁甲衣、锁甲裤、铁手套。另外，爱德华为了提升自己的防御能力，早已习惯在锁甲外再穿上一件半身板甲。不同于骑兵战士或骑士，步兵战士一般不会装备铁护胫及铁靴。因为下半身若穿着过于厚重的护甲，会严重影响他们的移动反应及速度，大量需要奔跑或跳跃的技能将变得无法使用。

　　与防护完备的那两人不同，坎娜的装备轻便得多，只穿了一件锁甲衣，戴着一个简易板甲头盔。手套、裤子、靴子都是皮革所制。对于坎娜这种不良的着装习惯，害怕挨揍的爱德华自然是不敢多说什么，但是安决斯确实批评过很多次。作为肉搏职业，面对刀剑无眼的战斗，装备如此单薄，实在是太危险了。特别是对于不使用盾牌的战士来说，这种着装简直是把战斗视同儿戏，但是坎娜表示，装备过重只会影响她出剑的速度，进攻是最好的防御，云云，以此搪塞伙伴。安决斯也拿她毫无办法。其实坎娜只是单纯地觉得浑身钢铁装束实在是太难受了，远不及穿皮甲舒适。若不是为了遮住惹人注目的耳朵，她连头盔都不想戴。

茱莉亚毫无装备可言，只是身穿日常的粗麻布束腰外衣。因为过分爱惜，害怕刮花，牧师袍都没被她穿过几次。就连讨厌装备重量的坎娜都劝过她数次，至少要穿件锁甲衣。但是茱莉亚尝试穿戴坎娜赠送的锁甲衣之后还是放弃了。在长途跋涉中，即便是锁甲那不高的重量，对她来说还是太沉重了。

四人在贸易之国内行了数日。途经好几个村庄，全都空无一人，宛若鬼域。说是鬼域吧，却也没见到一个亡灵，甚是奇怪。

是夜，月明如水。他们再次搜查了一个村庄，依然是荒无人烟。一无所获的花儿探险队去往村边树林扎营。

"人都去哪了？"茱莉亚紧紧抱着权杖，心神不宁道。

"确实很奇怪。既没有人，也没有不死生物。"坎娜趁着月色，陪安决斯搭建帐篷。

爱德华拾来许多木头，准备生起篝火。听到队友们的聊天，他插嘴道："也不用太过焦虑。我们总归会遇到活人，到时一问便知。说起来，你们没有人发现茱莉亚换了一把新的权杖吗？"

坎娜吃惊道："咦，真的吗？我还以为只是她这几日把权杖擦得比较亮罢了。"

"她的权杖和以往的有区别吗？为什么只有我没发现？"安决斯深感意外。

爱德华放下木头，起身指着茱莉亚手中的权杖说道："你们仔细看。现在是夜晚，她的权杖还偶尔散发出若隐若现的光芒。你们别告诉我，月光能反射出这种效果。"

被爱德华这么一说，坎娜认真地盯着权杖看了许久，发现它确实会发出金色微光。只是发光周期很长，不长时间盯着看，不易发觉。

茱莉亚有着勤俭节约的美德，跟随坎娜探险所得的不菲的佣金收益基本被她存了起来。平日里，衣服破了她都舍不得换掉，不太像是会买贵重装备的样子。于是坎娜好奇地问道："这权杖是谁送给你的？"

爱德华似乎有点紧张地看向茱莉亚。

发觉自己身上汇聚了所有队友的目光，茱莉亚十分不好意思地低下头，腼腆地说道："是丰收之神大人送的。"

"你见到丰收之神了！"坎娜有点喜出望外，"这么说来，你已经……"

茱莉亚抬起头回应坎娜的目光，压抑不住内心的喜悦，灿烂地笑着，回道："嗯！"

"所以你们俩到底在说什么？"安决斯和爱德华一样，一头雾水。

坎娜已用绳索将帐篷固定好，认真向两位男生解释道："你们不是神职工作者，应该是不知道的，不是所有牧师都能觐见自己的信仰之神。能在脑海中听到神祇神谕的牧师都只有少数，大多数人只是按照教会高层的指示，完成日常工作。而能觐见神祇的，必须拥有高于普通牧师的高阶祭司身份，神职最低也是主教级。茱莉亚现在已经是花儿探险队中除我之外，第二个高阶职业者了。"

坎娜转头看向茱莉亚，继续说道："恭喜你了，茱莉亚！你的努力终于获得了丰收之神的认可。"

第二十二章　贸易之国

"谢谢! 丰收之神大人说,因为我这几年旅行期间的努力,梅蕾蝶斯王国内的信众数量翻了一番呢! 只要我继续努力,等现任的王国丰收之神枢机主教去天堂见他后,我就是下一任枢机主教了! 哈哈哈哈……"很快,茉莉亚发现自己有些得意忘形,涨红着脸把笑声硬憋了回去。

"喂,我说,爱德华,为什么我一点都不感到意外?"安决斯耸了耸肩。

"可不是!"爱德华微笑着看着茉莉亚,答道。

异沃世界中,牧师作为神职工作者,其职业的分类方法有些与众不同。牧师没有派别分类,只有信仰的区别。信仰不同的牧师,因为侍奉的神祇不同,获得的神术也具有差异。另外,牧师的高阶职业的获得,大多数情况下不在于其自身实力的强弱,而完全取决于神职。神职越高,代表其对主的贡献越大,越能获得神祇的赏识和器重,被赐予的神术会更多、更强大。再者,牧师的高阶职业是分档次的。按照神职从低到高,分别是: 主教(该教派在一个城市或多个乡镇的负责人)、大主教(该教派在多个城市或较大区域的负责人)、枢机主教(该教派在一个正统国家或多个大区域的负责人)、教宗(该教派神祇在凡间的代言人)。为了方便描述,世人习惯将牧师所有档次的高阶职业统称为"高阶祭司"。其中获得教宗和枢机主教这两种神职的人数非常稀少,所以被归为传奇职业。

聊到新装备问题,茉莉亚也注意到一些异样,说道:"坎娜,你给阿什莉定制的剑鞘好漂亮啊!"

坎娜回答:"不是我定制的,是巴奈威送我的生日礼物。"

茉莉亚露出羡慕的眼神,说道:"有一个长相帅气又关心自己的老师真好!"

爱德华插话道:"你要是喜欢剑鞘,我回头也送一个给你,让你放权杖用。"

"权杖能放在剑鞘里吗?"茱莉亚表示不解。

爱德华懊恼自己怎么会说出这么愚蠢的话,一时语塞。

茱莉亚似乎又想到什么,说道:"对了!有个问题我一早就想问了。我发现你们每次骑马出行,用的马似乎都不一样。你们贵族不是会有自己心爱的专属坐骑吗?"

坎娜回答道:"我没有专属爱马,每次出行的马匹都是安决斯为我准备的。"

安决斯接话道:"我们并不是职业骑兵,一般不会坚持骑特定的马匹。每次出行,无非是从自家马厩里随意牵出两匹看着精神抖擞的马。想必爱德华也是如此。"

爱德华点头对茱莉亚说道:"确实如此。其实坎娜是有专属坐骑的,只不过不是马。那东西平常养在王宫后院的兽栏里,有专人看护。出门探险也没法骑,一是暴露身份,二是很难喂饱。但愿你永远别见着那东西,会把你吓哭的。"

正当大家聊至兴头上,远处突然出现了几支火把。众人立刻隐匿身形,仔细查看。原来是一队人类骑马经过,共六人。坎娜示意伙伴们不要随意行动,独自走出向那队人大喊:"诸位,请等一下!"

坎娜的呼喊将那队人吓得不轻,纷纷手摸武器做着战斗准备,其中一名法师已经开始吟唱魔法,被一位身着全身板甲的男子阻止。

全身板甲极为昂贵,耗材已然价格不菲,但真正让普通人望而

却步的是其锻造工艺成本。整套板甲由无数铁板和铁片衔接而成，每块部件根据其保护的身体部位的不同，厚薄不一。而彻底让它在价格上与半身板甲划清界限的地方在于，全身板甲必须量身定制，所有关节处的尺寸需要达到吹毛求疵的精确度，否则会导致穿戴者无法活动。一件做工精良的半身板甲还能被当成传家宝，代代使用，以此节省成本；全身板甲不然，身材稍有不同，则根本无法使用。佣兵显然用不起此等奢华防具，对方定是个贵族，且封邑不小。

只听见该男子对坎娜喊道："举起双手，慢慢走过来！"

第二十三章　另一支队伍

　　坎娜十分配合地高举双手，慢慢靠近。走到对方身前，坎娜发现他们依然非常警惕，手都紧贴着随身武器，准备随时战斗。坎娜笑着说道："我叫娜娜，是花儿探险队的队长。看队伍配置，你们是来这帮忙处理不死生物问题的吗？"

　　"是的。"身着全身板甲的男子见坎娜毫无敌意，便放松下来，"花儿……探险队……这名字怎么有点熟悉？"

　　一位背着鲁特琴，穿着时髦的男子在后面插了句嘴："队长，你忘了，我唱过关于花儿探险队的歌曲。他们是战士王国的著名探险队。"

　　坎娜很惊讶自己这支队伍的名声已经传播到了其他国家，问道："你见过我们探险队？"

　　该男子挠了挠头，说道："没见过……我也是听说。听闻你们在天鹅城消灭了一支恶魔军队，还在世界各处屠了好几头龙，于是我就把这些事迹谱写成了歌谣，嘿嘿。"

　　"我国什么时候出现过恶魔军队？另外，龙是那么容易遇到的生物吗?我压根就没亲眼见过,好吗?吟游诗人这个职业也太不靠谱了!"坎娜十分无语。

队长模样的男性却信以为真,惊叹道:"真是了不起!对了,忘了自我介绍。我们是来自厚丽布鲁兰斯兰德王国的佣兵队。我是队长,光辉骑士团成员,名为亨利·安德森(Henry Anderson)。这位吟游诗人叫温德尔(Wendell)。"

温德尔立刻用夸张的姿势对坎娜深深地鞠躬行礼:"不论您有何需要,我都愿意为您效劳,我美丽的女士。"

坎娜露出尴尬而不失礼貌的微笑。

亨利继续介绍道:"这几位队友依次是战士普利莫(Primo),牧师露西(Lucy),专精元素师莫妮卡(Monica),刺客吉姆(Jim)。"

异沃世界中,大多数职业根据修习方向不同,有许多分支派别。

元素师(Elementalist)是魔法师职业的分支派别,专注于研究元素系魔法,往往可以做到强记更多元素系魔法,其施放的元素系魔法也更具威力,但需要付出的代价是完全无法使用八阶或以上的其他系魔法。专精元素师是元素师的高阶职业,由于其对元素系魔法入木三分的理解和炉火纯青的掌握程度,在与职业等级对应的施法次数外,能每阶额外增加一次元素系魔法的施法次数。

刺客是游荡者职业的分支派别,擅长暗杀。吟游诗人也是游荡者职业的分支派别,擅长唱歌、吹牛以及勾引善男信女。

众人一一向坎娜点头示意。

坎娜逐一回礼,笑着说道:"很高兴认识你们。说起来,作为光辉骑士团的成员,你为何不随军团集体行动,而是组建佣兵队伍来到这里呢?"

亨利无奈地摇了摇头，说道："如今厚丽布鲁兰斯兰德境内恶魔教派大肆扩张，光辉骑士团四处调查、镇压，分身乏术。沃德·阿瑟尔团长派出十几位团员自行组建精英佣兵队伍，分散在俄邦登兰德联邦国各处，一边调查不死生物事件的幕后势力，一边消灭零散的不死生物。佣兵队伍更加灵活，来去自如。毕竟若没有绝对的优势，和亡灵军团正面交战很不明智。众所周知，若和不死生物打消耗战，友军会越来越少，敌军会越来越多。"

坎娜心想："没想到骑士王国和我应对不死生物事件的方式如出一辙。"

亨利继续问道："你是只身一人前来的吗？你的队友呢？"

"深更半夜看不清楚，我们担心一堆人突然蹦出来会引起误会，所以我的队友都在那边没有过来。"坎娜指向身后的方向。

亨利友善地说道："既然大家都是来处理不死生物问题的战友，不妨喊过来互相认识一下。"

坎娜没有拒绝亨利的建议，唤来伙伴并逐一为他们介绍。

温德尔立刻用夸张的姿势对茉莉亚深深地鞠躬行礼："不论您有何需要，我都愿意为您效劳，我美丽的女士。"

茉莉亚从没见过对自己如此殷勤的男性，受宠若惊地回答："啊……谢谢你……你真好！"

坎娜咳了一声。

爱德华将茉莉亚拉至身后，对温德尔说道："我有不少需要，也请你务必为我效劳。"

"啊！今夜风清月朗，让人灵感大发，脑中有一首新歌呼之欲出，我要写下来！"温德尔顾左右而言他地去到一旁。

温德尔的队友们似乎对其言行举止早已习以为常，皆一笑而过。

亨利问道："娜娜队长，你们有什么计划吗？"

"没有。我们刚到这里，还完全不了解情况。"

"我可以和你们分享一些情报。前几批进入该国的队伍有传回讯息，为配合俄邦登兰德城邦联合军对抗不死生物，同时收集一线战报，他们大多在王城附近行动。一个月前，原本各自为战的不死生物突然集体行军，构成以王城为中心的包围网，并逐步收紧。"

爱德华感叹道："怪不得我们这一路上都没看到不死生物。亡灵军团展现出如此纪律性，必定有幕后黑手啊！"

亨利领首道："没错，我们也如此推断。前几批队伍被困在包围网内，无法脱出，于是用信鸽传信回国。团长便再次派出十几位团员组建佣兵队伍前来，从包围网外围进行查探，寻找机会干掉指挥亡灵军团之人。如若没有机会，至少要调查到有价值的情报传回国内。我的这支队伍将从西南方往王城方向收集情报。你们如果没有其他目的地，不如和我们一起行动。"

坎娜思考片刻，回道："好啊。先一起行动好了。"

亨利说道："嗯，时间紧迫，我们每两晚休息一次，今夜便继续赶路，其他事项我们边走边说。"

"好的。"

花儿探险队收拾好行装，同亨利小队一起赶路。凉风习习，火光摇曳，一行人顺着杂草丛生的道路向东行进。周围并无虫鸣鸟啼，寂静的环境令马蹄声显得格外铿锵有力。

亨利同坎娜领头并排骑行，语气凝重地说道："据说南方的亡灵军团中是清一色的骷髅兵，没有其他兵种。我担心……"

坎娜笑道："你担心指挥南方亡灵军团的可能不是死灵师（Necromancer），而是骷髅王（Skeleton King）？"

亨利愁眉不展，点了点头。

身后的爱德华问道："骷髅还有国王？"

坎娜回答道："骷髅王并不是骷髅的国王，而是他在变成骷髅之前，就是一位国王。就看他是哪个年代、哪个国家的国王了。"

"因为特殊原因，国王的灵魂被困于人间，在特殊契机下，灵魂回归到自己已成白骨的遗体，便诞生了骷髅王。纯骷髅军团很可能是由骷髅王率领的，因为由死灵师或高阶不死生物率领的亡灵军团往往兵种混杂，不会如此单一。"亨利补充道，"骷髅王很强。他拥有生前的职业等级和战斗技能，加之坚不可摧的强韧身体、无法平复的冲天怨气以及骷髅王特殊的传奇技能，对敌人来说简直是噩梦般的存在。历史上有记载的骷髅王只有一位，但愿这次不要出现新的骷髅王。"

坎娜接过话头，说道："历史上的那位出现在人类诸国纷争年间。H1660年前后，骑士王国南方边境处的侯爵弗雷德里克·道格拉斯（Frederic Douglas）自立为王，被乔治王剿灭。弗雷德里克王及全家二十余口人被乔治王下令用长枪贯穿，插在城外曝尸。在血肉被秃鹫和渡鸦啄食干净后，弗雷德里克王的怨灵回到了自己的白骨中，成为第一个骷髅王。数万具死于战乱的白骨响应骷髅王的呼唤破土而出，瞬间便攻破了骑士王国两座有重兵把守的城池。面对不断壮大的骷髅军团，骑士王国和战士王国双方停战，合力消灭了骷髅王。以此事为契机，加之H1669年乔治王病逝，两国签订了互不侵犯条约，和平共处至今。此次如果仅仅是南方亡灵军团就有骷髅王统领，无

法想象幕后黑手是什么级别的怪物。"

人类诸国纷争开始于H1613年，乔治·奥古斯都亲王发动政变，篡位成功。帝国正统皇位继承者威廉·奥古斯都皇帝被"悠扬的杰卡"救出，逃往南方。诸多领主利用此机会宣布独立，人类各国之间开始了持续五十多年的战乱。无数自立的王国被覆灭，生灵涂炭。从此不再有全人类统一的国家，圣保德勒斯帝国更名为"厚丽布鲁兰斯兰德"，与另外五个人类国家共同屹立于异沃世界。

亨利叹了口气，说道："但愿是我猜错了吧。"

爱德华说道："我有个疑问。国王的灵魂回归到自己已成白骨的遗体中，便成了骷髅王。那如果他的遗体没有化为白骨，还是尸体状态呢？那就变成尸王？"

坎娜回答道："我不清楚。历史上没有出现过这种情况。已知的僵尸大体只有两类，一类是被死灵系魔法唤醒的，没有自我意识的普通僵尸；一类是灵魂没有离开肉体，自己苏醒的不眠僵尸（Unsleep Zombie）。不眠僵尸若不会对应的死灵系魔法，是无法召唤僵尸或骷髅为之作战的，危险程度和'单人成军'的骷髅王没有可比性。"

爱德华追问道："骷髅王召唤骷髅不需要魔法？"

坎娜答道："弗雷德里克王生前是个纯职战士，怎么可能会死灵系魔法？史料记载，骷髅王所到之处，方圆数千米内死于非命的亡者的骷髅都会站起来加入他的军团。人们据此推测，骷髅王具备一种覆盖面积极广的光环技能，能自动唤醒光环范围内死于非命的亡者的骷髅。另外，史料还记载，常有强大的骷髅捍卫者（Champion Skeleton）伴随骷髅王的左右。我推测，骷髅王有能力将强大的灵魂灌注到骷髅体内，使之成为骷髅捍卫者。但是骷髅捍卫者应该不能离骷髅王太远，否则将尘归尘，土归土。"

爱德华似乎还有什么要问，但没有说出口。因为他明显感觉到，坐在其身后，搂着他的腰的茉莉亚全身都在颤抖。爱德华用左手覆在茉莉亚的手上，茉莉亚慢慢平静了下来，紧紧贴着爱德华的后背。

之后，队伍成员为养精蓄锐，默默前行，并无他话。

第二十四章　骷髅

骑行了两日。这天午后，亨利指挥大家早早地在山坡上扎营。

面对大伙疑惑的目光，亨利解释道："前方不远便是昌城（Boomton），是俄邦登兰德最早被不死生物覆灭的几座大城之一。我们今天要好好休整，接下来的路可能不太好走。"

众人各自忙开。茱莉亚、露西生火，准备烤制昨日被队伍猎杀的数只野兔。亨利、温德尔、坎娜搭设帐篷。普利莫、吉姆、爱德华、安决斯整理装备，顺便打磨武器。莫妮卡喂马。

祥和的气氛被茱莉亚的一声尖叫打破。只见她前方不远处，一个骷髅兵正在向他们靠近，发出"嘎啦嘎啦"的声响。

说时迟那时快，温德尔第一个来到茱莉亚身边，说了声："我美丽的女士，有我在，别怕。"随即拉开短弓，一箭射出，箭矢正中骷髅兵的胸口。温德尔正打算向茱莉亚邀功，却发现箭矢从骷髅兵的两根肋骨中间穿过，未对他造成伤害。

此箭惊扰了骷髅兵，他加速向茱莉亚奔来。爱德华一个【冲锋】加【盾击】，将骷髅兵撞成一堆碎骨散落在地。

走回来的爱德华看见受惊的茱莉亚正紧紧拽住温德尔的衣服，便一把将她拉至身后，说了句："弓箭对骷髅兵效果不好。"

吉姆也走了过来，说道："不光是弓箭，所有穿刺类武器对上骷髅兵，伤敌效果都不好，受击面积太小了。挥砍、钝击类的攻击方式比较有效。说到这个，要不是普利莫和露西兄妹俩是我的老队友，我本不愿意蹚这趟浑水。你说我一名刺客，和骷髅较什么劲？我用匕首去【背刺】骷髅吗？他们的后背和前胸有区别吗？我要花多大力气才能刺中一次他们的骨头？"

吉姆的语气极为委屈，引得普利莫一阵大笑，其他人也忍俊不禁。吉姆狠狠地瞪了一眼普利莫，往刚才打磨武器的地方走去。走了两步，他突然趴在地上，左耳贴地，不一会儿又跑去营地北方，一动不动。

普利莫和露西感觉情况不对，跑至吉姆身边，也僵在原地，一动不动。

众人全部围上来一探究竟，只见营地北方悬崖下，大地已被骷髅的海洋所淹没。一眼望不到头的骷髅军队蹒跚着向营地所在的山丘靠近，大伙都被如此可怖的场景震撼住了。

"你们都在想什么呢？准备打架了。"坎娜平静的声音点醒了同伴。

亨利立刻开始安排战术："莫妮卡，你所有的施法次数及法力储量全部用来使用群攻魔法，不用在意靠近的骷髅，哪里骷髅扎堆打哪里！吉姆、温德尔，你们两人不用上前，专心保护莫妮卡。露西、茱莉亚站在队形中央见机行事。普利莫和我守住西方大坡道。娜娜、爱德华、安决斯守住东方小坡道。"

大伙得令，摆开阵势。莫妮卡起手就施放出一个元素系八阶魔法【龙卷风】。巨大的旋风在骷髅军队正中央席卷而起，无数的骷髅被卷至半空支离破碎。大范围内的骷髅兵受到龙卷风影响，行走缓慢。若持续施法，魔法师还能控制龙卷风的走向，但是莫妮卡没有管龙卷风，任其自行肆虐，抬手又来了一个元素系八阶魔法【冰雹术】。只见天空开始乌云密布，无数拳头大小的冰雹从天而降，砸得骷髅们四分五裂。这个强大的魔法必须持续施法，莫妮卡暂时无法做其他动作，而骷髅军队的前锋部队已开始涌上山坡。

亨利骑上一匹马，从行囊里抽出一柄巨大的骑枪，策马向坡下冲去。一路上的骷髅要么被捅烂，要么被撞下山坡摔得粉身碎骨。旅行用马不是军马，没有装备重铠，一个来回已伤痕累累。亨利换了一匹马，又是猛冲而下。

东边的坡道上，爱德华和安决斯向着骷髅兵冲锋。骷髅兵非常脆弱，安决斯挥锤两下便能打倒一个。爱德华已懒得挥舞长剑，随意一个【盾击】便是一地碎骨。

由于阿什莉一击便能砍倒一个骷髅兵，所以坎娜并未给长剑附魔。只见坎娜高高跃起，使用【战争践踏】技能跳至10米外的骷髅阵中，接着往前奔跑，同时使用了三次【旋风斩】，直接清理出一段干净的道路。但是骷髅兵无穷无尽，后续的部队又立马补上，将坎娜围了起来。

露西和茱莉亚立在队伍中央，深知今日之战不可能速战速决，于是都不敢施加增益状态神术，准备将施法次数及法力储量尽可能留着，以备治疗上的不时之需。

暂时无骷髅兵冲到跟前，吉姆、温德尔两人拿出短弓，将箭矢沾上油脂点着火，往坡下的骷髅军中乱射。有不少骷髅着火倒下了。

山下的骷髅大军已有千数死于莫妮卡的高阶魔法之下。她没有停止施法，元素系二阶的【岩拳术】、三阶的【火球术】、四阶的【雪暴】、五阶的【连锁闪电】……一个又一个的群攻魔法朝着骷髅最密集处轰炸。

所有马匹都已负伤，亨利将骑枪扔至一旁。拔出背后的双手巨剑，对持续拥上的骷髅军队使用【横扫】技能，不断将面前大范围的敌人切翻在地。同时，他施展了【狂热光环】技能。该光环能提升附近友军的物理攻击速度。所有光环技能的作用范围和实际增益效果都由骑士的魅力属性决定。亨利的魅力显然不低，因为处在队伍中部偏北位置的吉姆和温德尔两人都受到光环影响，更加快速地抛射着火箭。

普利莫与亨利背靠背，奋力地挥剑砍向围上来的骷髅兵。但是敌军拥上山坡的速度远快于他们清敌的速度，不少骷髅兵绕开他们，向队形中部的牧师及魔法师跑去。

"爱德华！救命！"茉莉亚一边用十字权杖猛砸骷髅兵，一边呼救。

坎娜听到呼喊，对身旁的战友说道："你们两个都去西边，这里让我一个人守。"

安决斯不放心地说道："可是……"

坎娜推了他一把，说道："别'可是'了，快去。"

根据刚才的战斗体验，爱德华已然清楚骷髅兵这种弱小兵种很难威胁到坎娜的性命，便拉着安决斯往西边赶去，扔下一句："扛不住了喊我们。"

坎娜的身姿如风般轻盈，她挥舞着阿什莉，并在当前战况下找到了一种最具效率的攻击方式。只见阿什莉越舞越快，连轮廓都渐渐模糊不清,每一击都砍在骷髅兵的大腿骨上。一个个因断腿而摔倒在地的骷髅兵向坡下滚去,卷着更多的骷髅兵摔下山崖。坎娜独自一人,硬生生地将阵线不断往前推进。

西边,一骑士、三战士一字排开,如一道城墙般将骷髅军队挡在外围。可固若金汤的状态并未持续多久,他们忽然发现,骷髅兵涌上来的速度翻倍了。

身后的莫妮卡无奈地说了一句:"我的法力储量已耗尽,法力药剂也喝过了,短时间内用不了魔法了。"

被如海啸般汹涌而来的骷髅兵层层压制,亨利等人已退至两位牧师身边,队伍快要被包围起来了。

与身着布衣的茉莉亚不同,露西是穿着一身锁甲并手持盾牌的。只见她冲到阵前,顶着骷髅的攻击,开始吟唱七阶神术【群体超度亡灵】。持续吟唱维持该神术效果,她的法力储量自然也不断消耗着。周围的骷髅部队,一片又一片地化为尘埃。

亨利停止使用【狂热光环】技能,改用【守护光环】提升队友的防御能力。爱德华则使用士兵派别的特殊技能【生存怒吼】提升附近友军的临时生命力。

露西很快耗光了法力储量,好不容易顶住的阵线又被逼着后退。吉姆掏出匕首上前挥砍,虽然匕首并不适用于这种攻击方式,但也顾不了许多,总归比突刺更容易命中骷髅。莫妮卡抡着法杖砸向靠近的骷髅。茉莉亚则不断使用治疗神术救助受伤的队友,被骷髅近身导致无法专注施法时,便举起十字权杖向四周胡乱挥舞。

见到法术职业全部肉搏上阵,普利莫使用了【征战怒吼】提升附近队友的物理攻击力。【征战怒吼】本是狂战士派别的特殊技能,就如坎娜经常使用的【战争践踏】一样，但是作为多面手的普通战士只要天赋允许，几乎可以学会所有战士派别技能，只是发挥出的效果不如对应派别的战士罢了。

酣战了两个多小时，骷髅军队被消灭了大半。但是队友们的体力已逐渐不支，且全员负伤，处境绝望。

在队伍被骷髅军队彻底围住之前，温德尔扔掉短弓溜了出去，迅速蹿上一棵大树。只见他坐在树梢上，抱着鲁特琴，略微试了一下音，接着便弹奏出一首曲子，唱起歌来。

队伍从厚丽布鲁兰斯兰德出发，

顺着鲁塔塔尔河（Lutatar）一路向东。

踏过高登索尔（Goldensoil）平原，

来到美丽的俄邦登兰德。

哦！美丽的俄邦登兰德，塔莉娅公主在哭泣。

为了救助美丽的公主，

于是有了这首歌。

我们进攻亡灵的要塞，

天空下着密集的箭雨。

哦！下着密集的箭雨，这是一场史诗级的战役。

英雄只有十人，

敌军却有百万。

瞬间便被敌人包围，

你们伟大的英雄视死如归。

哦！伟大的英雄视死如归，鲜血染红了冰冷的土地。

第二十四章　骷髅

请在我的墓碑前放下一朵白菊。

故乡的姑娘，

我爱公主，同样爱你。哦！

请在我的墓碑前放下一朵白菊。

绝望的战场，

埋首向前，奋勇杀敌。哦！

请在我的墓碑前放下一朵白菊。

故乡的姑娘，

我爱公主，同样爱你。哦！

请在我的墓碑前放下一朵白菊。

绝望的战场，

埋首向前，奋勇杀敌。哦！

温德尔的嗓音凄凉，唱腔却饱含不屈的力量。美妙的歌声弥漫了整个战场。沉浸在此歌声中，就连不喜温德尔的爱德华，也忽然觉得身体内一股力量喷薄而出，再也感觉不到之前的疲劳。

本就擅长近身战斗的露西同骑士、战士、刺客一起，忘我地与敌人搏命。

莫妮卡和茱莉亚也忘记了自己从未在战场上肉搏过，如猛兽般咆哮着，狠狠地用法杖和权杖砸着每一个近身的骷髅。

独自清完东路的敌人，伤痕累累的坎娜身披残破不堪、血淋淋的锁甲，一路往西砍出一条通道，来到队友身边。

战斗在继续着，歌声在继续着。

直至夕阳西下。

第二十五章　休整

　　惨烈的战斗终于结束，大伙瘫坐在白骨堆旁一动不动。营火已经熄灭，野兔肉完全烤焦了。

　　"我说，"爱德华喃喃道，"我们今天杀了上万个骷髅吧？"

　　亨利吐出一口气，说道："不知道呢。这谁数得过来？"

　　露西低声道："好饿……"

　　茱莉亚掏着随身携带的精灵远征次元袋，说道："我还有很多储备的干粮。"

　　露西捂着脸："想吃肉……"

　　莫妮卡嘟囔道："普利莫，给你妹妹搞点肉来。"

　　普利莫摇了摇手："不行了，我动不了。温德尔，唱首歌帮我恢复一下精神啊！"

　　温德尔嗓音沙哑，撕扯出一句："唱什么唱！唱了几个小时，我的喉咙都废了。"

　　露西叹了口气："还是吃干粮吧。"

　　众人就着凉水，安静地吃着干粮，许久才缓过劲来。

茉莉亚在战斗中已用完了治疗神术的施法次数。露西也耗尽了法力储量,需要缓慢恢复。于是,茉莉亚驾轻就熟地使用绷带为众人包扎了伤口。

之后,花儿探险队聚在一旁整理装备。砍了一下午骨头,爱德华的长剑豁开了几道口子,并且卷刃严重。这把剑是他从家族武器库里顺来的,为魔法性1级的精良武器,能略微提升使用者的力量属性。魔法武器可不是随处可见的,爱德华郁闷地磨着剑。

异沃世界中的装备,其工艺品级从低到高分为普通、优秀、精良、史诗、传说、绝伦六档。这仅代表制作工艺及使用材质品级的高低,和附魔带来的魔法性并无对应关系。但通常情况下,工艺品级最低达到精良档次的装备,才被视为拥有永久附魔价值。顺带一提,战士王国的军用制式武器的工艺品级都达到了精良档次,其他人类王国很难做到给军队全员配备这种高水准的武器。

而工艺品级高于精良档次的装备极为稀有。即便以打造高水准装备闻名于世的精灵和矮人,也只有顶级的工匠才能打造出史诗档次的装备。爱德华获赠的盾牌便是此档。

至于传说或绝伦档次的装备,可遇而不可求,代表凡人的工艺极限,或者根本就不是凡人所造。比如巴奈威送给坎娜的剑鞘,不论是材质还是工艺,都达到了精灵极限,属于屈指可数的传说档装备。

面对骷髅这类硬邦邦的敌人,钝器的优势就体现出来了。安决斯的钉头锤虽然布满划痕,却无需修理。

茉莉亚的十字权杖也是钝器,且为丰收之神所赠,工艺品级达到了史诗档次,表面仅有几道划痕。当然,每一道划痕都如同割在茉莉亚的心头一般,把她心疼坏了。

阿什莉不愧为绝伦档次的神兵利器，周身一道划痕都没有。迪梦蓝钻果然名不虚传。坎娜掏出一块绒布，小心地将阿什莉擦拭干净，收回剑鞘，又从行囊里掏出一件新的锁甲换上。

看到坎娜的武器毫发未损，本就心有不甘的爱德华说道："你竟然还有新衣服穿！"

坎娜哈哈大笑："这就是锁甲的好处，足够轻便！虽然咱们的行囊具备大型魔法口袋功能，内里容量大，但是无法减轻物品的重量。你要是在行囊里放几件换着穿的板甲，马都得累死。"

爱德华看向安决斯："你也是穿锁甲的，你带了备用的吗？"

安决斯摇了摇头。

爱德华继续说道："你看看，正常人只会带备用武器，哪有带备用护甲的？"

坎娜依然笑着："你们男人生活得太粗糙了。女孩子出门哪有只带一套衣服的？对不对，茱莉亚？"

茱莉亚低着头，细声说道："我，我只带了一套衣服……破了我就……补一补……"

坎娜突然哑口无言，半晌吐出一句："对不起，是我的错。"

安决斯打破了尴尬的气氛，说道："坎娜，今天你的脸挂彩了对吧？我记得战斗结束时，看见你脸上有一道小伤口，为什么消失了？"

茱莉亚仔细地看了看坎娜的脸庞，说道："不可能吧！就算是用神术治疗，伤口愈合后也一定会留疤！怎么可能这么快自动愈合，还毫无痕迹？你肯定记错了！"

"呃……"坎娜挠了挠头，"其实这不是第一次了，我的脸受过好几次伤。但是脸上的伤每次都会很快就愈合，并且不会留下疤痕……"

茱莉亚吃惊地瞪大眼睛，问道："这是为什么？"

"可能因为我是美丽女神选民，魅力属性无法被以任何方式降低。"

"啊！没天理啊……好羡慕……"茱莉亚无意中吐出了这么一句。

忽然，茱莉亚的头顶似乎闪过一道微光，接着，她的脑袋就被敲了一下。

"啊！对不起，对不起！丰收之神大人，我错了，再也不敢了！"

爱德华嘟囔道："看来这个选民特性确实还有点用。要是梅蕾蝶斯王国的女王脸上全是刀疤，确实有损王国形象。"

坎娜微笑着转头看向爱德华，轻声说道："皮又痒了是吗？"

爱德华连忙向坎娜低头认错。

茱莉亚突然狐疑地看向安决斯："我说安决斯，今天坎娜全身都是血淋淋的，以至无人注意到她脸上有伤口。为什么你那么清楚？"

安决斯脸颊一红，别过脸去小声说道："我是在无意中看到的，不要在意。"

"这边好热闹啊！"

听到声音，众人回头，看到莫妮卡走了过来，在坎娜身边坐下。

莫妮卡微笑着说道："没想到战士王国如此重视不死生物事件，坎娜公主竟亲自来了。"

"嗯……嗯？"坎娜吃惊地看着莫妮卡，"你……"

"不用大惊小怪。刚才你换装时，我无意中看到了你的耳朵。人类可没有这么尖的耳朵，而精灵的耳朵不会这么短。思来想去，只有传说中的那位魂尔会有如此特征。为了确认，我偷偷对你施放了一

个【查探术】。看到你的魅力属性后，更能确认美丽女神大人选择这样的女孩当选民，再正常不过。"

异沃世界的魔法极为复杂，能否成功施放魔法，受到许多规则的限制。包括吟唱是否正确，该法术等阶的当日施法次数是否剩余，该法术施法间隔是否冷却完成，法力储量是否足够，等等。

法术职业在施法时，需要通过吟唱咒语，从特殊的能量空间提取威能，但是，每日每个法术等阶能提取的次数是有上限的。这个规则是构筑对应能量空间的大能者制定的，为的是维护能量空间的稳定性。另外，每位施法者的法力储量也是有限的，由其自身能力决定。战斗中无法恢复法力储量，若法力储量耗尽，即便还有许多法术等阶有施法次数，也无法施放法术。大多数情况下，等级低于40级的施法者，由于施法次数过少，往往还有法力储量剩余，却无法术可用。但是对于高于40级的施法者，其自身法力储量便很难支持他在一次战斗中，将当日所有等阶的施法次数耗尽。

所以像莫妮卡这样高等级的魔法师在战后休息许久，恢复了部分法力储量后，还有很多魔法可用。即便是等级不高的茱莉亚，今日战斗用完法力储量时，也只是耗尽了所有能施放治疗神术对应等阶的施法次数。恢复法力储量后，她还能使用不少非治疗神术。

坎娜说道："怪不得我刚才感受到了法力波动，但是因为对方没有敌意，今天我又太累，就没有深究。"

莫妮卡继续说道："我注意到，你的魔法师等级并不比战士等级差多少。今日情况如此危急，为何不见你施放一个魔法？"

坎娜不假思索地回答："等级和能力之间不能画等号，我的战士能力远比魔法师能力强。今天如果依赖魔法战斗，我应该已经被骷骸海淹没了。"

　　值得再次提起的是，高阶职业等级并不是真正的等级。就如以精灵剑舞技战斗千年的战士能成为传奇职业剑舞者，并不是战斗千年后，他就突然获得了一个新的职业，而是因为在漫长的战斗生涯中，无比丰富的战斗经验让其获得了新的能力。了解这些新能力的人，根据能力强弱，以等级的方式作参照，评估出目标能力大概所处的位置。这也是为什么伊西多丽尔能评估出自己的剑吟者能力在什么等级。

　　与基础职业不同，高阶职业或职业分支派别均不是神祇所定，而是人为定义的。若一位高手领悟了新的高阶能力，而有人对此特殊能力给予命名的话，新的高阶职业就由此出现。如同第一个以精灵剑舞技战斗千年的精灵战士，成了第一个剑舞者；第一个在物理战斗时成功施法的精灵战士，成了第一个剑吟者。职业派别则是由于不同人群在对应职业内钻研的方向不同而形成了区别。

　　所以，别说莫妮卡对坎娜施放的是咒术系四阶的【查探术】，就算她施放的是咒术系八阶的【高级查探术】，也无法得知坎娜是一名剑吟者。同理，该魔法也无法得知被查探对象的具体职业派别。比如若对爱德华使用该魔法，能得知他是一名战士，却无法知道他修习的是士兵派别。

　　莫妮卡若有所思："原来如此……"

　　"坎娜的魅力属性到底是多少？"看来爱德华对这个问题一直耿耿于怀。

　　莫妮卡对着爱德华妩媚一笑，用轻佻的语气说道："小男孩真是不懂事。这是女孩子的隐私。你当着人家女孩子的面问属性是多少, 和当着我的面打探我的私生活有何区别? 不过小男孩的好奇心总是很旺盛, 也可以理解。那么我便告诉你, 我……"

"别说了! 我错了……"看着莫妮卡故意凑近, 爱德华害羞地别过脸去, 不敢看她。

"你, 你别欺负他了……"茉莉亚涨红着脸, 大声喊道。

莫妮卡用不可捉摸的眼神看向茉莉亚, 片刻后说道: "好啦, 好啦。是我不对。不说这个了。"

接着, 莫妮卡转向坎娜, 说道: "我们还是低估了敌人的规模, 没想到在包围圈外围的首战便如此惨烈。我那边几位有些士气低落, 都不想说话。没想到你们还这么有精神。"

"人们总是会因为对明日的未知而充满恐惧, 但其实没有那么复杂。想继续前行, 就别去想明日的绝境。兵来将挡, 水来土掩, 尽力而为便好。"坎娜笑道。

"你的意思是, 想太多就会失去前进的勇气, 对吧?"莫妮卡也笑了起来, "我曾作为精英探险家旅行多年, 今天竟然被一个小妹妹安慰了。我们队伍能遇见你, 真是幸运。"

"你太客气了, 今天的敌军, 有一半都是你一人干掉的吧。第一次亲眼见到实战型高阶魔法师战斗, 真是令人印象深刻!"坎娜不禁赞叹。

莫妮卡摇了摇头, 说道: "今天情况特殊, 我们占据了优势地形, 利于魔法师施法。而且骷髅兵作为最弱的战斗兵种, 被群攻魔法克制得厉害。如果地形不够好, 群攻魔法会对队友造成大量误伤, 我便无法放开手攻击。如果敌人很强, 群攻魔法的效果也不会很好。"

"之前好像有听你们提到, 你们的队伍里, 成员都是老相识?"

第二十五章　休整

爱德华问道。

"也不完全是。普利莫和露西是亲兄妹,他们之前和吉姆是老队友。他们三人是温德尔介绍给亨利的。温德尔是光辉之城中挺知名的吟游诗人,经常在胸毛女士酒吧驻唱,以前也常去贵族家里表演,路子广。"

"'以前'常去?"茱莉亚似乎对这个过去式用语很在意。

"对。后来他和众多贵族人家的小姐及夫人有染这事传开了,差点被人打死,就再也不敢去贵族家里表演了。之后他一直生活得比较拮据,欠了一屁股债,所以这次才帮亨利穿针引线组建佣兵队,还跑来这么危险的地方。"

"那你和亨利是怎么认识的?"茱莉亚继续追问。

"也是由温德尔介绍的啊。亨利那个乖乖男常年待在骑士团中,哪里认识什么探险家或佣兵,全都是温德尔给他介绍的。温德尔曾去过骑士团,为他们的庆功宴演出。"

"你一直都是探险家啊?"茱莉亚打破砂锅问到底。

"也不是。我从法师之国[1]的魔法学院毕业后,的确过了很长一段时间四处旅行探险的生活。之后我攒了一笔钱,在光辉之城开了个魔法师私人培训班,收了几个对魔法感兴趣又不怎么用功的贵族大小姐当学生,教她们一些诸如让花儿提前盛开、让不对付的'闺蜜'打嗝之类的简单而无聊的魔法。本过得轻松自在,只是前段时间赌博输惨了,恰巧温德尔又来我家问我要不要参加佣兵队大赚

---

[1] "法师之国"是欧密森西第二共和国(The Second Republic Of Omniscience)的俗称。该国地处欧辛大陆中部,其举世闻名的全知魔法学院被誉为"魔法师的圣殿"以及"普罗方德的花园"。

一笔。我当初就不该带温德尔去我家的……哎，交友不慎！"

"你带他去你家做什么？"茱莉亚的好奇心已经泛滥了。

爱德华用力地咳嗽一声，转移话题说道："时候不早了，明天可能还有战斗。要不早点休息吧？"

莫妮卡看向爱德华，打趣地问道："好呀。睡前要不要再听听我的故事？"

爱德华紧张地回道："不用了……不用了……"

莫妮卡哈哈大笑，接着对坎娜说道："坎娜公主请放心，你出现在此的事情，我不会透露出去。另外，亨利和温德尔会轮流负责今晚的守夜。大家可以安心休息，明天见。"

坎娜礼貌地说道："嗯，好的。谢谢了。"

目送莫妮卡离开后，花儿探险队的成员各自进帐篷休息，积累的疲惫感翻涌而来，很快便进入梦乡。

第二十五章 休整

第二十六章　出击

在天色大亮之前，众人便已整理好行装。露西和茱莉亚对马匹以及队友施放了各类治疗神术，大伙聚在一起，讨论之后的行动计划。

亨利说道："昨天咱们消灭的应该是留守昌城的骷髅军队。从他们毫无配合、盲目突进的攻击方式推断，附近没有领军人物。此处往北182千米处是珍珠城（Pearlton），珍珠城继续往北20千米便是俄邦登兰德城邦联合军在南方的前沿阵地。"

坎娜说道："你的意思是，南方亡灵军团的首领可能在珍珠城内。"

亨利点了点头："对！"

爱德华担忧地说道："这一路还要途经几座小城，我们怎样才能不被亡灵军队发现呢？如果每日都要经历昨天那般的战斗，在见到敌军首领前，我们早全军覆没了。"

莫妮卡拍了拍法师袍上沾染的灰尘，悠闲地说道："我能制作一种草药，大家将它涂抹在身上，可以极大降低被不死生物感知到的概率。这种草药能掩盖活物的气息，防止不死生物大老远就发觉我们的存在；但它不能带来潜行效果，无法防止我们被不死生物看见。"

亨利说道："够用了。我的计划是避开大规模的军队，小心靠近珍珠城。我会使用渡鸦同身处俄邦登兰德城邦联合军内的骑士团成员联系，让他们协同联合军在适当时机和南方亡灵军团开战，引诱亡灵大军往北突进。我们找准机会突袭珍珠城，斩杀敌军首领。"

异沃世界中的信件传输，最常用的工具是信鸽，简单高效。但信鸽只能对固定地点进行送信工作，无法做到在特定的人与人之间送信，这时就轮到乌鸦出场了。乌鸦是最聪明的鸟类，能够识别并记忆人脸，也能完成更复杂的训练。在训练乌鸦送信时，参与训练者身上会佩戴一些特殊的魔法道具。这些道具会和绑在乌鸦脚上的魔法道具相互感应，指引乌鸦向最近一处有魔法感应的方向飞去，抵达目标所在地点。而乌鸦能快速认出参与训练者的样貌，准确将信送达。外出执行任务期间，人们所处的位置不断变化，彼此间的路线环境复杂，故而不少地方习惯使用渡鸦这种大型乌鸦，以便降低被沿途猛禽攻击的概率。但是，除非别无选择，人们一般不会选择乌鸦送信。一来是训练成本很高；二来，这些家伙实在是太聪明了，当它们发现已经摆脱人们的掌控，有时会选择放弃完成送信使命，直接飞往自由的明天。

众人皆认可亨利的作战计划，于是小心北上。途中虽然遭遇并消灭了不少零散的骷髅小队，但顺利避开了骷髅大军。不日，珍珠城便映入眼帘。该城南部的城墙破败不堪，到处都是倒塌的缺口，展示着防守亡灵军团时惨烈的战况。

亨利放出渡鸦后，众人便在珍珠城南百米外的树林里潜伏起来。他们用枝叶盖住身体、马匹及行囊，关注城内动向。

第二十六章　出击

过了两日，天刚蒙蒙亮，远处响起了军号声。珍珠城内躁动非常，无数骷髅往北出城。不久，便传来各种喊杀声、武器碰撞声。而后，战场嘈杂声向北方渐行渐远。一小时后，喧闹声已遥不可闻。

亨利起身说道："是时候了。"

众人从林中冲出，向坍塌的城墙处奔去。

突然，一支箭矢破风而来。爱德华一步当先，使用盾牌向左前方的箭矢挡去。箭矢撞向盾牌，竟将爱德华击退半米。

匪夷所思的是，箭矢并未被弹开，甚至连轨迹都没有变化，继续向前穿梭。后方的吉姆一个躲闪不及，被穿胸而过，当场毙命。

露西赶忙跑到吉姆尸体旁边，施放六阶神术【复生术】。吉姆惨痛地呻吟一声，挣扎爬起。露西继续使用神术治疗他的伤口。

吉姆将口中鲜血唾在地上，喝了一瓶生命药剂，艰难地挥挥手，说了句："没事。"

大伙往后退出安全距离，向着箭矢飞来的方向望去，只见一个骷髅立于没有倒塌的城墙上。他身着灰褐色精致皮甲，肩披绿色探险斗篷，手中握着一把巨大的长弓。

"刚才那招是……"温德尔惊魂未定。

"没错，是【穿云箭】。"莫妮卡语气凝重地说道。

"【穿云箭】？神射手的绝招之一，【穿云箭】？"爱德华不可置信地问道。

莫妮卡点了点头。

"可是神射手不是精灵独有的传奇职业吗？"爱德华更加不解。

异沃世界与战斗相关的职业中，有一类别为游侠。游侠职业有一种特殊派别，名为"森林弓箭手（Forest Archer）"。战士和游荡者职业中,有不少人擅长使用远程武器战斗,包括弓、弩、投石索等等,并能在敌人近身时,换成近战武器继续战斗。但游侠职业的森林弓箭手不一样,他们只使用弓箭,不会使用除此以外的任何武器。从古至今,这是精灵独有的派别和战斗方式。其中极少的精锐能成为传奇职业"神射手"。

坎娜打断众人的思绪,笑着说道:"别想了。这是骷髅捍卫者,被灌注在其体内的灵魂生前是精灵神射手。该军团的首领为骷髅王无疑。"

第二十七章　距离与生命

亨利有些焦虑，说道："我对神射手知之甚少。娜娜，我听说梅蕾蝶斯王国因为靠近精灵国度，有很多精灵。你接触过神射手吗？有没有什么建议？"

坎娜不假思索地说道："战场上，射手们大多以45度角集群仰射，射击覆盖范围可达200米至300米。但是精英之间的对决使用的是单体瞄准平射，能保证命中率及威力的有效射程在30米至50米左右。神射手有效射程要远不少，100米内箭无虚发。他站在城墙上，这个射程还会进一步加大。考虑到大多数魔法的有效射程和短弓相当，为30米左右。我们和城墙上那位，有70米以上判别生死的距离。"

莫妮卡沉思片刻，说道："也就是说，咱们所有人使出浑身解数，想办法在不丢掉性命的前提下，往前70米，才有一战之力，对吧？"

"是的，"坎娜从安决斯那儿要来短弓，说道，"城内剩余的骷髅兵正在城墙破洞处集结，不能再拖了。上！"

亨利吹了一声口哨，一匹马向他跑来。

爱德华向城墙坍塌处的一个骷髅兵使用技能【视死如归】。这是士兵派别的特殊技能，和狂战士的【战争践踏】同属于比【冲锋】更高阶的接近目标技能。【冲锋】和【战争践踏】能达到与相距30米内的敌人急速近身的效果，而【视死如归】却能对相距100米左右的敌人使用，虽不是瞬间近身，却能在技能有效期间不断增加移动速度，并免疫一切减速和定身效果。这个过程中不能切换近身目标，否则技能效果将消失。

骑上马匹的亨利和其他人一同随爱德华向城墙奔去。

莫妮卡掏出魔法书，吟唱了一个变幻系六阶魔法【任意门】，徐徐步入召唤出的门内，消失了身影。这是一种次元魔法，任意门通往一个与现实世界重叠的特殊异界。当施法者通过任意门进入该异界后，在其中的移动对应着现实世界的移动，到达期望地点后再开启一次任意门回归现实世界便可。而现实世界的敌人，也不是完全无法捕捉施法者的行踪。感知敏锐的人，可以观测到施法者人形的透明魔法波纹在移动。但即便能观测到，也无法攻击身在异界的施法者。该魔法风险很大，主世界的生物在异界行动会持续受到越来越高的真实伤害，所以无法通过该魔法移动很远距离。

坎娜心中默念："60米。"

第二支【穿云箭】破风而来，瞄准的不是当先的爱德华，而是后方扎堆的人群。

露西早已对自己施放了三阶神术【信仰铠甲】。该神术能根据施法者的等级降低所受的物理伤害。以露西当前的牧师等级来看，【信仰铠甲】大概能降低20%的物理伤害。

顺带一提，前些天与骷髅海的战斗让众人提升了不少等级。如今他们的等级状况为：坎娜战士45级，魔法师40级；爱德华士兵45

级;安决斯战士44级;茱莉亚牧师45级;亨利骑士85级;温德尔吟游诗人92级;莫妮卡元素师83级;普利莫战士66级;露西牧师68级;吉姆刺客74级。

露西大喝一声,顶盾正面硬抗呼啸而至的箭矢。眨眼间,箭矢便洞穿了露西的盾牌,重创其腹部。露西单膝跪地,无法行动。她忍痛抬起右手,示意队友不要停留。

"50米。"

爱德华距离城墙还有21米,亨利还有33米。

骷髅神射手掏出五支箭矢,对人群使用了【多重射击】。

坎娜猛地向前翻滚,躲开了一支箭。

温德尔向右侧跳,左腿被一支箭射穿,扑倒在地,无法继续前进。

吉姆使用了刺客技能【暗影诱饵】,留在原地的幻象诱饵被一支箭击碎,而真正的吉姆则以潜行状态向前慢速移动。

普利莫举起圆盾格挡,却慢了一步,被一支箭命中左肩,栽倒在地,滚了几圈。他挣扎着爬起,继续往前奔跑。

茱莉亚施放了五阶神术【圣域术】,自身周围出现一个直径0.8米的狭小圣域。一支箭从圣域穿过,插在地上。圣域内外的单位无法相互造成任何影响。茱莉亚离开安全的圣域,继续跟着队友向前奔去。

"40米。"

爱德华已到达城墙处,被骷髅兵团团围住,毫无机会爬上城墙。

亨利策马奔腾至爱德华身旁,与骷髅兵战成一团。

骷髅神射手射出一支【冲击箭】。

这箭向坎娜后方飞去。

安决斯用圆盾挡住了箭矢，却被极大的冲击力掀起，向后飞去，撞在茱莉亚身上。两人在地上滚出十几米，暂时无法爬起。

由于移动速度太慢，吉姆放弃了潜行，继续奔跑起来。

"30米。"

坎娜掏出短弓，向骷髅神射手射出一箭。

只见对方并没有闪躲，而是对着坎娜也射出一箭。

对方的箭将坎娜的箭弹飞，而自身仅偏移了一点儿角度，继续向前飞去。

"啊！"后方的吉姆被这只偏移角度的箭矢命中，倒地不起。

坎娜对爱德华身边的骷髅兵使用【冲锋】技能到达爱德华所在位置，并立刻跳至他肩上。

爱德华极为默契地用肩部一顶，坎娜借力一蹬，抓住坍塌城墙的边缘向上攀爬。

由于身影被城墙遮掩，骷髅神射手暂时无法看到坎娜。

此时，距离城墙30米左右的隐蔽处，开启了一扇任意门。莫妮卡从门内走出，对骷髅神射手施放元素系七阶魔法【冰枪术】。

飞出的魔法引起骷髅神射手警觉，在中招之前向莫妮卡射出一箭。箭矢直逼莫妮卡面门，她的魔能系五阶魔法【闪现术】也刚好赶上，向后瞬移了20米，安然无恙。

水系冰类魔法对骷髅这类非生命单位造成的杀伤很小；哪怕是七阶魔法，也未对骷髅神射手造成重创，但是将其暂时冻结了起来。

当骷髅神射手挣脱冻结状态时，突然发现半空中有一道阴影向自己飞来。

跳至半空的坎娜双手紧握缠绕着火光的阿什莉，向敌人头顶砍去。通过使用元素系三阶魔法【元素弱点探测】发现几乎所有骷髅都缺少火系元素抗性，所以在奔跑的路上，坎娜已给长剑使用了元素系四阶魔法【附魔术·火元素武器】。

可是这一剑却被挡下了。

这时，坎娜才看清，对方的长弓弓身镶嵌着刀刃。这不是普通的长弓，是为精灵神射手量身打造的可近战长弓。

森林弓箭手将毕生的精力用于研习弓箭，不会使用任何近战武器，一旦被敌人近身，就等同于战败。可是当其获得神射手传奇职业后，情况则完全不同。神射手不但能对更远的目标百步穿杨，在复杂的地形可以移动射击；最重要的是，神射手能使用弓箭进行近身战斗。

一招不中，坎娜立刻撤步，接着突刺一剑。

骷髅神射手右腿后撤，侧身勉强躲开这一剑。接着，他握弓的左手松开了，弓弦悬挂在了桡骨上，手掌不知何时握住了一支箭矢，猛地向坎娜的喉咙刺去。

这匪夷所思的攻击，连身经百战的坎娜都大感意外，匆忙后仰躲开。但后仰使用的力度过大，她向后退了几步才维持住平衡。

骷髅神射手未向前追击，而是猛然后跳。这个瞬间，两者拉开了3米以上距离，已经达到了神射手的有效射击距离，还未落地的骷髅神射手已一箭飞出。

"躲不开！若我将身体往左移动2厘米，箭矢虽会射中胸腔，却可避开致命伤。队伍里还有两位牧师，赢了！"

正当坎娜准备用身体承受这一箭，冲锋结束战斗时，不知何时赶到城墙上的爱德华对坎娜使用了士兵特殊技能【援护】，瞬间来到坎娜身边，提盾挡住了这一箭。

接着，爱德华对骷髅神射手冲锋盾击，将刚落地的敌人击倒。这还没有完，爱德华压住倒地的敌人，使用【盾牌殴打】。与盾牌反复进行"亲密接触"的骷髅神射手被完全压制，根本无法挪动。

被牧师治愈的其他队友们陆续赶到了。

安决斯、普利莫和亨利见状也围了上去，抢起武器对着地上的骷髅神射手猛砸。

目瞪口呆的茱莉亚说道："男人，男人好可怕……"

当坎娜和莫妮卡将那几个男人拉开时，骷髅神射手已化作一地碎骨。

此时露西爬上城墙，神色显得有些担忧："吉姆伤得很重，虽做了应急处理，没有生命危险，但短期内无法战斗了。温德尔的腿伤也比想象中严重，今日的施法次数已不够治好他的腿。为保险起见，我还要预留一些关键神术的使用次数。我们继续战斗还是先行撤退？"

"不能退。我们没有第二次机会了。"亨利下定决心。

坎娜向城内扫视一周，说道："城里剩余的骷髅杂兵应该已经被全部消灭了。不出意外的话，只剩要塞里的那个王了。"

亨利看向露西："你腹部的伤也没那么容易痊愈吧，不要逞强了。你留下照顾他们两个，别去了。"

"不行，你们没退，我怎么能退？"露西摇了摇头。

"露西……"普利莫显得很担心。

"别说了。我还能战斗！"露西坚决地打断他。

在场的人都突然安静下来，气氛沉重。大家对接下来无法逃避的战斗并没有太大信心。

坎娜笑着说道:"我们也不能站在这等他老死,不是吗?毕竟他是不死生物。"

语毕,坎娜深吸一口气,转身沿着城墙内侧的台阶下行。爱德华、安决斯、茱莉亚紧随其后。

接着,露西、亨利、普利莫、莫妮卡也跟了上来。

周围的城墙遮蔽了他们的视线,让他们无法看见外面那个还有活物存在的世界。或许是因为城墙的阻隔,风突然消失了,也没有鸟儿从头顶飞过,打破这片死寂。阳光亦被高墙挡住,空气中弥漫着与季节不相符的阴冷。英雄们顺着台阶沉潜,仿佛步入一个无底的深潭。

第二十八章　黑暗

　　在大陆的东北方，有一大片阴森的密林，被世人称为"幽暗密林"。这是黑暗精灵的家园。

　　第二纪元——精灵纪元时期。从E31044年至E31144年，以及从E31227年至E31248年，精灵进行了两次旷日持久的内战，几乎毁灭了精灵原有的家园。这两次战争也直接使得精灵衰微，以及第三纪元——人类纪元到来。

　　上古时期诸神和最初的精灵共同营造的人间仙境被战争如此亵渎，引起了诸神的震怒。AZ降下神罚，剥夺了战争的主要发起方，同时也是最后的战败方——反叛精灵获得的来自造物主的赐福。他们的皮肤不再白皙，头发也失去了金子般的光泽。他们不再如从前般喜爱一切有光亮的事物，因为明亮的光芒会让他们头晕目眩。最重要的是，他们全都失去了精灵本该拥有的永恒寿命。从此，世人称呼他们为"黑暗精灵"。但是他们很讨厌这个称谓，他们习惯称呼自己为"复仇精灵"。

　　这帮精灵苟延残喘、东逃西窜，直到在大陆的东北方发现了暗无天日的幽暗密林。他们从世界各处慢慢汇聚到密林，奴役这里的原住民，建设起属于自己的国家。

黑暗精灵在密林中树木最茂密的阴暗处建造了自己的城市、宫殿。而其中有部分更加厌恶光亮的黑暗精灵，他们带领着家族和奴隶，不断地往地下挖掘，在漆黑的地底建造家园。

因为长期生活在黑暗的环境中，黑暗精灵拥有极强的夜视能力，甚至强于大多数夜行动物，在漆黑的环境下能获得极大优势。而他们的肤色也慢慢变得越来越暗，大多数黑暗精灵的肤色是暗紫色或深灰色的，在阴暗的环境中能起到保护色的效果。

于是，幽暗密林成了异沃世界最危险的地方之一。大家都很畏惧这个地方，就连探险家都谈之色变。因为非黑暗精灵的人形生物一旦进入这里，就等于被宣判了死亡。如果你跑去酒馆告诉别人，你去幽暗密林探险了，还活到了现在，在座的各位听众会觉得你又是一个喝醉了在吹牛的蠢货。

但是今日，一个从身影判断明显不是黑暗精灵的家伙骑马进入了幽暗密林。他全身藏在宽大的黑色斗篷中。在他进入密林的瞬间，不知从何处窜出八名骑马的黑暗精灵，将他包围在中间。这八名黑暗精灵似乎是一边为他引路，一边在保护他的安全。他们一路向密林深处骑行。

这是非常奇怪的现象。因为众所周知，黑暗精灵憎恨一切非本族的人形生物。"不是复仇精灵，要么被奴役，要么被杀死。"他们经常说这句话。那为什么会有其他人形生物在进入幽暗密林后受到如此明目张胆的礼遇？这几名护卫，他们不怕连累自己的家族被其他黑暗精灵灭门吗？

一行九人在深渊洞穴旁停了下来。接下来的路需要步行。

说是洞穴，其实是黑暗精灵经过上千年时间挖掘出来的地下世界入口。而这些比密林中生活的同族更厌恶光亮的黑暗精灵，也被称为"深渊精灵"。与对"黑暗精灵"这个称谓的厌恶不同，他们很喜欢"深渊精灵"这个称谓。

九人乘坐升降梯到达地底深处。护卫们点起黑暗精灵从不使用的火把，给贵宾照亮道路。步行不多时，来到一个甬道入口。一辆车在路旁等候。该车由两只巨大的地底蜥蜴拉着，飞速地在甬道内穿行。数小时后，到达了一处辉煌的宫殿门口。这是"那个家族"的宫殿。没有人敢随意说出他们的家族名，因为所有人都害怕招惹上这个黑暗精灵中最具权势的家族。他们是那么的被罪恶女神宠幸，以至每年的黑暗精灵传统节日"血祭节"，米娜都会亲临该处，成为他们家族的座上宾。

护卫们将贵宾引入宫殿正厅，家族的主母正在等着他。为了迎接他的到来，大厅点了许多蜡烛。这是深渊精灵只有在举行宗教活动或书写文献时才会使用的稀有物，因为他们在日常生活中，根本不需要一丝光亮。

"人类男性，听说你要传达那位大人的意愿。"主母笑容威严而高贵，用极为克制的语气尽量保持友善的态度说道。

黑暗精灵是严格的家族式母系社会，家族主母是每个贵族家族的最高领导人。最有权势的九个家族主母组成的议会是黑暗精灵的最高权力机构。

男性地位极其低下。即便是贵族中的公子、家族战士长、家族首席魔法师这种顶端的男性，地位也只是略高于黑暗精灵女性平民，仅此而已。远不如由女性垄断的牧师身份，而身为一族之长的主

第二十八章　黑暗

母，地位更是高不可攀。

按理说，大多数黑暗精灵的男性都没有资格和主母说话，而非黑暗精灵的男性更被视为贱民中的贱民。站在黑暗精灵社会顶端的这位主母，竟然能放下身段，礼貌地和这位男性来宾交谈，可见对方的身份绝不简单。

"参见罪恶女神教宗、复仇精灵议会长、第一家族主母，布丽姬特·波特莫斯（Bridget Bottomless）陛下。"男子脱下兜帽，恭敬地对主母行礼。

主母并没有示意男性就座。这并不是因为她傲慢并歧视眼前的男性生物，而是她在自己数百年的人生中，从未有过让男性入座的习惯，以至根本就没有想起让对方坐下说话这件事。

男子并不在意，继续礼貌地说道："罪恶女神米娜大人一直以来非常厌恶一个凡人，这个人必须死，而我刚好知道她当下在哪，现在是下手的最好时机。如若除掉这个人，陛下的家族必将扬名立万。所有卑贱的生物，不论是精灵还是人类，听到陛下的名字，都将会瑟瑟发抖。"

"哦？"主母突然兴致高涨。她起身走到人类男性身前，眼中迸发出暗红色的光芒。

"她现在……"男子正准备详述。

"嘘……"主母优雅地将手指放在紫色的唇间，露出美艳而恐怖的笑容，打断了男子，"先告诉我她的名字。"

男子抬起头，毫不畏惧地迎上主母那炙热的目光，字正腔圆地回答："坎娜·奥古斯都。"

第二十九章　骷髅王

　　这座城名为"珍珠城"，是贸易之国南方的军事重镇。所以不管是城堡的建筑材料还是内外布局，都非常简洁实用，没有任何花哨之处。由于没有多余的装饰物映衬，要塞内除了墙壁上布满剑痕，一切看起来都再正常不过。

　　根据观测，该要塞共有四层，核心正厅应该在二楼或三楼。但是坎娜一伙人全部深切地确定正厅就在二楼！因为一股异常浓烈的不祥气息如尸骨的海洋般淹没了整座要塞，越靠近源头，气息越浓，仿佛指引他们走向生命的终点。

　　"城堡如今的主人真是好客啊！"坎娜打趣道。

　　"是啊。估计正襟危坐着，等待着我们这些贵宾呢！"爱德华虽开着玩笑，但神态严肃，语气冰冷。看来骷髅王的不祥气息对大家都造成了极大压力。

　　众人来到二楼，一扇用铁皮包边的巨大双开木门关闭着，仿佛分割着生与死的世界。都到了这里，到了这一步，大家竟然有点踌躇不前了。

坎娜迈出一步，双手猛力一推，木门发出尖锐的声响，飞也似的被轰开，划出两道弧线撞向两侧的墙壁。

砰！

木门撞击扬起了一片灰尘。灰尘的这头，是坎娜的明眸散发出的无尽战意；灰尘的那头，是端坐在王座上的巨大骷髅摆出的波澜不惊的姿态。

众人余悸未消，呆立在原地。坎娜只身步入房内，就那样站立在大厅的正中央，骷髅王的面前。

最早清醒过来的是安决斯，他冒着冷汗，用胳膊撞了一下身旁的爱德华，小声说道："喂，爱德华，情况一旦不对，不要管任何人。你独自护住坎娜，逃走。"

被撞醒的爱德华听到此言，本想说些什么，比如问安决斯准备怎么办，留下来断后逞英雄吗？但最终还是忍住没有说出口，因为他从未见过安决斯露出如此视死如归的坚毅眼神。在察觉到对方表现出的这份觉悟后，爱德华也立刻回想起了自己家族历来存在的意义，淡淡地回了一句："好。"

梅蕾蝶斯王国的"开国四战士"中仅"悠扬的杰卡"没有后代。另外三人的家族都延续至今，分别是瓦利恩特家族、奥尔森家族、波拿巴（Bonaparte）家族。奥尔森家族族长一直担任着国土防御部队元帅——"王国守护"军职，波拿巴家族族长则担任对外远征部队元帅——"敌国毁灭"军职，而爱德华所在的瓦利恩特家族族长则一直负责贴身侍卫国王的工作，同时也统领着梅蕾蝶斯王国王城禁卫军及其下最负盛名的部队王室精英禁卫团，担任"不灭之盾"军职。

"当坎娜成年并加冕之后，就会由我那如战神般强大的父亲亲自护卫。但在这之前，我便是坎娜身前的最后一面盾。我以我祖母的坟墓起誓，不论是谁想要杀死坎娜，必须先从我的尸体上踏过去。"爱德华在心中默念着，随安决斯一起朝坎娜走去。

其他队友也纷纷从愣神中清醒过来，跟随其后，走向大厅中央。

"欢迎。"骷髅王庄严的声音在大厅回响。

体格庞大的骷髅王安稳地坐在那儿，泰然自若。他的身高在2.4米以上，这不是正常人类骨骼能长到的高度。不知是否因为成为该特殊邪恶存在，他的骨骼发生了异变。端坐不动的他身着黑色半身板甲，肩披暗红披风，更显得威风凛凛。让坎娜特别在意的，是那骷髅头上的王冠，虽精雕细琢，布满宝石，华贵万分，却缺少一分历史的厚重感，像是不久前刚被工匠制作出来的。

骷髅王的两侧各站着一名骷髅捍卫者，正准备拔出武器迎战，看到骷髅王抬手示意，于是收手站回原位，如古老墓穴中的骸骨般一动不动。

"来者何人？"骷髅王的脸上自然是没有一丝肌肉的，但不知为何，让人觉得他在礼貌地微笑着。

坎娜迈出一步答道："花儿探险队队长，娜娜·马丁。特来取你首级。"

"为什么？"

骷髅王的这句疑问把坎娜问住了，以至于她紧握剑鞘的左手都松了下来，一时间不知道如何应答。

"我乃劳伦王（King Loren），阿芙伦特（Affluent）平原的合法统治者。听你口音并非俄邦登兰德之人，与本王有何仇怨？"

"劳伦王……劳伦·泰勒（Loren Taylor）？"

"你认识本王？"

对王位继承人而言，从圣保德勒斯帝国开始的人类史是必修课，坎娜比一般的王族更喜爱看书，且对书本内容拥有过目不忘的能力，所以对被史书记载的大多数历史事件、知名人物都了然于胸。用梅蕾蝶斯王国图书馆馆长海登·安东尼（Hayden Anthony）的话来说："公主殿下在多个学术领域的知识水平皆在王国前列，其中对历史学的研究水平几乎达到前无古人的程度。"

坎娜回想起俄邦登兰德联邦国的历史。该国前身是圣保德勒斯帝国内地处阿芙伦特平原的一众城市。由于平原地貌往来交通便捷，加之位于大陆中部，自然而然地形成了以贸易为主的繁华城市群。这些城市群内最富有的商贾共同创立了俄邦登贸易商会，在漫长的岁月中，慢慢获得了各自所在城市的实际掌控权。于是，这些城市的实际管理体制便成了商会旗下的城市联邦制。正是因为这种特殊的体制，俄邦登兰德建国后，除作为首富的商会会长成为国王外，每个城市的实际掌权巨贾全部被封为伯爵，国内未设高于伯爵的爵位。

养尊处优的贵族很少有愿意从商的，毕竟对来往商贾收取关税、地税和贸易税便能赚得盆满钵满，何须过风里来雨里去的跑商生活？在帝国鼎盛时期，商人们可以轻松敛财，对各种税收、打点毫不在意。但是帝国风雨飘摇的岁月里，经济形势大不如前，这里的富商阶级和贵族阶级之间便开始慢慢囤积起不可调和的阶级矛盾，关系异常微妙。

帝国时期，这片土地上爵位最高的便是作为帝国大公（Erzherzog）

的泰勒家族族长,其封地占据了大半个阿芙伦特平原。H1613年,乔治·奥古斯都亲王发动政变,篡位成功。帝国各处领主纷纷自立为王,在接下来的短短数年内,大大小小的王国如雨后春笋般独立出几十个。

H1617年,俄邦登贸易商会会长兼城市联邦议长雅各伯·内森(Jacob Nathan)邀请劳伦大公及其家族前往联邦总部参加会议,讨论在阿芙伦特平原建立联邦国事项。劳伦本不愿意前往,因为顶级贵族的傲慢心理,他打心底瞧不起这些投机倒把的商人们。但是此时,俄邦登贸易商会早已掌握该地区的经济命脉,若无他们支持,自己的领地很难在世界战乱中保存下来。毕竟领地处于平原地带,易攻难守,且在大陆中部地区,很容易被四面围攻。再者,对方承诺这次会议的主要议题是让劳伦成为国王。于是劳伦大公率领家族三十余口人前往,仅留下长子马修(Matthew)留守核心领地。

这次会议被后世称为"屠宰场会议"。劳伦一家以及随行的百余名侍卫都在会议上被屠杀殆尽。而其长子马修也在俄邦登贸易商会麾下军队的猛烈进攻中退守珍珠城,孤立无援地苦苦坚守两年后矢尽援绝,绝望地自刎身亡。之后,雅各布·内森成立了俄邦登兰德联邦国,血脉流传至今。

这类惨绝人寰的事件,在那场波及整个人类世界的战乱中随处可见,很快就淹没在了历史的长河里。

"劳伦王,"坎娜礼貌地说道,"所以说,陛下是来复仇的?"

"不错。"

"陛下是此地真正的国王,您为何要听命于他人?"坎娜问道。

"谁告诉你我听命于他人?"

第二十九章 骷髅王

"攻打俄邦登兰德联邦国的亡灵军团不止陛下这一支，而且步调非常统一，很难让人相信你们背后没有人在统一布局。"坎娜继续试探。

"哦。你说的是她。"

"她？"坎娜的声音略微有些低沉，"是谁？"

"一个唤醒我的年轻人类死灵师而已。我的灵魂一直在这个平原游荡，拒绝去往任何地方，时间久了，慢慢失去了一切记忆。突然有一天，她找到我的灵魂，告诉我发生在我身上以及我家族中的所有故事。在我回忆起一切，并发誓血洗俄邦登兰德时，便突然以这种形态复活了。是她做的，虽不知她用了什么方法，但我知道是她做的。那个遮着脸，从不以真面目示人的邪恶小女孩。她复活了我，但不代表我听命于她，我可不是低阶的不死生物！我足够强大，没有死灵师能束缚、控制我的意志。和其他军团的那些死灵师、尸巫（Lich）、死亡骑士（Death Knight）、不眠僵尸、极饿食尸鬼（Ravenous Ghoul）统领不同，他们大多是她的仆从，而我和她只是合作关系。不，我只是在利用她帮我报仇并夺回本属于我的王国罢了。"

"所以说，陛下也不知道她的真实身份？"坎娜继续问道。

骷髅王感觉自己受到了侮辱，愠怒道："本王不屑知道她是谁。你的问题太多了，我没有义务一一回答。你差不多该离开我的城堡了。"

"在经历过那样的惨剧后，您竟然还相信外人会真心帮助您夺取王位？"坎娜有些感慨。

这句话刺痛了骷髅王，他大声道："太无礼了，你怎敢……"

在坎娜和骷髅王交谈的这段时间里，亨利在脑海中飞快地整理、总结这些信息。得出一个结论：骷髅王不知道幕后黑手是谁，只需要在此阻止骷髅王，这是自己唯一能做的事情。

于是亨利迈步向前，走到队伍最前端，插嘴道："劳伦王，我是厚丽布鲁兰斯兰德光辉骑士团成员亨利·安德森。虽然我不知道在您生前发生过什么，但往事已矣。陛下现在的复仇行为导致无数无辜的民众丧命并变成不死生物，这不该是王之所为。"

骷髅王略微转头，打量着亨利，用质问的语气说道："哦？正义使者，骑士团。很好。本王问你，在我的家族和无辜的民众被俄邦登贸易商会旗下军队屠戮的时候，你们骑士团在哪儿？"

亨利并不了解那一段复杂的历史，不知如何作答。

骷髅王继续说道："我来告诉你！你们骑士团当时在攻打梅蕾蝶斯王国！你们骑士团成立的意义就是充当乔治王政变的工具，你们是替他做脏活的刽子手，之后更是成为他野心的践行者，点燃全世界战火的先行军。以这样肮脏的骑士团成员的身份，你哪儿有脸站在本王的面前大言不惭？"

亨利皱着眉头，非常严肃地说道："我没有出生在那个年代，无法改变那个年代已经发生的历史。我只知道您现在的行为是邪恶的，我要阻止您。"

言毕，亨利拔出了背上的双手巨剑。

"你们怎敢在这座城，在这个房间内对我拔剑相向？这里流满了我儿子的血！"

骷髅王猛然离开王座站起。

虽然从他毫无肌肉的脸上看不到任何表情，但是在场所有人都深切地感受到，王愤怒了。

第二十九章　骷髅王

第三十章　酣战开始

"那就这样吧。"

骷髅王站在那里，无尽的威压弥漫了整个大厅。所有活物在这浓烈的不祥气息的笼罩下，被压迫得几乎无法呼吸。

骷髅王向前迈出一步。两侧的骷髅捍卫者也向前迈出一步。

之前整队人员对战一位骷髅捍卫者的恐怖回忆还历历在目，此时却要在两位捍卫者的掩护下与王战斗。

彻骨的绝望感油然而生。亨利发现自己竟无法动弹，刚才为维护正义而决心死战的信念被骷髅王震慑得烟消云散。骑士周围特有的光环的光芒也逐渐暗淡，似乎末日经降临。

骷髅王从身后王座旁抽出一把巨大的双手钉头锤。可预见的，若被这把锤子正面命中，必定粉身碎骨。

"我的身体，动起来啊！拜托，动起来啊！"

亨利在心中哀求道。但是毫无作用，他的身体已经失去控制，纹丝不动。

骷髅王已走到骑士面前，高高举起双手钉头锤。

"就这样了吗?这就是我的终点吗?"

在意识到应该很快就能结束了,亨利竟莫名感到轻松起来。

这时,一只有力的小手拍在了骑士的右肩上。

"睡醒了吗?守护之神在天上看着你呢。"

光辉骑士团的前身是圣保德勒斯帝国的圣剑骑士团。圣剑骑士团由最初神·力量之神茵非内特(Infinite)旗下的次级辅神·守护之神加迪恩亲自创建。尽管时过境迁,圣剑骑士团分裂成为许多个大小不一的骑士团,分散在世界各地,但光辉骑士团成员依然一致信仰着守护之神,而守护之神也是骑士王国的第一信仰。

话音刚落,坎娜举起阿什莉向上跃起,靠着向上的冲击力勉强接住了骷髅王的锤击,重重地摔倒在骑士面前。而骷髅王那令人生畏的锤子,竟然被她弹开了。

坎娜立马翻身而起,而骷髅王的第二锤已从天而降。爱德华和安决斯向这边冲来,但似乎赶不上了。

重整姿态接住这次攻击是不可能的,不知坎娜是否能够及时躲开。

就当爱德华在心中大呼不妙的时候,一个伟岸的身影矗立在坎娜身边,一手握住剑柄,一手握住剑刃,硬生生地挡住了骷髅王的重锤。

是亨利。在坎娜拍他的那一刻,他突然想起了自己加入骑士团时宣读的誓言。

我发誓善待弱者,

我发誓勇敢地对抗强暴,

我发誓为手无寸铁的人战斗,

我发誓帮助任何向我求助的人，

我发誓真诚地对待我的朋友，

我发誓将对所爱至死不渝。

我发誓守护珍视的一切，

为此我的生命不值一提。

我发誓守护珍视的一切，

为此我愿意从天堂跌至地狱。

我发誓守护珍视的一切，

为此我甚至可以放弃荣誉。

亨利握着剑刃的左手掌心血如泉涌，身体周围迸发出耀眼的光芒。这光芒笼罩着整个队伍，似乎在提醒大家，任何时候，为对抗强大邪恶而做出的挣扎，都不会毫无意义。

队伍成员在骑士【信念光环】的笼罩下士气昂扬，不再迷茫，全力应战。

莫妮卡打开魔法书，开始施放元素系九阶魔法【召唤术·土元素领主】。

之前莫妮卡只有78级，最高只能施放八阶魔法，消灭骷髅海的战斗使她升到了83级，获得了一次九阶魔法使用次数。作为元素师，她完全无法使用元素系以外的其他系的八阶及以上的魔法。另外，由于莫妮卡是高阶职业专精元素师，所有魔法等阶的施法次数额外增加一次元素系魔法次数，所以如今的她可以使用两次九阶元素系魔法。如此高阶的魔法，每一次的施放都会改变战局。

异沃世界中，法术职业1级时只能使用一阶法术，且每日使用次数只有一次。之后每达到10级，便能使用更高一阶的法术，90级时满足最高十阶法术的基础前提条件。另外，每达到5级，所能使用的所有等阶法术每日使用次数加一，上限是十次。

当然，如之前提过的，八阶及以上的魔法难度极高，需要很高的施法天赋才能施放成功。所以不少接近100级的魔法师都无法保证每次八阶魔法的成功施放，甚至完全无法施放九阶、十阶魔法。

为了应对之后可能会愈发艰难的战斗，莫妮卡在之前休整时便在随身魔法书上抄录了好几个九阶元素系魔法。在早年间的探险生涯中，她达到过80级以上，也成功施放过许多次不同的元素系九阶魔法，所以对此心中自然有数。莫妮卡是位很优秀的高阶魔法师，不是世人经常调侃的那类"灭团魔法师"——对队友和自己造成的伤害远大于敌人的奇葩，她很擅长针对不同的敌人以及环境做出正确的施法判断。

高阶元素系伤害型魔法以及控制型魔法大多是面向大范围进行攻击的，狂轰滥炸很容易造成误伤，不适合小场地中的多队友团战。而小场地还有个弊端，就是很难躲避敌人的攻击，特别当敌人有多个时。再者，面对骷髅王加两名骷髅捍卫者的组合，一般的召唤物很容易被杀死，毫无意义。所以莫妮卡选择尝试召唤土元素领主，这是她能召唤出的防御能力最强的生物。

值得一提的是，在战斗过程中施放召唤魔法是很艰难的。因为召唤魔法往往需要使用魔法能量打开次元空间通道，让其他位面的生物来到法师所在位面，所以往往施法时间远长于其他类型魔法。而召唤的生物越强，需要的时间则越长。这也是为何魔法师都会选择在战斗可能发生之前发起召唤。但是在进入这个房间之前，他们并不知道骷髅王身边有多少护卫，所以不确定要使用什么高阶魔法才可达到"最优解"。对此，莫妮卡不敢提前消耗珍贵的高阶魔法使用次数，这种谨慎无可非议。而莫妮卡在这种艰难环境中选择施放高阶召唤术，一方面，是近日来的合作战斗让她愿意相信并依靠眼前的队友；另一方面，她也在赌运气。这是她的战斗博弈哲学：在面对弱于自己的敌人时，一切求稳；在面对同档次的敌人时，正常应对；在面对令人绝望且看似无法战胜的敌人时，要么逃跑，要么赌运气。不论实施起来如何困难，选择最强应对的魔法组合，来赌一线生机。

多年后，当坎娜对魔法的研究更为深入，也与无数高阶魔法师敌人战斗过后，她对好友莫妮卡如此评价：单论魔法师的魔法天赋、魔力强度等，莫妮卡并不算特别突出，但是在瞬息万变的战斗中，对各类魔法的选择以及使用时机的判断，也就是所谓的施法战斗智慧这一点，没几名魔法师能和莫妮卡相提并论。她是个实战型的顶尖高手。

随着莫妮卡双手汇聚的魔力越来越强，骷髅王朝着她的方向晃了一下头。两名骷髅捍卫者，一名双持战斧，一名拿着战锤与盾，同时向莫妮卡扑来。

坎娜心中判断："双持战斧的大概率是狂战士，拿锤盾的暂时无法判断职业。但不论是何职业，普利莫和露西他们都不可能抵御两名骷髅捍卫者。"

"亨利、安决斯去帮忙，先解决掉两名骷髅捍卫者。我和爱德华缠住骷髅王。"坎娜果断地指挥道。

安决斯毫不犹豫地向骷髅捍卫者所在的方向冲去。亨利犹豫了数秒，似乎想说什么，最后还是什么也没说，向骷髅捍卫者奔去。

那一边，露西已挡在双持战斧的骷髅捍卫者身前。因为当前的要务是保护莫妮卡施法，而双持武器的攻击性明显更强，显然由手持盾牌且有防护类神术加身的自己来阻挡最好。另外一个敌人则拜托给普利莫了。

看着露西挡在自己面前，骷髅捍卫者直接举起两把斧头向地面砸去。正前方的地面顿时蔓延出数道裂痕，伴随而来的是巨大的冲击力。露西没见过这样的攻击方式，架好盾牌准备硬抗。在这道冲击力抵达盾牌的瞬间，露西立刻被掀飞到空中。冲击力的余波伴随地面蔓延的裂痕抵达了莫妮卡处，被她事先已施放于己身的元素系四阶魔法【护盾术·岩石皮肤】抵挡住了。

被击飞到空中的露西还未坠地，骷髅捍卫者掷出一把战斧，急速击中了露西胸口。巨大的冲击力将露西钉在墙上，过了好几秒后，她才顺着墙面滑落下来，背靠墙壁坐在那里一动不动。

骷髅捍卫者冲到露西面前，准备给出致命一击。安决斯已然赶到，对其使用【盾击】。在被击退的瞬间，骷髅捍卫者已握住插在露西胸口的斧柄，借着盾击的冲击力旋转起来。两把战斧如风车的扇叶般绞着安决斯的盾牌。同时，由不断旋转带来的犹如飞刃般的劲力向周围扩散，伤害范围已经完全波及不远处的露西和莫妮卡。

在和骷髅王鏖战的坎娜用余光扫到这边，已经明白了这名骷髅捍卫者是屠悯者（Mercykiller）。其他派别的战士在使用【旋风斩】的时候，只能旋转一圈，否则会失去平衡，影响接下来的战斗。即便战技强如坎娜，使用【旋风斩】也很少旋转超过三圈。但是狂战士则十分精通此招，可以根据自己的需要，一直旋转攻击。而在施展

【旋风斩】时,能让切割的劲力似飞刀般扩散出去,则只有狂战士派别的高阶职业屠悯者能做到。

但是坎娜这边的战斗并没有轻松到可以悠哉地向队友讲解同屠悯者战斗的注意事项。准确来说,坎娜这边非常吃力,已是苦力支撑。仅是刚才因为扫了一眼莫妮卡处,这不到一秒的走神,已导致她被骷髅王的锤子击中肋部。即便在被击中的瞬间,坎娜用剑在受击处贴身防御,依然被击飞出去,重伤吐血。爱德华则第一时间接上,主动使用盾牌迎击骷髅王的钉头锤,却被巨大的力量击打得单膝跪地,持盾的左手也有几处皮肤、肌肉撕裂,渗出道道鲜血。

看出那位骷髅捍卫者是屠悯者的不仅有坎娜,还包括爱德华、安决斯和亨利。爱德华和安决斯作为战士王国的名门之后,自然了解所有纯战士派别及其高阶职业。而亨利会知道,得益于他更为丰富的战斗经验。显然,他以前是和屠悯者战斗过的。

意识到莫妮卡和露西都有极大的危险,亨利本打算从另一名骷髅捍卫者处转移过来帮忙,却突然发现不知从何时开始,眼前的这个敌人身上笼罩了一层散发着微弱金光的护罩。这是牧师职业四阶神术【信念之盾】。这名骷髅捍卫者是个牧师,大概率还是个高阶祭司!

了解到这一点的亨利瞬间不知如何应对了。高阶祭司是很麻烦的对手,大多数战斗都是以团队的形式参与的,队伍中的牧师等级往往也不是很高,会让人觉得其只是个辅助和治疗角色。但是当高阶祭司拥有很高的职业等级时,情况便会完全不同,他可以选择不辅助团队其他成员,独自展现出强大的战斗能力。另外,无法预判这个牧师的信仰,代表着无法得知他的特殊神术有哪些。此时露西那边情况危急,但是能放着高阶祭司不管,去进攻屠悯者吗? 高阶祭司集中全力进行攻击的话,情况会如何?若他因为无防守压力,全力辅助屠悯者,又会导致怎样的后果?此时更应该集中火力攻击的敌人是这个高阶祭司才对吧?但是谁还有余力伸出援手,与自己一同攻击他呢?自己和普利莫都不是以攻击性见长的职业,真的有可能在短时间内击败这名高阶祭司吗?

在亨利的整个战斗生涯中,从未有过今天这般徘徊不定。导致他犹豫不决的,是他丰富的经验。人的实战结果只有两种,一是胜利,二是失败。实战是残酷的,多数情况下,失败意味着死亡,毫无经验可言。而九死一生最后存活下来的经验是可遇而不可求的,亨利并没有。他只有实战胜利的经验,但在如此绝境中,那些经验竟无法帮他找到任何能带来胜利的方法,连一丝胜利的可能性都没有。经验似乎告诉了他很多可尝试的计划,又似乎全盘否决了他所有计划。他觉得自己拥有太多可执行选项,又似乎毫无选择余地。在如此情况下,如莫妮卡与坎娜这类战斗智慧卓越的,能在下意识中选择自己能做到的最优方式去争取可能性。或是如爱德华与安决斯这类经验不够丰富但意志坚定的,会依据本能以看似笨拙且毫无策略的方式去抗争。而丰富的胜利经验却如泥潭般使亨利深陷其中,让他举步维艰。

"先杀狂战士!"坎娜艰难地在战斗间隙喊出一句。

对啊!

亨利若醍醐灌顶。牧师作为最强的辅助职业,能给输出型队友添加各种增益状态并提供海量的治疗。但是,牧师的所有治疗神术对不死生物是无效的。非但不能恢复不死生物的生命力,甚至还会对其造成伤害。也就是说,他们确实有可能顶着高阶祭司的辅助,强杀屠悯者。至少这个可能性远比顶着屠悯者疯狂的伤害输出解决掉高阶祭司，要大得多。

亨利不再犹豫，他决定骷髅屠悯者与自己之间只许活下一个，在此之前什么都不再思考。

安决斯用盾牌强顶着骷髅屠悯者的旋风斩。他不但没有后退，还奋力地一寸一寸向前挺进。硬是在盾牌被绞得粉碎的一瞬，逼停了敌人的旋风斩。战士王国的军队中全是战士职业，但绝大多数都是普通战士或者士兵派别，因为这两个派别在大兵团合作战斗时能发挥最大的作用。王国的狂战士极少，成为屠悯者的高阶狂战士几乎没有，但这并不影响王国的战士们非常了解屠悯者。也正因为对所有纯战士派别及其高阶职业的深入了解，才让他们清一色选择修习合作能力更强的普通战士和士兵派别，而长期处在这种环境中耳濡目染的安决斯果断选择了最正确有效的方式阻止了敌人的旋风斩。

尽管左手受伤严重，但是安决斯并没有停下脚步，而是配合赶到的亨利对骷髅屠悯者进行猛烈进攻，竟逼得敌人接连后退。

但是，他们谁都没有注意到，莫妮卡已倒在地上。旋风斩激起的劲刃过于频繁，很快就消耗完莫妮卡用于阻挡物理伤害次数的【护盾术·岩石皮肤】。在旋风斩被逼停的最后一刻，一道劲刃击中了莫妮卡的腹部。魔法师没有战士那么坚韧的身体，莫妮卡伤重倒地。在她倒地前，土元素领主刚被召唤而出。但是如此强大的生物，仅仅召唤出来是不够的，必须还要由魔法师与之进行心灵沟通，达成合作共识，才能使之成为队友。而此时莫妮卡的状态已无法做到这点了。

刚被召唤而出的土元素领主思维混乱，不清楚自己为何在此，直接发出了一声响彻房间的怒吼。【胁迫怒吼】，这是很多强大的类战士[1]非人形生物具有的技能，也是出于本能最常使用的技能。这个技能能让周围弱小的生物望而却步，甚至恐惧逃离，同时让强大生物感到自己受到极大威胁。当然，这个房间内没有弱小生物。于是在它周围的亨利、安决斯、普利莫以及两名骷髅捍卫者都跟随本能地向土元素领主发起进攻。

坎娜、爱德华与骷髅王距离土元素领主较远，未受明显影响。阿什莉上早已附魔了火元素，被坎娜握着，以各种刁钻的角度砍着骷髅王暴露在板甲外的肢体，并多次切进板甲缝隙，命中要害。但是坎娜无法从手感上判断对敌人造成了何种程度的伤害。和动物类生命单位战斗时，剑刃切开表皮、脂肪、肌肉、内脏的手感都是完全不同的，经验丰富的战士能够根据不同的手感判断敌人的受伤程度。但是骷髅王全身上下只有骨头，而且硬度匪夷所思。以阿什莉的锋利，随意挥舞便可切断骷髅兵的骨头。可在【附魔术·火元素武器】的加持下，砍中骷髅王这么多次，也仅仅在其骨头上留下了浅浅的划痕。至于这些划痕是需要累积到足够数量才能有明显效果，还是毫无伤害，坎娜完全不清楚。但这些疑惑丝毫没有影响到坎娜的挥剑速度，不清楚就打到清楚为止！这便是坎娜的战意，从不会彷徨、迷茫、退缩，凌驾于红尘万物之上的战意。

房间内的混战还在继续。角落中，一个被所有人遗忘的身影，悄悄跑到露西身边，抬起了右手。茉莉亚对露西施放了两次四阶神术

---

[1]许多非人形生物的战斗方式和人形生物相去甚远，往往会被描述为类似于某职业。同样战士类的还有野猪、棕熊等猛兽。这些生物的物种本身就是一种特殊职业，彼此的战斗方式各不相同。

【中级贴身治疗术】，将其从鬼门关拉了回来。接着又溜到不远处的莫妮卡身边施放【中级贴身治疗术】。茉莉亚的这个战术并非其首创。以前就有过一些精英佣兵团队在面对极为强大的敌人时，若队伍拥有两名或以上牧师，为了防止意外，让其中一名牧师利用环境躲藏起来。当战局不利的时候，藏起来的牧师会跑出来，对倒在地上不能战斗的队友进行治疗，或者复活没有真实死亡的队友。这个过程就像将躺在地上不动的树叶扫起来，所以这个战术被称为"扫地牧师战术"。

当莫妮卡重新站起来时，土元素领主已受到重创，此时再去和它进行心灵沟通已毫无意义。于是莫妮卡给自己补了一次【护盾术·岩石皮肤】后，便对骷髅屠悯者施放起元素系九阶魔法【球形闪电】。该魔法会自动追寻目标，但是飞行速度较慢，适合在封闭小空间使用。

露西对自己用了多次治疗神术勉强恢复行动能力后，对骷髅屠悯者施放五阶神术【安息】。该神术能对小范围内的不死生物造成高额伤害，缺点是从吟唱开始，攻击范围便固定了，若敌人跑出范围则无法命中。另外，该神术还会降低目标范围内智慧生物的士气，所以使用时要小心判断影响范围。

值得一提的是，在众人被【胁迫怒吼】影响期间，由于骷髅屠悯者的伤害输出远超他人，对土元素领主造成了最大的威胁，所以土元素领主几乎无视了其他人，只攻击骷髅屠悯者，对其造成了可观的伤害。

此时，众人已从【胁迫怒吼】的影响中脱离出来。骷髅高阶祭司对骷髅屠悯者施放着各种辅助神术。普利莫敲打着骷髅高阶祭司，干扰其施法效率。亨利、安决斯则配合土元素领主的攻击，狂殴骷髅屠悯者。

当土元素领主已然濒死，消失返回元素位面之时，莫妮卡的【球形闪电】慢悠悠地飘到骷髅屠悯者身边，闪电能量瞬间在其周身爆裂。他被强大的气系电类魔法炸得不停颤抖，无法控制身体做出有效动作。亨利和安决斯见状立刻停止攻击，毕竟使用金属武器去接触一个被电击的单位很不明智。利用其被持续电击麻痹的档口，露西的两次【安息】神术全部避开队友，命中目标。骷髅屠悯者终于伤重死亡，化为一堆碎骨散落在地上。在其死亡的瞬间，露西身上金光一闪，她升级了。

在前些日与骷髅海的战斗结束时，露西已然升到了68级。今日与骷髅神射手及残余骷髅兵的战斗，让她升到了69级。而对骷髅屠悯者进行的致命一击，则让她达到了70级。今日漫长的战斗，本已让队伍内的法术职业施法次数吃紧。升级带来的额外施法次数是当即生效的，对当前局势有极大助益。更重要的是，到达70级大关，代表露西可以使用八阶神术。而且神术不同于魔法，对于新掌握的法术无需提前抄录准备，需要使用时，咒文会直接出现在脑海中，对着念便是。这是足以扭转战局的喜讯。

队友们也因此而士气高涨，信心百倍。没有不可战胜的邪恶，没有！

正当众人精神抖擞准备加把劲取得这场战斗的最终胜利时，一个硕大的黑影闪过。骷髅王一个【冲锋】甩开和他缠斗的坎娜及爱德华，以同他庞大身躯极不相称的速度出现在露西面前。巨大的钉头锤横向扫过，露西被击碎的头颅如烂泥般糊在了身后的墙上。

第三十一章 艰难支撑

整个房间被血色弥漫。

露西的无头尸体还立在那里，断颈处如泉涌般喷射着血液。

站在露西侧后方不远处的茉莉亚沐浴着她的鲜血，全身发软，一屁股坐在地上。不觉中，温暖的液体从胯下溢出，流了一地。

普利莫疯也似的扔掉盾牌，嘶吼着向骷髅王奔来，高高跳起，双手抡起长剑，用尽全力砸向骷髅王。骷髅王只是轻松地向普利莫挥了一下锤子，便将他甩到数米开外。普利莫跌落在骷髅高阶祭司旁边，翻身而起，继续嘶吼着："骷髅王，我要杀了你，杀了你！"一边疯狂地攻击骷髅高阶祭司。看来，他无法承受妹妹在眼前惨死，已经陷入癫狂状态，认不清谁是谁。

而骷髅王已走到全身瘫软的茉莉亚身前，无视坎娜对他进行的各种攻击，高高举起象征其王权的钉头锤。

爱德华还站在之前和骷髅王战斗的位置，冷冷地说道："喂！王，你是什么王来着？临阵逃跑的王？"

骷髅王举着钉头锤的手停在了半空中。

爱德华继续说道："和你交战的我还站在这里，你怎么跑去了那边？正是因为你这么擅长逃跑，才让你儿子的血流满……"

爱德华的嘲讽还没有说完，被激怒的骷髅王便已冲到他面前，左手握住爱德华的脖子将其举至空中。只见骷髅王手中汇聚的力量越来越强，眼看就要掐断爱德华的脖子。

突然，一道银色的闪电从天而降。原来，坎娜看到骷髅王向爱德华冲去，立刻预判他将到达的地点，使用【战争践踏】跳至半空。此时从空中落下的位置正好紧贴着骷髅王。只见坎娜着地时双手紧握阿什莉，将剑垂直插入地面，四周的地表如蛛网般向四周碎裂开来。这次的【战争践踏】带来的冲击极大，竟将庞大的骷髅王震飞数米，摔倒在地。爱德华则从他手中脱离，飞往了另外一个方向，在地上滚了好几圈。

坎娜在拔出阿什莉的同时站直了身体，慢慢转头，瞪圆散发出血光的大眼睛，俯视右侧倒在地上的骷髅王，说道："喂！我说，不要一直无视我啊！"

骷髅王缓缓起身，走到坎娜面前。他低头看着身高不及他胸部的对手，低沉地说了声："来啊！"

骷髅王身上自带的【绝望光环】散发出的不祥气息更加浓厚，如千斤重担般压在房内每个人肩上，导致众人的反应越来越迟缓，士气也临近崩溃。但是这厚重的气息侵袭到坎娜周围时，却似乎出现了避让，从她身体四周绕行而去。原来，坎娜灵魂深处散发出的无尽战意笼罩了她全身，如狂风般撕碎了所有接近的不祥气息。

只见坎娜抬起头，微笑着，狠狠地回了句："来啊！"

两人同时摆开架势。

骷髅王双手紧握钉头锤，置于身体右侧。锤子散发着象征死亡的阴寒。

坎娜向右侧身而立，右手持剑垂于地上。左手横着置于胸前，手掌自然放松。阿什莉闪耀着温暖的火光。

这个被坎娜称为"断翼"的特殊架势，是她在精灵国度与剑吟者老师伊西多丽尔深入探讨战斗经验后领悟的。当时，伊西多丽尔提到，包括剑舞者在内，几乎所有强大的精灵战士都很少使用双手武器。一方面，是由于大多数双手武器太重，不适合精灵战士轻盈的身法和高超的战斗技巧；另一方面，是双手握住一把武器时，武器能活动的范围和角度远小于单手持武器，导致双手武器很难发挥出战技优势。

回国后，坎娜花了很长时间思考这个问题。伊西多丽尔说的完全正确，双手剑的确是不利于展现剑技优势的。那么，为何传说中最强的剑舞者"悠扬的杰卡"是使用双手巨剑的呢？要知道，双手巨剑的笨重程度是堪比双手钝器的。精灵国度还有很多和"悠扬的杰卡"相处过的精灵，比如自己的剑术老师巴奈威。但是向这些前辈咨询，肯定得不到该问题的准确答案。如果其他精灵前辈能说清"悠扬的杰卡"使用双手巨剑的方法，则说明他的剑术被看破了。如果他的剑术会被看破，为何他还会被称为"有史以来最强的剑舞者"？如果他的剑术能被学会，为何从未出现第二个使用双手巨剑的知名的剑舞者？所以这个问题只能靠自己去参悟，而无法求助于他人。

经过大量的实验和尝试，坎娜领悟了一种新的用剑技巧，就是在持剑和出剑时，使用单手；在剑势已定后，再用上另一只手正握或反握剑柄外侧增加力量。这样一来，不但保留了双手剑的攻击强度，而且攻击范围和角度也和单手剑相当。得亏坎娜一直坚持自己的剑道，从不会因为他人的强大而盲从。如果她也像其他剑舞者一样，为了追求剑技的极诣，放弃双手剑而改用双持单手剑的话，如今面对骷髅王这种周身坚硬如铁的敌人，伤害将轻如按摩。

此时，骷髅王的重锤已横扫而来，瞄准的是坎娜的腰部。这是使用重武器者常用的攻击方式，瞄准敌人身体的中段，能增加敌人向任何方向闪避的难度。不论武器多笨重，敌人身法多灵敏，只要一直进行中段攻击，总有彻底命中的时候。

坎娜左膝跪地，上身向下极力压低躲避锤击。同时，右臂转动，将身体右侧的剑扭转至左侧。在锤击从头顶扫过的瞬间，左脚用力猛然站起，右手挥剑往上，左手握住剑柄外侧往后一拉。

不远处刚挣扎着爬起的爱德华看呆了。因为坎娜这一剑从左下到右上却又避开了骷髅王右臂的逆向斩击，角度之刁钻，力量之猛烈，见所未见。骷髅王半身板甲的胸口位置被利刃劈开，头骨上从鼻子穿过左眼眶直至左额也被完全切开。断开的王冠掉落在地，发出几声脆响。

骷髅王左脚向后退了一步，仿佛十分痛苦地用手捂住左脸。被坎娜刚猛的斩击重创，似乎让他忘记了，不死生物是没有痛觉的。

一旁与普利莫、亨利、安决斯、莫妮卡战成一团的骷髅高阶祭司似乎感觉到骷髅王受到了威胁，立刻硬扛着攻击，对着地面施放了九阶神术【圣印术·恐惧】。而四人都在圣印的覆盖范围内，圣印在印上地面的同时便直接触发。普利莫、安决斯和莫妮卡因圣印影响，陷入恐惧状态，到处奔逃。

异沃世界中，大多数精神类异常状态生效的前提是士气极低，

但震慑状态能无视士气的高低而生效。比如开战前，亨利无法行动的状态，以及本应恐惧逃跑的茱莉亚却瘫软在地无法动弹，都是因为被骷髅王的气场震慑。骑士职业的光环能力强大，在此次战斗中，亨利使用的一直都是【信念光环】。该光环能提升友方士气上限，并在一定程度上抵抗士气降低效果。但无奈在骷髅王【绝望光环】的压迫下，除坎娜外，所有队友的士气依然降至谷底。其实，若不是有亨利这样强大的骑士在场，许多队友早就士气崩溃了。

此时，被【圣印术·恐惧】这般强大的神术击中，亨利没有因恐惧而逃跑，不是因为他依然拥有很高的士气，而是因为高等级的骑士职业拥有特殊能力【英勇之光】，该能力能使骑士免疫包括恐惧在内的不少常见的精神异常状态。

担心队友在恐惧状态下受到敌人的致命攻击，亨利立刻停下攻击动作，开始施放技能【免疫恐惧】。这是骑士职业特有的类神术技能，威能来源并不是任何大能者所筑的能量空间，而是直接取自自身的信仰之力。该技能效果强于牧师六阶神术【消除恐惧】。【消除恐惧】神术能提升单体目标的士气，若士气恢复到一定水平，则立刻消除恐惧。而【免疫恐惧】能直接无视士气，让一定范围内的所有队友直接消除恐惧并免疫一段时间。当然，越强大的技能，往往施放时间就越长。吟唱了一大段圣歌般的语句后，一道金色光圈从亨利处散发开来，被覆盖的普利莫和安决斯解除了恐惧状态。但是此时莫妮卡跑出的距离太远，早已离开该技能的有效范围。她已奔至房间的一个角落里，对着无法穿越的墙角原地奔跑着。与大多数技能和法术类似，【免疫恐惧】无法连续使用。好在莫妮卡倒也距离敌人很远，应该不会有什么危险。

从恐惧圣印触发，到普利莫、安决斯从不利精神状态下清醒过来，伙同亨利重新对骷髅高阶祭司发动攻势之时，骷髅高阶祭司已对骷髅王施放了三个神术：四阶的【祝福术·属性增强】、八阶的【高级加速术】、八阶的【不死之誓】。【祝福术·属性增强】能提升目标的一项主要属性，他选择了增强骷髅王的体质，提高了额外生命力上限。【高级加速术】能大量提升目标的移动、攻击、吟唱速度。【不死之誓】能使目标在生命受到威胁时大幅提升物理、魔法抗性，在生命垂危时效果翻倍。另外他还对自己使用了六阶神术【祈福武器·冲击】，该神术能使牧师的主武器附上祈福之力，下次武器攻击若命中，额外附带高额冲击型物理伤害；若打空，则效果消失。

当然，若不使用侦测类魔法，众人自然无法知道骷髅高阶祭司到底用了何种神术，只能先行再说。普利莫砍向他的右肋，安决斯砸向他的前胸。同时，亨利的双手巨剑向其头骨劈下。骷髅高阶祭司无视了普利莫和安决斯的进攻，举起盾牌格挡住亨利的巨剑，挥锤命中亨利的左肋。

亨利身着坚如磐石的全身板甲，本来单手锤的锤击并不能对其造成太大伤害，但是出于神术【祈福武器·冲击】的缘故，亨利瞬间被锤断四根肋骨，其中一根断肋插入肺中。他口吐血沫栽倒在地，抽搐了一会儿便不省人事。

普利莫和安决斯不停地攻击着骷髅高阶祭司。而敌人不为所动，顶着伤害施放了八阶神术【圣光剑环】。只见其周围突然出现了无数圣光剑刃，并开始快速围绕身体旋转。安决斯躲闪不及，右臂与前胸已被割得血肉模糊。加上之前被旋风斩绞伤的左臂，双手都已不能使用，周身受伤亦重，他笔直倒下，晕厥了过去。普利莫侥幸

逃过一劫,碍于敌人周身的圣光剑刃,无从下手,正在考虑是否应该转向去进攻骷髅王。但是,自己虽躲开骷髅高阶祭司,他也会去攻击其他人。现在多个队友动弹不得,若让被圣光剑刃环绕的敌人近身,后果不堪设想。

进退两难之际,骷髅高阶祭司突然被冰封在了原地。已经从恐惧状态清醒过来的莫妮卡对他使用了元素系七阶魔法【冰枪术】,接着,立刻对他使用魔能系五阶魔法【移除魔法】。这个魔法可以对单体目标使用,必定移除敌人身上的一个增益魔法状态或者队友身上的一个异常魔法状态。若目标身上状态众多,则随机移除一个。只见一道白光闪过,骷髅高阶祭司身上的【圣光剑环】消失了。莫妮卡继续使用低阶的元素系魔法对他进行攻击。之所以不选择高阶魔法,正如前文所说,高阶元素系魔法大多是面向大范围造成伤害的,实在不适合在这个拥挤空间施展。

从冰封状态脱离的骷髅高阶祭司并不打算追逐莫妮卡,而是向倒地的安决斯锤去,被捡起盾牌赶来的普利莫一个【盾击】撞开。普利莫一边和他进行攻防战,一边后退,好把他带到远离伤员的位置。

此时茱莉亚终于从恐惧、绝望、悲伤、被震慑的状态挣扎出来,借机对亨利和安决斯使用治疗神术。在她的治疗下,安决斯已无大碍,但依然昏迷。亨利虽亦脱离了生命危险,但情况并不乐观。神术只能治愈部分伤口,插入肺部的骨头无法通过神术拔出,他需要外科医生。茱莉亚还有不多的可远程施放的治疗神术,准备偷偷溜到离坎娜不远处对她使用。

第三十二章　残局

　　再看坎娜这边，情况已相当糟糕。遍体鳞伤的她虽然还立在那里，但是握着阿什莉的右手已无法停止颤抖，这是使用武器反复硬接巨力锤击积累下来的后遗症。她一直在尝试闪避无法承受的攻击，以及对力量远超常人的攻击进行招架，对体力的消耗太大。气喘吁吁的坎娜，明显感觉到身体已经不堪重负。

　　爱德华正在努力使用双手举起盾牌，但尝试多次，每次都是以重新摔倒在地而宣告失败，最后更是连扔下盾牌也无法起身。只因他掩护坎娜多次，使用盾牌硬接坎娜无法躲开的锤击。这些凝聚骷髅王全力的冲击由巨大的钝器输送到盾牌，再由盾牌完全接收，扩散至爱德华全身。他如今身体的内在状况用支离破碎来形容都不为过，不论他保护坎娜的决心和意志如何坚定，也无法命令身体成功站起。

　　想要了解局势为何一边倒成如此状况，需要先解释一下，为什么之前只能在骷髅王骨头上留下划痕的坎娜，突然一击切开了对方的面颊。众所周知，坎娜的力量在人形生物中已达顶端。即便是战士等级高出坎娜很多的男性人类战士，力量大于她的都屈指可数。而阿什莉作为欧辛大地万物馈赠精灵的神兵，代表着这个世界所能出现的武器中，坚硬、锋利的最高峰。如果以如此的力量使用如此的神兵利器，双手全力挥砍，却只能在骷髅王骨头上留下划痕，那么这场战斗完全没有继续的必要，他们应当直接逃跑。坎娜那些攻击只给骷髅王留下划痕，是因为她没有全力挥砍。不是她不想，而是根本做不到，即便是坎娜这般登峰造极的剑技都做不到！因为骷髅王不是立在那儿的木桩，他是会移动、会攻击的。而且坎娜还要尽力去闪避攻击，因为对比双方的攻防能力，骷髅王的攻击更加致命。坎娜的战斗风格确实包括搏命，但搏命的前提是，拼招时能对敌人造成的伤害远大于自己所受的伤害。如果为了对敌人造成轻伤，却贸然承受敌人的致命攻击，和自我了断有何区别？

与骷髅王作战所需要用到的方式在坎娜以往的经验之外。那些在骷髅王骨头上留下划痕的攻击很轻吗？答案是否定的。这样的攻击如果用在人类身上，绝对是能砍断手脚、颈项的程度。但是这种能给正常敌人带来重创的攻击，根本无法伤及骷髅王分毫。另外，如果和动物类生命单位对战，内脏、大血管都是对方的死穴。不论对方的身体如何坚韧，使用技巧攻击其死穴，总归会有立竿见影的效果。但是作为骷髅形态的不死生物，骷髅王并没有这些死穴。所以，在之前无数次失败后，坎娜得出一个结论：必须多次使用双手全力挥砍，且确实命中，才能获胜。

多次、双手、全力、命中？说得轻巧。

全力攻击且命中，对自己的身形、动作，对敌人的位置、行为都有要求，不是只要你想就能实现的。

首先，要选择敌人的死角，全力攻击被敌人挡住或躲开非但没有意义，而且对自己有害。要知道，全力攻击的动作幅度极大，而幅度越大的动作，在未命中时越危险。因为根本无法及时收招抵挡敌人的反击。而且全力攻击非常消耗体能，并不是一种可以持续使用的战斗方式。动物类生命单位的体能主要源于肌肉耐力以及心肺耐力，不论体能多么强，都是有上限的；但是骷髅这种不死物种没有肌肉，也没有心肺，在生命力被耗尽前，体能是无限的。

其次，攻击敌人的死角，最有效的方式便是躲开敌人的攻击，在其旧力未消、新力未生的间隙，进行反击。但是躲开攻击时的身形决定了这次反击是否能使用全力。如果能游刃有余地轻松闪避，则不是问题。但若闪避得非常勉强，不被击中就不错了，哪有闲暇之力调整用于反击发力的身形？更别说双手持武对动作的束缚程度远高于单手，对反击身形的要求也更严格。

巨大的双手锤确实拖慢了骷髅王的速度，但若是因此认为骷髅王速度很慢的话，你一定是误会了什么。得亏坎娜身形若鬼魅，换作在场的任何一名其他战士，在与骷髅王这么长时间的对峙中，估计早已被正面命中多次，死无全尸。所以根本不存在轻松闪避一说。

这便是为何在如此漫长的战斗中，坎娜只打出一次有效的全力挥砍。因为在面对强大敌人时，同时满足以上所有要求实在是太难了。而且那次重击，也让骷髅王领悟到了对付坎娜的办法。

如果使用的是重型武器，可以通过跳劈这个动作，在双手发力时加上自身及武器的重量，在下落时转化的额外动能，带来全力一击的效果。但是坎娜使用的是轻型利器，所以她要发出全力时，脚是不能离地的。以脚蹬地将腿部力量转到腰上，再经腰部旋转将力

第三十二章　残局

量强化并转到肩部，最后加持到双手用力挥舞的武器之上，这是使用轻型利器全力挥砍的常规技巧。

在之前的战斗中，为了更容易命中身手矫健的坎娜，让其闪避得更加狼狈，骷髅王选择优先攻击她身体的中段。在遭到全力挥砍被重创后，他明白了，只要坎娜脚离地，便使不出能对他造成实际伤害的攻击，于是他开始频繁攻击坎娜身体的中下段。这样一来，坎娜便无法俯身避开攻击，只能通过向上或向后跳跃来闪躲。不论是哪种情况，坎娜都无法在他此次攻击结束前，发出有效的全力挥砍。

另外别忘了，骷髅王此时身上还有三个神术加持。【祝福术·属性增强】使得他拥有了更高的生命力，配合【不死之誓】提升的防御，导致威力不够的攻击更加无意义。最麻烦的还是【高级加速术】，将骷髅王的移动和攻击速度提升了50％左右。在这个速度下，别说以特定反击身形去闪避攻击了，全神贯注只考虑闪避都变得越来越困难。面对多次无法避开的攻击，坎娜只能双手持剑硬接，很快便遍体鳞伤，浑身鲜血。其间，爱德华也明白了自己无法对骷髅王造成有效伤害，干脆扔掉长剑，双手持盾，找机会全力抵挡住了好几次看起来最重的锤击。这也是为什么坎娜还能站在这里，以及为什么爱德华已经无法爬起。

"加速术的持续时间是30秒左右。再撑10秒就能反击了。"坎娜心想。

原来，骷髅王将坎娜和爱德华逼入如此绝境，只用了20秒。而爱德华已无法再帮忙承受攻击，坎娜的身体也已到达极限。怎么看，她都不可能撑住10秒了。但是坎娜不会去思考这些。不论处境如何，她都不会滋生出类似不行了、做不到、放弃吧等的负面情绪。她只会心无旁骛地拼尽全力，直至最后。仅此而已。

第一锤横着过来了，坎娜持剑接住。强大的冲击力抵着剑身陷进了坎娜的腰部，上下两侧的剑刃割开了锁甲，让她鲜血直流。眼看坎娜就要遭受不住而倒下，突然金光一闪，赶到不远处的茱莉亚对坎娜施放了五阶神术【中级隔空治疗术】。坎娜没有倒下。

第二锤从更低的位置横着过来了，坎娜再次持剑接住，同时用左腿抵住剑身。很快，抵住剑身的腿部被割得鲜血四溅。坎娜向后一个踉跄，无法站稳。金光再闪，已无五阶施法次数的茱莉亚对坎娜连放两次二阶神术【初级隔空治疗术】。坎娜退了两步，没有倒下。

第三锤从天而降，直击坎娜头顶。想必骷髅王料定以坎娜此时的身体状态，即便是这个角度的攻击，她也无法避开。骷髅王判断得没错，坎娜确实避不开。她只能右手持剑，用左手臂抵住剑身硬抗巨锤。当左手臂血肉模糊，无法坚持之时，坎娜用右手稳住剑柄，放松左臂，将攻击向左引导，用左肩接住剑身。但这锤力道太强，眼看着坎娜就要跪倒在地。金光又闪，茱莉亚又对坎娜连放两次二阶神术【初级隔空治疗术】。坎娜在对方余力将尽之时，向外架开了锤子，依然没有倒下。

【高级加速术】持续时间结束，效果消失了。

骷髅王慢慢转头，望向一旁的茱莉亚，怒不可遏。

眼睛对上了骷髅王那空无一物的眼眶，茱莉亚觉得自己死定了。她全身抖得如同触电一般，愣在原地无法迈开脚步。要不是刚才尿干净了，可能此时还得再尿一次。

就在骷髅王准备扔下坎娜，先杀茱莉亚之时。房间上空突然出现一个光球，如太阳般耀眼，并以极快的速度增强亮度。坎娜见状，立刻闭眼蹬腿，向后一跃远离骷髅王，同时吟唱，接连施放了两个魔法：【抹除临时附魔】【附魔术·水元素武器】，之后用剑身挡在紧闭的双目之前。

原来，骷髅高阶祭司在普利莫和莫妮卡的攻击下，终于抵达了死亡边缘。他最后施放了一个十阶神术【烈日爆耀】。这是太阳之神的高阶祭司特有的顶级神术，该神术能在牧师头顶制造出一个微型的太阳，之后迅速爆裂，对大范围内所有单位造成较高的火系伤害，同时造成长时间的目盲状态。

这是一件很讽刺的事情。因为邪恶生物大多惧怕太阳，而这个神术制造出的微型太阳，能让这些生物暴露在烈日下。这是一个能对不死生物造成额外伤害的神术。辅神·太阳之神的牧师本就是极能克制不死生物的职业之一。可是拥有这样的职业，死后灵魂却被骷髅王灌注进了骷髅捍卫者体内。

已然濒死的骷髅高阶祭司在这个神术之下，瞬间化为了一堆枯骨。茉莉亚和莫妮卡被这耀眼的光芒影响，眼前只剩白茫茫一片，什么都看不见。眼部强烈的灼烧感以及火系伤害带来的周身剧痛，加上目盲引起的平衡感丢失，使得两位女士都栽倒在地。而离得最近的普利莫受到的影响最大，被烈日近距离照射后，双眼已被彻底灼伤损毁，惨叫着在原地打滚。

被水元素附魔的阿什莉抵挡住了烈日照射，坎娜的眼睑仅被水蒸气轻微烫伤，视力未受到太大影响。

再看骷髅王，全身燃起了烈焰，如地狱的恶魔一般。想必是因为长时间被坎娜附魔了火元素的武器攻击，他的身体已然干燥并升至高温。此时被烈日近距离直射,毫无水分的身体便彻底燃烧了起来。

烈日带来的火系伤害以及持续的燃烧,对普通不死生物来说可能是致命的,但对骷髅王卓越的体质属性来说,并无大碍。对比因为目盲而无法帮助坎娜的普利莫、茱莉亚、莫妮卡,这波"以一换三"的操作,让胜利的天平更加向骷髅王倾斜。

"越是敌众我寡,不分敌我的群攻法术效果越好吗?真是睿智的敌人啊!"坎娜在心中感叹道。

此时,房间里还站着的,只剩下骷髅王和坎娜两人。

第三十三章　单挑

坎娜评估了一下自己的残存体力及身体状况。

"最多只能再发出两次全力挥砍。阿什莉,这就是最后了呢。"

坎娜解除了水元素附魔,双手握剑,将剑竖立于右胸前。这是非常基础的双手剑架势。

骷髅王拖着双手锤向坎娜冲来。

在骷髅王出锤前的瞬间,坎娜向前急速迈出两步,接着腿部急停,让整个上半身向前栽去。借着这个势头,她抬起双手,一剑劈砍而下。

自知无法避开,骷髅王抬起左臂硬挡。"锵"的一声,骷髅王的左臂连同臂甲被切落在地。但是手臂的断落无法阻止骷髅王的攻击势头。几乎是在受斩的同时,骷髅王拖在地上的锤子也向左上方抢了出去,击中坎娜的左腿。

咔嚓。

坎娜腿骨折断,整个人被击飞出数米。她右脚着地连跳了几下,同时以右手反向持剑,将剑锋插入地面,勉强站住。她不敢倒下,剩余的体力能否支持她重新爬起，她并没有信心。

接着，坎娜摆出了一个很奇怪的架势。右手依然反握着插入地面的剑，右膝略微弯曲作半蹲状，左手横置于胸前，手掌自然放松。看来，她想摆出"断翼"的架势，但是左腿骨折导致她无法双腿站立，而目前残存的体力也无法支持她单腿站稳，所以无奈只能将剑用于支撑身体。当前这个不成型的架势最大的问题是，剑是由右手反握的。精灵剑舞者中倒是有这样握剑的战士，但这种握法只能单手切割，无法双手大力挥砍。看来，她已被逼到了无计可施的绝境。

骷髅王单手拖着锤子慢慢走来。他确定坎娜已经无法移动，下一锤便能结束战斗了。

看着骷髅王的身影靠近，坎娜突然想起自己第一次面对的令人绝望的战斗对手——"山丘之王"。想到这里，坎娜板着的脸突然放松起来，接着绽放出灿烂的笑容。强烈的战意如无色的火焰般，在骷髅王不祥气息的笼罩下，围绕着坎娜残破的身躯，炽烈地燃烧着。

靠墙坐在不远处，不断尝试起身却依然无法成功的爱德华看到了这一幕。

"坎娜这是……很欣喜，很兴奋？"爱德华不解。

走到坎娜面前的骷髅王单手握锤，在空中抡了两圈，借助惯性横着向坎娜的躯干砸去。

坎娜猛然跳起，右脚踏在锤上用力一蹬。锤子强大的冲击配合坎娜的腿蹬，使得坎娜飞到半空，头朝下、脚朝上急速地旋转起来。在旋转并下落的途中，坎娜左手握住剑柄外侧，配合反持剑柄的右手，对着骷髅王的脖子挥出了三剑，接着在摔落倒地前，抬起左臂保护头部。旋转的惯性使坎娜着地后飞快地向远离骷髅王的方向滚出去，直至撞到墙壁才停下。

重伤早已使得坎娜周身神经麻木，无法从手感中得知刚才三剑到底砍出了怎样的效果。但是骷髅王看起来似乎毫无损伤，并向坎娜的方向迈出了一步。

"不妙了……"坎娜在心中感叹。因为她已经完全无法站起来了。

不远处看到最后的爱德华顿感愧对列祖列宗，流下了充满屈辱和悔恨的泪水。他从腰间抽出一把匕首，准备挥刀自尽。

"瓦利恩特之子不能死在王的后面。"爱德华如此想着。

可骷髅王迈出那一步后，身体的移动导致那被坎娜切断的头颅像球一样滚落在地。烈焰很快将这具毫无生命气息的遗骸烧成了灰烬。

爱德华持刀之手垂落在地，懊恼地想道："愚蠢的家伙，竟然怀疑自己的王！"

在骷髅王化为灰烬，穿着的板甲轰然坠地之时，原本戴在他右手中指上的一枚戒指也跌在地上，滚到了坎娜身边。

反正一时半会也无力起身，坎娜拾起戒指端详起来。这是一枚银灰色的戒指，戒面部分雕刻了一只狼头，戒圈内侧刻着一排文字：阿芙伦特平原之狼。

回想起史书记载的内容，坎娜很快明白了这个戒指的来历。自己的祖先亚历山大·奥古斯都（Alexander Augustus）创建人类第一个统一的国家——圣保德勒斯帝国时，受到了AZ的祝福。AZ送给亚历山大皇帝一小块银灰色的金属。这是欧辛大地所没有的金属，蕴含着无人可以解读的强大神力。亚历山大皇帝找来帝国最优秀的一批首饰工匠，将这块神奇的金属打造成五枚戒指，其中四枚戒指赠送给了四位大公。这四戒分别名为："阿克提克（Arctic）冻土之熊""阿芙伦特平原之狼""蜜丝缇（Misty）山谷之鹰""瓦斯特尼斯（Vastness）草原之狮"。泰勒家族族长正是四位大公之一——阿芙伦特大公，被世人俗称"狼公（Wolf Lord）"。其家族的纹章主体形象就是一只仰天长啸的平原灰狼。值得一提的是，这四个家族是人类历史上仅有的拥有大公爵位的家族。之后帝国分裂成诸多国家，大公这个爵位也不再被使用了。

除了赠送给四位大公的戒指外，还有一枚"欧辛大陆之狮鹫"，俗称"狮鹫神戒"。这枚戒指作为帝国皇权的象征，由帝国皇帝继承。由于梅蕾蝶斯王国的建国国王威廉·奥古斯都是原帝国的正统继承人，所以狮鹫神戒一直都在梅蕾蝶斯王国。但这个戒指象征的是昔日帝国的皇帝位，早已是过去式，所以梅蕾蝶斯王国的历代国王基本没有戴过。而这枚戒指到底收藏在王国的何处，在坎娜的父亲詹姆斯王失踪后，便无人知晓了。幼年时，当坎娜在史书中得知这段有关戒指的历史后，曾独自在王宫内进行过寻宝探险，但最后以失败告终，所有她能打开门的藏宝库中都没有这枚戒指的踪影。

泰勒家族早已被灭族，被唤醒的骷髅王劳伦·泰勒也已归于尘土。如今，狼戒已是无主之戒，按照传统，本应交还给帝国皇帝。但帝国早已不复存在，坎娜是帝国合法继承人如今唯一的嫡系后代。所以这枚戒指的所有权理应归于坎娜。

坎娜将狼戒戴在左手食指上，戒指立刻认主般变化大小，刚好适合坎娜的手指粗细。但坎娜并未感觉到任何特殊的力量，于是掏出魔法书，对戒指施放了咒术系一阶魔法【鉴识术】，结果自然是显示它毫无附魔效果。坎娜为自己的幼稚行为感到可笑。力量越强的物品，附魔难度越高。这由造物主赐予的神圣金属所制之戒指，凡间怎可能有魔法师成功为其附魔。

众人不知在地上躺了多久，直到茱莉亚的目盲状态消失，伙同莫妮卡将重伤的同伴拖行到靠近的位置。茱莉亚摸索着坎娜大腿断骨的位置，巧妙地将断骨对接住，并让莫妮卡帮忙按住固定，然后施放了几次三阶神术【初级群体治疗术】。坎娜、爱德华、安决斯终于能够站起来。亨利因为伤重，依然无法动弹。普利莫双目已瞎，也无法自己行走。

异沃世界与战斗相关的职业中，有医生这个类别，但不是所有医生派别都在其列。大多数医生如商人、工匠一般，属于生活职业，只能在平和的环境中对患者进行治疗，其中最常见的便是普通医生、外科医生、护理医生等，与在战场环境有所施为的战地医生、瘟疫医生等截然不同。医院这种奢侈机构只有大城市才有，那里的医生就是纯粹的生活职业。而占了人类世界大部分区域的乡镇既没有医院也没有专业医生，人们受伤了或是病重了只会往教堂送，所以中小地区的教堂神职人员多少都是会一点医术的。

茱莉亚一直拥有10级以上的护理医生等级，所以能轻松为坎娜接骨。只要不是粉碎性骨折，根本无需外科医生插手。但是亨利这种肋骨插入肺部的情况，则必须去大医院做手术了。

因为这场艰难的战斗，队伍中所有成员都提升了不同等级。茱莉亚已达到51级，离她的牧师等级上限仅差1级。由于突破了50级大关，她获得了一次六阶神术施法次数。

第三十四章　离别

　　大伙忍着悲痛为露西收尸，将墙上碎得不能再被称为头颅的部分取下，拼放在她的断颈处。然后清空一个魔法口袋，慢慢将遗体套入。其间，茉莉亚抱着侥幸心理，偷偷对露西的遗体施放了六阶神术【复生术】。没有意外发生，露西无法复活。

　　异沃世界中的复活条件非常苛刻，在大多数情况下都无法成功，主要是致死原因无法解除。比如寿终正寝无法复活，因为无法解决寿命达到了上限这个问题；因病去世无法复活，因为死亡后永远失去了治好该疾病的机会；遗体重要部分被毁坏，也无法复活。所以露西这种头颅粉碎的情况，所有人都知道是不可能让她复活的。顺带一提，腐坏是最常见的遗体毁坏情形。一般来说，死亡三日后，因为遗体内部已严重腐坏，会导致亡者无法复活。当然，炎热、潮湿等环境还会缩短这个时间；寒冷、干燥等环境则会延长这个时间。据说，曾经有一支探险队在极北之地从冰川内挖掘并复活了一具被冰冻上千年的尸体。

　　再举些更具体的例子。亡者的心脏上插着一把匕首，则无法让他复活，但是拔出这把匕首，则有可能让他复活。之所以为概率性事件，是因为复活神术作用时，在为身体补充流失的血液的同时，会对致命伤口进行治疗。这个过程和治疗神术是一样的，就是加快伤口的愈合，但是愈合的精度不高。如果只是肌肉被割开，精度不高的愈合问题不大，对某些缺失一部分并不影响整体功能的内脏也是如此。但是部分结构精密的内脏则不尽然。比如心脏在愈合时，如果重要血管、腔室没有精确地对接，则根本无法恢复功能，导致复活失败。所以不论是神术治疗，还是神术复活，往往需要配合外科医生才能获得更好的结果。如果医生手段高明，能将伤口完美缝合，再加以神术治疗或复活，能极大提高成功率。这也是为什么大多数外科医生会兼修牧师职业，不需要很高的牧师等级，只要能施展几次一、二阶的治疗神术辅助伤口愈合便足够。

另外，复活还受到灵魂归宿的限制。如果死者的灵魂已经到达最初神·死亡女神的殿堂，或者因各种原因到了恶魔手中，抑或是去了地狱，都是无法复活的。想必那位被冰封上千年的家伙，他的灵魂失落在世间，以幽灵状态游走了许多个世纪。

爱德华背着亨利，安决斯背着坎娜，莫妮卡和茱莉亚搀扶着普利莫，存放露西遗体的魔法口袋已装入普利莫背上的行囊中。一行人离开城堡，和外面等待的吉姆、温德尔会合，商量下一步的计划。

"娜娜，我们的队伍伤亡惨重，无法再继续前进了。亨利的情况很糟糕，施放了治疗术也不见好转。我担心……"莫妮卡忧心忡忡地说道。

安决斯说道："亨利当时是被骷髅牧师的锤子击中肋部倒下的，应该是肋骨断了。至于为何治疗术没有明显效果，可能是折断的肋骨刺入了内脏。但是内出血肯定被止住了,内脏应该是以包裹着肋骨的方式愈合的。他这种情况需要找到一位资深的外科医生配合牧师一同治疗,才能痊愈。"

坎娜握着莫妮卡的手,安慰道:"你放心吧,骑士和战士一样,身体都是非常坚韧的。只要血止住了,这点伤不会致命。这个国家的战况严峻,想必所有外科医生都被政府军征召了。你们赶紧带着伤员回骑士王国治疗吧。"

莫妮卡关心地问道:"那你们呢?"

坎娜脱口而出:"我想继续……"

"我们也回国!"安决斯打断了坎娜,然后望向她严肃地说道:"你的腿都断了,短时间内根本不可能痊愈。还记得出发前你答应我的事吗?情况不对,撒腿就跑!"

坎娜嘟着嘴说道:"好吧。听你的。"

这时爱德华走过来,递给坎娜一个魔法口袋,说道:"都在这里了。"

坎娜接过袋子,对莫妮卡说道:"这个袋子里装着骷髅王和三位骷髅捍卫者全身的装备,其中大多是稀有的魔法装备,都给你们的队伍吧。我只留下这枚戒指,它对我有特殊意义。"坎娜亮出自己左手食指上的狼戒。

莫妮卡推辞道:"不可以!你们出了这么大的力气,怎么说也应该多拿一些魔法装备,对你们今后的战斗也有助益。怎么能全给我们?"

坎娜小声解释道:"这些装备能卖一大笔钱。且不说露西的安葬费,普利莫已经瞎了,不能再当佣兵赚钱了,这笔钱也能让他买套房子,做点儿生意。"

第三十四章 离别

莫妮卡感动得流下几滴眼泪，她没想到，一国公主竟然能为刚认识不久的平民考虑这么多。然后她一边向坎娜道谢，一边伸出双手去接那个袋子。但是在袋子到手的瞬间，莫妮卡只觉双手一沉，立马向两边撒出双手。"哐当"一声，袋子掉在了地上。

　　莫妮卡有些不好意思地说道："这个袋子太重了……我拿不动……"

　　"这事怨我，"坎娜恍然大悟，拇指指向身后的爱德华，继续说道，"和这帮粗人在一起习惯了，没想到这些。回头让爱德华帮你拿着，直接放到你们马匹背负的行囊里。"

　　"实在是太感谢你们了。"

　　由于还有重伤人员存在，众人不敢耽搁太久。两支队伍成员依依不舍地挥手告别，各自返程。

　　之后的岁月中，《九英雄弑君记》这部史诗歌剧在骑士王国广为流传，深受各界好评，已达到家喻户晓的程度。

　　什么？和骷髅王战斗的是八人，不是九人？这个问题需要排队预约，申请采访该歌剧的作者——骑士王国最负盛名的吟游诗人兼最伟大的诗词、歌剧作家，万千女性的暗恋对象，以及该歌剧中第一主角、"弑君九英雄"的队长——温德尔·杰金斯（Wendell Jenkins）先生。

第三十五章　回眸

　　爱德华从附近无人的村庄里寻来一辆驮运农作物的无篷马车，由三匹马拉着，往西南方向驶去。除茱莉亚之外，其他队员都有伤在身，骑马返程过于辛苦。特别是坎娜腿骨骨折，骑马会加重伤情。另外，马车最大的好处是只需一人驾驶，其余三人可乘车休息。这既利于伤员恢复，也可减少安营扎寨的次数，尽早回国。

　　坎娜躺在车上，头枕着茱莉亚的大腿。因为身负重伤，继续穿着甲胄实在是太痛了，所以坎娜将锁甲、头盔脱下并收纳进魔法口袋，并换上一套干净的便装。由于没有新的置换锁甲，所以即便该锁甲已经破破烂烂，也没有被她扔掉。大腿骨折处已用木条和绷带层层固定。治疗神术能加快断裂骨骼的愈合速度，但要让曾经彻底断开过的骨头愈合如初，却没那么容易。所以坎娜的身边放着一根拐杖，是爱德华用树枝给她做的，帮助坎娜在恢复期行走。看着枕在自己腿上、因身着便装而充满美少女气息的坎娜，茱莉亚不觉已满脸通红，不由自主地抚摸起坎娜的金发。坎娜闭着眼睛享受这严酷战斗后的悠闲，很快便睡着了。

马车不紧不慢地行了一日，除中途给马匹喂食了一次草料外，并未停歇。驾车之人已由爱德华换成安决斯。爱德华在坎娜身旁坐下，问道："感觉怎么样，全身的疼痛感缓和些了吗？"

"茱莉亚今日又给咱们治疗了一轮，已经好多了。不做大幅度动作的话，已经不怎么痛了。"

坐在坎娜另一侧的茱莉亚说道："你们三个周身的伤，再治疗个四五天应该就能痊愈了。只是坎娜的腿伤比较麻烦。"

爱德华接话道："骨折本来就很麻烦。我以前腿骨断了，全程有医生和牧师看护，躺了半个月才好。"

坎娜好奇地问道："你什么时候断过腿，我怎么不知道？"

爱德华挠着头说道："在我很小的时候，那会儿还没和你以及安决斯玩在一起。有次我把我爸的盾牌当马桶，直接尿在了里面。碰巧我爸刚好回来看到这一幕，随手拿起了身旁的扫帚……"

坎娜若有所思地点起了头，喃喃道："原来你这欠揍的性格，从小就有了。"

爱德华已完全沉浸在那段回忆里，神采奕奕地继续说道："当时只听到清脆的一声'咔嚓'，我还以为断的是那根扫帚。直到栽倒在地，我才发现老爸手中的扫帚完好无损。"

茱莉亚眼中噙着泪，充满同情地看着爱德华。

坎娜斜眼看向爱德华说道："我可以说你活该吗？"

"哈哈。"坐在前方驾车的安决斯忍不住笑出声来。

看着坎娜精神不错，爱德华放下心准备去马车另一侧躺下睡觉，却忍不住嘴贱起来："对了，坎娜，昨日你和骷髅王战斗，最后一击前使用的那个单腿微曲，拖着另一条腿的架势好丑啊！我一直以为你所有的战斗姿势都很帅气来着。"

"你不懂，那个架势叫'逆断翼'，是我预留的绝招，只有在断腿时才能用。"坎娜狡辩道。

"嗯，我信了……啊！！！痛！痛！要死，要死！"

由于全身瘫软，不方便揍爱德华，坎娜用拇指和食指在爱德华的腰间用力一拧，痛得他立马求饶。

就在众人调侃嬉闹间，路边的森林里传出小孩的哭声。坎娜决定去查看一番。于是安决斯将马车停靠在路边，在草丛密集处拴好马，方便马匹在休息期间吃点东西。

一行人往森林深处走去。安决斯发现拄着拐的坎娜单腿健步如飞，竟比正常状态下走得还快，不禁问道："坎娜，你怎么走得这么快？"

坎娜这才发现其他队友已落在自己身后，回头问道："很快吗？"

茉莉亚小跑着赶上坎娜，气喘吁吁地说道："很快啊。"

坎娜满脸疑惑。她突然想到些什么，将食指上的狼戒取下，又走了十几步，问道："现在呢？"

爱德华说道："现在就很正常，符合断了一条腿该有的行走速度。"

坎娜将狼戒重新戴上，说道："应该是因为这枚戒指。我一直觉得这枚戒指蕴藏着强大的神力。但不知为何，这神力的绝大部分都被束缚在戒指内部，并不会作用在佩戴者的身上。另外，这股力量来自戒指本身，不是附魔，所以无法用魔法鉴识。我完全不清楚这神力有何作用。目前看来，有极少的一部分神力从戒指内溢出，能提升佩戴者的移动速度。怪不得骷髅王身着板甲，拿着巨型钉头锤，还能跑得飞快。"

伙伴们好奇地围过来查看坎娜手指上的戒指，但都觉得除了做工精致，无任何特别之处。

"先不管这个了。哭声就在前方不远处，但愿那孩子没遇到什么危险。"

众人循着声音找去，不久后便看到一个背靠树木痛哭着的小男孩。

"小男孩，你怎么了？为何一个人在森林里？"坎娜来到对方身前，左手拄着拐，右手抚摸着他的脑袋。

"呜呜呜……我们的村子被骷髅兵毁灭了。爸爸、妈妈带着我逃出来，准备去往骑士王国避难。途经这个森林，突然跑出来很多哥布林，在爸妈的拼死阻拦下，我好不容易才逃出来，但是他们自己却被抓走了。哇啊啊啊……"小男孩哭着说道。

"你爸妈被抓走多久了？"坎娜问道。

"就在刚才不久，你们能救救他们吗？呜呜呜……"

"知道被抓去哪个方向了吗？"坎娜继续问道。

"在那个方向有个山洞，哥布林都是从那个洞里涌出来的。"小男孩指向南方回答道。

坎娜笑着说道："不要担心，我们会帮你把爸妈救回来的。"

"谢谢您，女士！"

坎娜回头与队友说道："我们一起去救人吧。"

爱德华担心地说道："坎娜，你的腿不方便，就别去了。太危险了！"

坎娜笑着回答："哥布林罢了。我就算躺在地上不能动，也能战胜哥布林。"

"可是……"爱德华还想说些什么，却被安决斯打断了。

"我们如今的身体状况都不好，茱莉亚的治疗神术今日一早就对我们用完了。就算把坎娜一人留下，暂时避开了森林深处可能遇到的危险，倘若我们三人遇险牺牲了，剩下坎娜一个人，她以这断腿的状态独自回国，路上就不危险了吗？所以在这种情况下，我们四个最好不要分开行动。一直待在一起比较好。"

爱德华觉得安决斯说得很有道理，便不再发言。

坎娜问道："那我们把这小男孩带上？"

安决斯想了想，摇头道："若遇到危险，凭我们如今的状态实在无力护住非战斗人员的安全。这里靠近森林外围，出现怪物或野兽的概率很低。让他在这里等我们，才是对彼此最好的选择。"

确实如此。三位年轻战士虽然看上去很有精神，但和骷髅王战斗所留下的内伤还远没有康复。爱德华和安决斯如今手握兵刃都会因为乏力而颤抖。坎娜的体质虽优于二人，周身状况略好，但毕竟断了左腿，行动不便。

安决斯对各种可能性分析入微，坎娜决定就按他所说的行动。于是她从茱莉亚的精灵远征次元袋中掏出两块大面包，递给小男孩，说道："这些食物你先拿着，站在这里不要走动，等我们回来。如果一日之内我们没有回来，你作为男孩子，要自己坚强起来，顺着北边那条路一路向西走，就能到达骑士王国。"

"好，我知道了。"小男孩擦干眼泪，坚定地点了点头，"请您注意安全，女士。"

"真是个好孩子。"坎娜又摸了摸男孩的脑袋，然后和队友一同迈向森林深处。

四人往男孩所指的方向行了约半个小时，发现前方不远处有一片开阔地带，没有树木，非常显眼。走近一看，前方有一段深入地下的百米长的坡道，坡道的尽头有个山洞。

　　"看样子应该是这里，打起精神，小心四周。"爱德华提醒道。说罢，他左手拿起盾牌，迈步先行。

　　队友跟着爱德华一路下行，两侧地面越来越高，如游走在山谷之间。坡道上布满碎石，并无野草，有些打滑。众人走得小心，快到洞口时，距离上方的地面已有10米左右的高度差。

　　"砰"的一声，爱德华进洞前似乎撞到了某种坚硬物体，差点向后栽倒。坎娜感觉不对，向着洞口伸出手，却摸到了一处墙壁。

　　坎娜大声说道："这不是山洞！这洞口的样貌是魔法构筑出的幻象，前面是和两侧一样的土壁。这是个陷阱！"

　　坎娜立马转身，看到右上方的地面上探出几个身影，面部全被兜帽遮挡。为首一人掏出十字弩向坎娜射击，弩矢飞速而来。坎娜移动不便，只能抬手遮挡。突然，那·支破空而来的弩矢分裂成了三支。

　　这是一种极高超的弩射技巧，看似只射出一矢，实则快速连射了三矢，但每矢角度略微不同，所以弩矢飞出的瞬间，后排的弩矢被前排挡住，乍看只有一支。飞出一段距离后，弩矢因始发角度略有不同而彼此错开，才让人发现原来是三支。

　　为首一支弩矢在坎娜面颊前被手臂挡住，另外两支射进了坎娜的胸口和腹部。坎娜此时仅身着布衣便装，毫无护甲防御。弩矢深入创口，坎娜虽微调身形避开重要内脏，但积弱的身体依然不支，应声向侧面摔倒在地。中矢的伤口呈墨绿色，同时绿色也经由血管向伤口四周扩散——矢有毒。

见到弩矢正中坎娜胸口要害，右侧高台上的人影潇洒地转身离开。就在那些人影转身之际，坎娜等人所处的坡道中，从来路方向直至众人跟前的地面上布满的无数隐形的魔法阵显现出来，陆续亮起耀眼的白光。是魔法陷阱的爆炸！

在坎娜倒下的瞬间，安决斯已扑在坎娜身上，用自己的身躯护住坎娜。而爱德华也向上顶盾，单膝跪地挡在坎娜身前。此时，四周白光亮起。

在白光笼罩一切之前，一个身影窜了出来。

只见茱莉亚从袋中抓出一把种子撒在地上，张开双臂挡在爱德华身前，施放了只有丰收之神高阶祭司才拥有的特殊六阶神术【硕果累累】。这些种子在着地的瞬间便立刻生根发芽，茁壮成长，开花结果。无数几米高的植株如森林般挡在众人身前。但是爱德华没有看到这些植物的生长，也没有看到在植物长成前就被第一波爆炸摧毁的茱莉亚的身躯。他失去意识前，脑海中最后停留的画面是茱莉亚回眸望向他的流着泪的笑靥。

"奇怪了，茱莉亚这么美吗？"

之后，爱德华便什么都不知道了。

第三十五章　回眸

第三十六章　返程

把爱德华从昏迷中唤醒的，是安决斯的哭声。

"这家伙是会哭的吗？小时候，在战士训练营被一群年纪更大的孩子踩在地上殴打，并辱骂他是奥尔森家族之耻，也没见他掉过一滴眼泪啊！"

刚醒过来的爱德华思维还很混乱，不记得发生了什么。他坐起后看到的第一个场景，是一片农作物构成的"森林"，而其中大多数农作物如同被飓风席卷过般东倒西歪。

"这些巨大的小麦和玉米是怎么回事？"

"安决斯，出什么……"爱德华转过头，看见安决斯跪在一动不动的坎娜身边痛哭，吓得他连滚带爬地来到坎娜旁边，伸手在坎娜脖颈处探了探。还好，虽然微弱，但还有脉搏。但是那些被弩矢射中的位置缓缓溢出绿色的血液，十分不妙啊。

"茱莉亚！快来救救坎娜！"爱德华大声呼喊着，同时望向四周找寻茱莉亚的身影。

"都这种时候了，茱莉亚跑去哪里了？"

爱德华站起身，看见自己掉落在地的盾牌已被血染成了红色。而四周的地上，也有许多不规则的血迹。爱德华顺着血迹逐一寻找线索，突然目光呆滞了。

伴随着血迹，破碎的尸体散落在四周。从尸块上残存的衣物碎片判断，爱德华很快明白了，这是茉莉亚。

脚下一软，踉跄了一下，爱德华差点栽倒在地。愣了数秒后，他一言不发地掏出魔法口袋，将周围茉莉亚的残骸一块块装入袋中。并将掉在地上的遗物——精灵远征次元袋和权杖收拾起来。他异常小心地查探，不放过地面任何一个角落。当再也找不到可以拾起的部分后，爱德华对着安决斯低声说了一句："安决斯，走啦。带她们回家。"

爱德华用长剑在农作物的森林中劈砍出一条道路，安决斯双手抱着坎娜紧随其后。路过来时的位置，那个小男孩早没了人影。现在最多才过去几个小时，远没到坎娜和男孩的一天之约，想必那个小男孩和刺客们是一伙的。是啊，就算小男孩侥幸从哥布林手中逃脱，难道哥布林不会追赶吗？他那么大声地哭泣，追赶他的哥布林会找不着吗？当时见到对方是个小孩，大家同情心泛滥，没有人想到这一层。

安决斯咬着牙恶狠狠地说了句："该死！"

爱德华没有发声，继续默默地往前走。他觉得自己生命中的一部分被永远留在了那里，在那片由巨大农作物构成的森林后面。

很快两人便走出森林，回到了路边。马和车都在。

夕阳的余晖下，一辆孤零零的马车向太阳落山的方向行驶着。起风了，空气中布满了凉意。

第三十六章　返程

坎娜躺在马车中央，全身冰冷，气若游丝。安决斯从行囊中翻出几床毯子盖在坎娜身上，并小心避开了插在她身体上的弩矢。

"坎娜这个样子，应该撑不到回国了，甚至可能无法支撑到骑士王国。爱德华的样子也很让人担心，自起身到现在，一句话都没说过。他那个样子，分明是生无所恋了啊。"

面对如此境况，安决斯已无计可施。他跪在马车上，双手相扣，祈祷道："杰西卡，伟大的美丽女神，请允许吾唤汝之名。吾乃汝忠诚的信徒。汝之选民坎娜如今生命垂危，在这荒郊野岭处，也找不到牧师和医生。吾请求能成为汝之牧师。为此，吾愿意放弃战士家族的传统，一生一世侍奉于汝。"

话音刚落，安决斯放在一旁的背包内散发出耀眼的金光。他立刻打开背包，找到金光的来源，是精灵女皇艾丽卡送他的《美神圣经》原本。安决斯慌忙打开《美神圣经》，只见原来记载着美丽女神圣言的书页上，浮现出一层发光的金色文字。这一页页发光的文字竟然是从一阶到十阶的美丽女神神术咒文。其中三个神术发出的光亮更加耀眼，分别是：一阶的【初级贴身治疗术】、二阶的【初级隔空治疗术】、四阶的【中级贴身治疗术】。

能看懂这些神术咒文，说明安决斯已获得美丽女神许可，成了牧师。但是刚成为牧师的他应该无法施放高于一阶的神术，抱着侥幸心理，他还是对着坎娜施放了一次二阶神术【初级隔空治疗术】。坎娜身上一道金光闪过，伤口处鲜血溢出的速度变得更慢，施法成功了！

发现异样的爱德华早已将马车停下，吃惊地看着这边。

"爱德华，拔箭！"安决斯喊道，同时吟唱四阶神术【中级贴身治疗术】。

爱德华慌忙爬行到坎娜身边，一狠心，将其手臂和腹部的弩矢拔出，大量的鲜血开始从伤口溢出。当手握住坎娜胸口的弩矢时，爱德华犹豫了。

安决斯一边吟唱着神术，一边坚定地对着爱德华点了一下头。爱德华双眼一闭，别过脸去用力一拔。坎娜胸口的矢伤立刻血如泉涌。正常情况下，这样的失血速度，会让生命在几分钟内就消逝，并且身中剧毒状态下死亡基本是无法复活的。但安决斯的治疗神术很快便吟唱完成，金光一闪，坎娜的三个伤口明显变小，血流速度也明显放缓了。

安决斯不停地吟唱着那三个神术，直到精疲力尽，什么都施放不出来为止。再看坎娜，伤口已基本愈合，不再流血。

异沃世界中，大多神祇牧师的神术里，都没有解毒术。但好在练毒技术有局限，毒液在保存过程中活性易流失，以及武器抹毒的剂量有限等等一系列因素，使见血封喉的抹毒武器并不存在。而高等级的战士往往拥有卓越的体质，在身体状况正常时，经过一段时日的新陈代谢，体内的毒素大多都能被清除干净。这也是为什么生活在大陆东北方的矮人靠着拥有凡人中最高的体质属性，几乎对毒素免疫。但是长时间的中毒状态依然会对身体造成伤害并极大增加康复负担，对病体未愈又再度受重伤的坎娜来说，若得不到治疗，便足以致命。

"水……"依然处于昏迷状态的坎娜发出一道呻吟。

安决斯才注意到坎娜周身流出了大量汗液。他用手探了一下她的额头，刚才还浑身冰冷的坎娜发起了高烧。于是安决斯从行囊中取出水袋和亚麻毛巾,帮坎娜擦拭脸和脖子上的汗水,然后将打湿的毛巾放在坎娜的额头上,缓慢地给她喂水。

爱德华继续驾着马车西行。安决斯用左手紧紧地将《美神圣经》抱在怀中,同时悉心照顾着坎娜。不觉中,太阳慢慢从他们身后升起,天亮了。

第三十七章　送别

又过了一日。清晨，坎娜从昏迷中醒来。她挣扎着坐起，环顾了一圈，轻声问身旁的安决斯："茱莉亚呢？"

安决斯埋着头，将坎娜昏迷后发生的事情详细讲述了一遍。爱德华是如何立刻顶盾挡在她身前，茱莉亚又如何挡在爱德华身前，用肉身承受了第一波魔法陷阱爆炸产生的伤害；以及茱莉亚牺牲前施放神术，召唤出无数巨大农作物抵挡了后续的多轮魔法爆炸，同时也支撑住了两旁悬崖，防止因受到猛烈冲击而塌方将他们掩埋；等等。

坎娜心里非常难受，用手捂着脸，一时说不出话来。

沉默了半晌，安决斯问道："杀手会不会是亡灵势力的人？"

坎娜摇头道："应该不是。我失去意识之前，看到射矢之人脖子处露出的一小段文身。露出的部分是一个野兽的头颅，这种野兽极为特殊，所以很好辨认。"

"是什么？"

"多头蛇蜥（Hydra）。"

"我没听说过这种野兽。"

"这种野兽只存在于一个地方，就是黑暗深渊。那是一部分黑暗精灵在地底的家园。"

"所以杀手是黑暗精灵！"

"是的。按照黑暗精灵的行事方式，如果这次攻打贸易之国的不死生物和他们沆瀣一气，他们必定会出兵。所以这些杀手和亡灵势力没关系。"

"那他们会不会是我们之前探险时得罪的敌人雇佣的？"

"如果是普通的黑暗精灵杀手，是有可能。但这次来的，可不是普通的黑暗精灵。黑暗精灵大多有文身，但是他们的文身有着非常严格的规定，只能文上代表家族的生物。所以，来自不同家族的黑暗精灵，身上文着的动物截然不同。"

"多头蛇蜥代表的是哪个家族？"

"多头蛇蜥是黑暗深渊最强大的生物。能文这个的，自然是黑暗精灵'第一家族'波特莫斯家族。"

"第一家族？我们什么时候惹过他们？"

"第一家族的主母布丽姬特是罪恶女神米娜的教宗。我是杰西卡的选民。米娜和杰西卡是死对头……"

安决斯双手紧紧握拳，冷冰冰地说道："呐，坎娜，咱们回去后，向黑暗精灵宣战吧。"

"没有证据。我们没有证据证明是黑暗精灵的领袖想要我的性命，师出无名。而且我军要抵达幽暗密林，需要跨越骑士王国和贸易之国两个国家。且不说贸易之国现在是个战场，也不说大军借道骑士王国会带来多么复杂的外交问题，何况出兵不帮忙解决不死生物这一威胁而去攻打黑暗精灵本就会涉及更复杂的外交问题；单说这山高路远的后勤补给，没有周边国家的支援，根本无法做到。找黑暗精灵算账这事还需从长计议，先放一放。"

彼此又沉默了好一会儿。

"停车，"坎娜突然大声道，"茱莉亚的遗体带不回去了。就地火化吧。"

如今是秋季，尸体很快便会腐烂。茱莉亚的精灵远征次元袋倒是拥有防腐功能，但如果将血淋淋的遗体放入她用于收纳视为珍宝的种子和食物的袋中，茱莉亚在天之灵一定会生气的。坎娜应该是想到了这一层，才做出了就地火化的决定。

爱德华将车停好，拿起长剑向旁边的森林走去。安决斯从行囊里翻出一把备用长剑，尾随而行。坎娜挣扎着爬起，拄着拐杖，紧紧跟在安决斯后面。

战士王国的正规军中很少有人使用斧头，所以坎娜的队伍也从未携带过斧类武器。两个男孩用长剑砍树，花了不少时间。垒好火葬台时，已到下午。

爱德华将茱莉亚的残躯放在台上。

安决斯说道："她信仰的不是美丽女神，我无法为她念祷文。"

"没关系。丰收之神对她的爱会指引她去到祂身边。"言毕，坎娜用附魔了火元素的阿什莉慢慢将木头点着。

众人在一旁低头缅怀了许久，直至熊熊燃烧的火焰将遗体完全吞噬。爱德华转身向马车的方向走去。安决斯有些担心，正准备跟上他，被坎娜拦下了。

"让他静一静。"坎娜低声道。

第三十七章　送别

坎娜向安决斯要来一把匕首，坐在原地，用多余的木头制作着一个简陋的木盒。

"坎娜，你说茱莉亚这会儿见到丰收之神了吗？"安决斯悲伤地说道。

"当然。"坎娜不假思索地回答，"所有神祇的信徒在去世后，只要不是灵魂泯灭或者将灵魂卖给了恶魔等特殊情况，他们所信仰之神都会决定好其灵魂的去处。大概率是会见上一面的。而成为高阶祭司的信徒，不但会和所信仰之神见上面，还会在神祇身边待上些时日。"

"那茱莉亚的灵魂会一直和丰收之神在一起吗？"

"不知道呢。神祇如果想让一个人长侍在自己身边，会将其死后的灵魂变为天使。但是创造天使是要消耗大量神力的，需要用到二十阶神术【升格天使术】。丰收之神作为神力较弱的神祇，这种神术对他的消耗是极大的，可能需要用掉很多年从信徒那收集到的信仰之力。如果祂愿意不惜代价把茱莉亚变为天使，那说明祂真的很爱很爱茱莉亚呢。"

异沃世界中，关于生物死后灵魂归宿的问题，具体情况如下。凡人真实死亡后，正常情况下，灵魂会去往天堂。若其生前拥有信仰，所信仰之神大概率会与其见上一面，不见则直接去往死亡女神处。若其是神的选民、教派高阶祭司，或有特殊贡献，则必定会到达信仰之神的殿堂，陪伴在神身边一些时日。若信仰之神对其特别厚爱，会考虑将其变为天使永留身旁。生前无信仰者，灵魂会直接去往死亡女神处，和那些与信仰之神告别后的灵魂一起接受审判。审判结果为"凡间常态"，灵魂则去往死神的后院等待往生；审判结果为"不可饶恕",灵魂则被扔往地狱。

AZ在创世时,创造了第一批灵魂,之后灵魂事宜交由最初神·神秘之神负责。等待往生的灵魂数量少于新生生命数量时,神秘之神可能会考虑制作新的灵魂。有些时候,神秘之神也会对与灵魂绑定的一些信息做出修改。但这些工作对神力的消耗很大,神秘之神绝不会在非必要的情况下做这些事。

理论上,新生生命和往生灵魂是一一对应的,但也有出现意外的时候。若新生生命因各种原因没有被分配到灵魂,则大概率出生即死胎,或者毫无智能。

另外,若凡人生前在恶魔的诱惑下极度堕落,死后灵魂会避开神祇的规则,直接去往地狱。若其生前和恶魔签订契约,死后灵魂亦会避开规则。该恶魔健在,灵魂会去往其手中;该恶魔已灵魂泯灭,灵魂直接去往地狱。恶魔无法如神祇般通过信徒获得信仰之力,但是拥有众多灵魂的恶魔会如同拥有众多信徒的神祇一样获得力量提升。

去往地狱的灵魂会被地狱领主制作成新的恶魔。制作过程中,一个灵魂并非对应一个恶魔,而是多个灵魂会如原材料一般被揉捏在一起,又被随意撕成小份,再被地狱里的物质赋予肉身。这个过程已经将灵魂破坏得面目全非,所以恶魔其实没有真正意义上的灵魂。一般使用更多灵魂材料制作出的恶魔,会更强大。

安决斯低着头,欲言又止。

坎娜明白了他在想什么,说道:"下次见到杰西卡,我会拜托祂去询问一下茉莉亚灵魂的归宿。"

安决斯松了一口气般点点头。

之后，安决斯在一旁静静地看坎娜打造木盒。她显然不擅长做木工，用匕首削木头的手法也极为生疏。许多次，匕首都差点削到手上，吓得安决斯直冒冷汗。但好在她反应迅速得不像这世间生物，每次都能在匕首抵达前，瞬移般地将手抽离躲避。

安决斯突然想到什么，问道："你刚才提到二十阶神术，为什么我没听说过高于十阶的神术？"

"你没听说过很正常，"坎娜耐心地解答道，"因为凡人能使用的法术上限，最高就是十阶。一方面，凡人的力量很难操控更高阶的法术；另一方面，诸神也在这件事上设了限制。另外，所谓法术的等阶也好，人们的职业等级也好，你可以说它们存在，也可以说它们不存在，只是诸神为了方便制定世界规则以及描述这些规则而使用的定义。不使用法术等阶定义的话，除了该法术的使用者，旁人很难理解这个法术的强弱档次。职业等级同理。这就像大多书是有页码的，方便人们查阅；若是没有页码标记，书的内容排列不受影响，但我却无法简单地告诉你，你要查找的内容在哪里罢了。就像高阶职业及其等级是由凡人定义的，目的是方便对其进行归类和描述；而普通职业及其等级是由神祇定义的，于是成了规则。但不论是否被定义，这些职业的内容及强弱都是客观存在的。"

"原来是这样。所谓的等级概念只相当于书的页码。"安决斯若有所思道。少顷，他又提出了一个问题："在凡人的历史上，有没有人打破规则，用出过十阶以上的法术呢？"

"安决斯，你这个想法很危险呢！特别是以你现在作为美丽女神牧师的身份。"坎娜这番话语显然是以神祇选民的身份对基层神职者的善意告诫。

"对不起！我只是……"安决斯认识到自己严重失言。

"我知道你只是好奇。我也能告诉你这个问题的答案。"坎娜将温柔的目光投向他，示意他不用如此紧张，"没有，有记载的历史上，一次都没有。先说神术，神术是神赐予信徒使用神自身力量的能力。如果该神祇因职责范围、能力上限问题无法使用某些神术，那他的信徒自然也无法使用这些神术，这就是为何信仰不同的牧师会使用不同的特殊神术。神自己能使用的神术，祂允许你用，你便能用；神若不允许，哪怕你是100级的牧师，一阶神术也用不出来。这也是为什么毫无施法经验的你，在获得牧师职业的瞬间，便能成功施展四阶神术。十阶以上的神术对神祇本身的常态神力是有消耗的，自然不能让数不清的信徒随意使用。"

"原来是这样。"安决斯认真地点头。

坎娜继续说道："魔法的情况有别于神术，并不是魔法之神直接赐予信徒的力量。魔法通过特殊的方式，比如吟唱、使用施法材料、布置魔法阵等，从魔法之神在上古时期便已构建好的魔法能量空间中提取威能。该空间会不断吸收宇宙能量补充自身，所以用之不竭，并不完全受限于魔法之神自身的力量。从纯理论层面分析，使用超过十阶魔法的规则界限远没有神术那么严苛。因为只要神没有许可，凡人绝无可能强行从祂身上抽取力量来施展十阶以上的神术；但是确实有那么一丁点可能，绕开规则从魔法能量空间盗取一些超额的能量，构造威力大于十阶的魔法。"

"你以那匪夷所思的魔法天赋，已经窥探到这种可能了？"安决斯用极小的声音紧张地问道。

"在发现这个可能性时，我便直接在脑海中把这个思绪掐断

第三十七章 送别

了。十阶以上的魔法对魔法能量空间负荷极大，会使空间变得不太稳定。情况严重的话，甚至可能导致整个空间崩溃。做出这种事，定会被魔法之神知晓，后果必然是迎来祂无尽的怒火。轻则被剥夺使用魔法的权利，被祂的信徒追杀；重则被魔法之神亲自惩罚，灵魂交由死亡女神扔往地狱。作为美丽女神的选民，我可不能做出让杰西卡难堪的事情。"

安决斯发现自己似乎知道了什么不得了的事情，惊愕得说不出话。

"哎，每次和你独处时，我都会莫名地感到放松和安心，然后总会告诉你很多或许不该说的秘密。"坎娜感慨道。

"我发誓……"

坎娜立马打断道："别发誓了！你一发誓，杰西卡就会听见。她已经很忙了，这些小事就别烦她了。"

而后，坎娜望向安决斯，微微一笑："我相信你。"

安决斯埋着头，轻轻点了点。

夜幕降临后，火慢慢熄灭。又等了数个小时，待余烬彻底冷却，坎娜在做工很差的木盒中垫了两块亚麻毛巾，之后才小心翼翼地将茱莉亚的骨灰装进了盒子。轻声说了句："茱莉亚，这一路，真是谢谢你了。"

天空之上似乎有个声音轻轻回应道："也谢谢你们。这一路，真的很开心呢！"

坎娜和安决斯从林中走出，坐上马车，将木盒置入行囊放好。一直在马车旁等待的爱德华便立刻驱车赶路。

第三十八章 阴霾

　　马车一路西行，抵达阿芙伦特平原尽头，道路逐渐发生变化，地面开始高低起伏。往北已能望见波涛汹涌的鲁塔塔尔河，那是异沃世界最长的河流，贯穿了骑士王国和贸易之国，往东北方向流入无尽之海。道路的前方是巴恩（Bun）丘陵那一望无尽的梯田。虽然脚下已是骑士王国的土地，但只有向西北方翻越了这片丘陵，到达高登索尔平原后，才能真正体会到骑士王国的风土人情。但那里不是此行的目的地。

　　沿着巴恩丘陵继续往西，涉过两条清澈见底的浅河，顺着溪谷向西南方向前行，地势又开始变得平缓起来，布满岩石的道路逐渐被草地代替，战士王国已近在眼前。

　　国境的城门处，无数人排着长队，等待检查入境。

　　"入境有这么严的吗？国内出什么事了？"

　　坎娜略显不安，让爱德华将马车驶向队列，准备排队受检。

　　突然，坎娜似乎听到风中有个很细微的声音在呼喊她的名字。于是，她叫停了马车，下车寻找声音的来源。得亏一路上安决斯的悉心照料，如今坎娜腿伤已好了大半，能够不使用拐杖了，但走起路来依然会瘸。

"坎娜、坎娜！"那个细微的声音就在附近。

坎娜找准方向，定睛一看。在与她脸庞等高的前方2米处，有一摊透明的魔法波纹在晃动。应该是个会飞的小型生物使用了变幻系的隐身类魔法。

"是我，丹妮丝。"那摊透明的魔法波纹小声说道。

"啊！我看见你了，丹妮丝，你怎么在这儿？"坎娜很吃惊地问道。

"嘘！小声点，快跟着我去旁边的树林！"说罢，丹妮丝便向林中飞去。因为距离拉远，很快，透明的波纹便彻底消失不见了。

坎娜招呼伙伴顺着丹妮丝离去的方向进入森林深处。突然，不再隐身的丹妮丝从一片花丛中飞出，停在坎娜的肩头："呼……终于赶上了……"

"丹妮丝，你是特意来找我的？"

"对呀，对呀！我去俄邦登兰德联邦国寻了您好久，沿途问了无数路边的野花，才终于找到您的行踪。差点没赶上……"说着说着，丹妮丝露出了哭腔。

坎娜用手指摸着丹妮丝的脑袋，温柔地说道："不要急，慢慢说。出什么事了？"

"那些在国境处严格搜查的士兵，是在抓您！梅蕾蝶斯王国所有的国境处都是如此！"丹妮丝忧心忡忡地说道。

听到这里的安决斯怒目圆瞪地说道："他们敢！这是叛国！我的兄长战锤公爵会把他们全部送上绞刑架！"

坎娜轻轻拍了拍安决斯的肩膀，示意他不要激动。然后问丹妮丝："他们是被谁精神控制了? 拥有这种力量的不会是泛泛之辈。"

"对对对! 他们都被精神控制了! 弗朗西斯叛变了! 他现在已经是罪恶女神的枢机主教了! 他用特殊神术把很多人都控制了。但是正常的神术也不可能具备如此威力,没道理能控制这么多人……到底是不是神术呢? 或许吧,谁知道呢……天晓得他私底下还用了什么道具和手段……"丹妮丝说得很急,略微有些语无伦次。

"什么? 弗朗西斯他……怎么可能!"坎娜不敢相信自己的耳朵。

"千真万确! 是艾丽卡陛下亲口告诉我的。她从自人类世界归来的精灵旅人处得到这个消息,之后和美丽女神大人确认了对策。美丽女神大人说,弗朗西斯叛教以及这些士兵被精神控制要害您,是凡间事务,神祇不便干预。"

"杰西卡对此事最后的神谕是什么?"坎娜心态缓和下来,冷静地问道。

"美丽女神大人说,此事的一切应对和处理,由她在凡间的投影,也就是作为选民的您自行决断。美丽女神教宗艾丽卡将全力辅佐您。"

"我明白了。"坎娜语气低沉地答道。

"艾丽卡陛下委托我来找您,请您千万不要回梅蕾蝶斯王国,径直前往精灵国度。若此事最终要付诸武力来解决,精灵会出兵帮您夺回国家!"

"行,那我们先去精灵国度,再商讨对策。"坎娜点头道。

安决斯表达出疑惑:"可是我们怎么在不穿过梅蕾蝶斯王国的前提下,去往精灵国度呢? 我们又不能像丹妮丝那样,从天上飞过去。"

坎娜回答:"只能穿越绝境之沙了。"

第三十八章 阴霾

安决斯露出愁容，说道："我听老人们说过，进入这片沙漠是九死一生。因为这片沙漠是上古精灵内战时，魔法大战的产物。里面有数不清的魔力乱流，毫无规律。所有用来探明方位的手段包括魔法都会失效，进去必定迷路。无数沙漠探险队进去后，再也没有出来。而且沙漠中也没有什么野花可以让丹妮丝问路吧？"

"啊！我怎么没想到这一点啊！"想到自己是使用隐身魔法避开岗哨，并飞行穿过梅蕾蝶斯王国才能抵达此处，完全没办法安全通过绝境之沙，丹妮丝烦躁地抱着脑袋在坎娜肩头打起滚来。

"不会迷路的，"坎娜从贴身的衬衣口袋中掏出一个吊坠，戴在了脖子上，"没有力量能阻止我找到回家的路。"

丹妮丝飞到坎娜胸前，仔细打量着那个吊坠。吃惊地说道："这！这是圣树的树叶？"

"对。艾丽卡送我的礼物，专门用来防止我在回家时迷路的。"坎娜笑道。

丹妮丝的表情突然严肃起来，说道："坎娜，这树叶是精灵的圣物，是不朽之物。尽量不要在陌生人面前展示出来，万一遇到识货的，可能会惹上麻烦。若是被盗贼偷去，流落到黑暗精灵手中，可能会给精灵国度带来血光之灾。"

坎娜认真地点头："嗯，我会小心的。"

既然解决了迷路问题，剩下的便是物资问题了。好在附近还有两个村庄。置办好干粮和草料后，安决斯买来八个空酒桶，每个有0.8米高。爱德华帮着将八个酒桶灌满井水并密封好后，逐一放进精灵远征次元袋内。这个次元袋的特殊附魔效果会让放入的物体进入另一个特殊位面而失去重量，不会增加长途跋涉的负担。但是这个次元袋有个缺点，就是容积比大多数魔法口袋要小很多。安决斯发现塞进六个木桶后，次元袋中便再也装不进去东西了，于是和爱德华每人扛着一桶水去马车处同坎娜会合。

而后，队伍向东南方向绕开战士王国国界，行了一日便抵达绝境之沙。马匹并非擅长沙漠旅行的坐骑，而马车会加重马匹的负担，好在坎娜如今腿伤已无大碍，能独自骑马，于是众人便弃了马车，各乘一骑。由于没有多余的马匹背负过重的行李，次元袋装不下的两桶水，他们便直接扔了一桶，打开另一桶水，将众人随身携带的水袋装满。而后，每个人、每匹马好好休息了一晚，"水"足饭饱，才起身进入沙漠。

第三十九章　沙漠旅人

　　进入沙漠已过多日。整个世界只剩下黄沙，高低起伏的沙丘向远方蔓延，仿佛直抵世界的尽头。坎娜等人全身笼罩在灰色的斗篷中，骑马不紧不慢地前行。丹妮丝则一直藏身于坎娜的兜帽内。

　　烈日当头，不知为何绝境之沙的阳光比其他任何地方都毒辣得多。这种烈日的照射，对任何活物的体力都是极端的考验。害怕马匹的体力及体液在这种极端环境下过度流失，坎娜等人根本不敢扬鞭，而是选择让马匹自行行走。也只有清晨日头初上及黄昏夕阳西下时，才敢策马奔腾。

　　当夜幕降临，温度骤降，三人则会将马喂饱后，驱其停靠在一起，并安抚它们屈膝卧地休息。让马匹放弃站立睡觉的习性而改为卧睡是非常困难的。除了需要获得马匹的极度信任，还需要有高超的驯马技巧。但好在安决斯极其擅长此道。这样，三人三马便能紧紧靠在一起，待丹妮丝钻进坎娜怀中后，再将行囊中的所有衣物连同帐篷一起覆盖在身上保暖。

　　即便如此，下半夜的寒冷依然超越了人体可以承受的极限，在这种情况下熟睡是非常危险的。每当此时，坎娜便会使用一些特殊的非战斗低阶火系元素魔法，以自身法力维持火焰，使之在众人身旁燃烧，直至天亮。这个每晚坚持的行为让坎娜的魔法能力获得了长足提升，同时也使坎娜每个白天都会在马背上以坐姿睡个把小时。

这夜，刚喂完马匹的安决斯找到坎娜，心疼地说道："你每夜都长时间使用魔法维持火焰，身体真的不要紧吗？"

坎娜认真地回答："只会增加疲劳感，但真的没什么严重影响。不用担心。"

肩上的丹妮丝插嘴道："这一点可能遗传自坎娜的妈妈哦。月亮精灵和魔法的契合度极高。不论是魔法天赋，还是法力储量的上限及恢复能力，都不是其他种族可以比的。"

听到如此解释，安决斯也安心了不少，继续说道："你有没有觉得我们这几天是在同一个地方绕圈子？今天白天我们路过了之前某天夜晚休息的地方，我清楚地看到了马匹没有吃干净的草料。"

坎娜回答："我也注意到了。从常理判断，我们的确绕了圈子。但要知道，生命之叶指明的方向绝对不会出错。所以我推测，绝境之沙的空间是错乱的。在生物能感知到的空间里，我们或许在绕行。但在绝对意义的空间里，我们肯定在靠近生命之树。这也很好地说明了，为什么人们进入这片沙漠，十之八九无法走出去。"

安决斯若有所悟地点点头，便布置休息的场地去了。

次日清晨，坎娜突然发现右前方数千米外有几座四棱锥形的高大建筑。熟读人类所有历史的坎娜很快意识到，从未有人类建造过此类奇怪建筑。而这种建筑风格也显然与精灵的建筑风格不符。另外，绝境之沙是上古精灵内战的产物，按理说不可能有建筑能在那样的魔法灾难中屹立不倒。

"这些建筑大概率是在绝境之沙诞生后建造的。但它们究竟是由什么种族建造的？怎样完成的？为何建在这里？作用是什么？"

带着种种疑问，坎娜率队向建筑行去。如此过了大半日，建筑与众人的距离并没有缩短。坎娜很快明白过来，在这样错乱的空间中，无法根据视觉感知到达远方目标地点。考虑到国内还有重要事件亟待解决，不能因为自己的好奇心在这里消磨太多时间。于是，她便放弃了这次探险，继续顺着生命之叶所指的方向行进。不多时，那些棱锥形建筑便突然从视线中消失，仿佛从未出现过。

过了数日，众人突然感觉整个沙面都在移动。连骑在马上陷入睡眠中的坎娜都被这明显的震感惊醒，于是示意大家将马停下。非常害怕烈日的丹妮丝也忍不住好奇，从坎娜的兜帽中飞出来查探。

果然，地面的沙子如河流一般，拉扯着马匹朝一个方向行去。当马匹随着流沙越过一座沙丘的高点时，一个直径超过1.5千米的巨大漩涡展现在众人面前。这流沙形成的巨口正在吞噬着附近的一切。

"快跑！"坎娜大喊一声，便策马向远离漩涡的方向奔驰起来。

不知是流沙难以着力，还是漩涡的席卷速度高过马匹奔跑的速度。不管三人如何鞭策，奋力狂奔的骏马还是倒退着向漩涡中心地带靠近。如此下去，队伍必将埋葬于沙海。飞在空中的丹妮丝紧跟坎娜，着急得不知如何是好。

危急时刻，坎娜掏出魔法书，吟唱起五阶元素系魔法【地形塑造】。平地而起的泥土铺成半悬空的道路，朝坎娜手掌指向的方位快速延伸。加之马匹奔驰的速度，三人终于开始远离漩涡中心。但好景不长，魔法时效很快便要结束。坎娜抓住时机，无缝衔接了下一个【地形塑造】。如今魔法师等级47级的坎娜，每日五阶魔法的使用上限是两次，若这都无法逃离，就麻烦了。

眼看魔法塑造的泥土路马上便到尽头，但从周围的流沙速度无法确定此时着地能否逃离漩涡的吸引力，坎娜指示爱德华和安决斯在路的尽头策马高高跃起。在两人按照命令跃起的瞬间，坎娜对着他们施放了三阶元素系魔法【吹风术】。马匹疾驰的惯性配合强风，硬是向前飞出了几十米。

之后，坎娜自己策马跃起，计算好距离和高度，在前方施放二阶元素系魔法【石拳术】。该魔法能让地面生出向上击打的石拳，对敌人造成伤害。但坎娜硬是利用预判乘着马匹凌空跃起，将升至最高点即将消失的石拳当成踏板。接连施放了五个【石拳术】后，坎娜安全降落在伙伴身边。丹妮丝好不容易才赶上，累得上气不接下气，急忙又钻进了坎娜的兜帽里。

绝境之沙到处充斥着魔力乱流，在这种环境中施法绝非易事。可坎娜却还能精确地操控魔法到如此地步，可谓神乎其技。

顶着烈日高温逃离流沙漩涡，马匹的身形已然不稳。三人下马给马匹喂水，并洒了一些水在它们身上帮忙降温，之后便牵着马匹步行前进。

翻过两座沙丘，一抹绿色尽收眼底。

一处绿洲就在沙丘下百米开外。向绿洲走了十几步，坎娜突然踩到硬邦邦的东西。低头一看，发现一具被沙子半掩的骸骨。坎娜将缰绳交给安决斯，俯身清理掩埋着骸骨的沙粒。

骸骨只剩上半身，背向绿洲趴着，腿骨不知所终。坎娜从骨骼的形状判断死者是名矮人。死者肋骨和左臂桡骨之间有个皮质背包，

显然,死者生前曾将这个背包紧紧抱在胸口。

坎娜对骸骨鞠了一躬,然后将背包取出。包内还能分辨样貌的仅剩两件物品:一本笔记,一块蓝色宝石。

笔记的纸张已完全风化,翻开羊皮封面,扬起了无数碎末。羊皮封面内页用矮人语写着这样一段话:

从世界之脊到无尽之海,永不终结的旅行。

——巴巴林·冒顿哈特(Babalin Mountainheart)

安决斯凑过来,但看不懂矮人语,问道:"这上面写的是什么?"

坎娜若有所思道:"一位名为巴巴林·冒顿哈特的矮人探险家写给自己的箴言。这应该是他的记事本,可惜全毁了。"

"你听说过这个名字?"

"没听说过。矮人王国没有修史的习惯,传记类书籍也出得极少。让我印象深刻的矮人名人只有三位:马加索·冒顿哈特(Margasol Mountainheart)、卡欧瑞(Caori)、菲力(Feli)。前者是当今的矮人国王;后两者是极负盛名的矮人探险家,写过大量旅行游记,畅销全世界。顺带一提,矮人不会轻易将自己的真名示人,所以没有提及姓氏的大概率是假名。卡欧瑞和菲力这类,很可能都是笔名。马加索·冒顿哈特毕竟是国王,存在广为人知,真名瞒不住。面前这位探险家将此名字写在自己贴身的记事本上,应该也是真名。冒顿哈特是矮人王族的姓氏,他很可能是王室成员。"

"王室成员最终曝尸荒野,真让人唏嘘。"

"'世界有尽，人心无尽。'智者莫伦多[1]如是说。不安逸于富裕的生活，而勇于探索这样的死境，真是让人敬佩！将他的遗骸拾掇一下，今晚生火时我顺便将他火化。归国后，我会修书一封，与他的骨灰、遗物一并寄去矮人王国。"

言毕，坎娜又端详起那块蓝色宝石。该宝石约莫掌心大小，看着很像普通蓝宝石，不同的是遍体充满寒意。拿着久了，手掌竟然被冻得有些刺痛。这可是在绝境之沙白天的酷热阳光下啊！

"当前环境中实用性极高的石头，可以用来给马匹降温。"如此想着，坎娜将羊皮封面和宝石一并放入魔法口袋中。

坎娜转头指示安决斯牵着三匹马在原地等着，又喊出丹妮丝，让其也在安决斯处稍等片刻，然后示意爱德华随自己先去绿洲探探情况。

"把盾牌拿在手上。"坎娜对准备空手前往的爱德华说道，然后一瘸一拐地先行一步。

很难相信，绝境之沙中会有如此大面积的绿洲。中心的湖泊面积目测有1万平方米。越靠近湖泊，魔法乱流越强劲密集。湖边的草地非常茂密，草丛中散落着一些紫色晶石，能明显感知到其中蕴含着极高的魔力。坎娜从没见过这种晶石，收集了许多放入魔法口袋中。

走到湖边，坎娜才看清这湖水绿得发黑。"水黑则渊"，无法推测湖的深度。坎娜用手试了试水，未感知到异常，于是用手舀水浇在脸上，非常舒服。一旁的爱德华已用水浇满全身，浸透衣物，享受

---

[1] 莫伦多·瓦格纳（Morendo Wagner），异沃世界中最伟大的人类预言家、思想家、哲学家，被后世人类公认为"最后一位先知"。在预言了"异沃的黄昏"后于H1600年投海自尽。

其中。

坎娜回头准备喊远处的安决斯牵马过来休息，突然后背一阵发凉，猛然回头。

水面高耸起一道阴影，一个蛇形怪物冲出水面。无法推断该怪物那长约10米、比坎娜的腰还粗的头下部位到底是身体还是脖颈。不给坎娜反应的时间，怪物吼叫着，张着牙，以与体积不相称的急速向坎娜攻来。坎娜条件反射地后跳两步，但左腿的剧痛让她略有踉跄。怪物已逼至眼前，爱德华先一步顶盾到达。盾牌从正面抵挡住了怪物头部的冲撞，巨大的撞击力将爱德华掀飞出去。

远处的马匹受惊，一匹向东，两匹向西，玩命般奔跑起来。死死抓住缰绳的安决斯双臂被拉成了直线，若不放手，大有被撕扯成两半的风险。但他不敢松手。且不说离开坐骑，以人的体力很难坚持走出沙漠这种极端环境。光是补给物资大多在马背负的行囊里这一点，若让马跑掉，对众人来说就会造成必死之局。安决斯咬紧牙关，忍受着全身撕裂般的痛苦，紧握着缰绳不肯放手。

丹妮丝慌张地在空中窜来窜去，喊着："小马乖乖，小马乖乖……"

坎娜左腿未愈，不便发力，于是将左腿迈出，忍痛弓步向前，右腿蓄力，双手将剑握于身体右侧。当怪物再次迎面而来时，坎娜右腿猛然发力，如离弦之箭般避开攻击，同时借势向对方头部以下半米处劈砍而去。阿什莉奋力划过，却没有见血，只在对方皮肤上留下一道浅浅的伤痕。坎娜瞬间便明白了，以自己目前的身体状态绝无可能战胜这个怪物，于是对正往这边赶的爱德华喊道："别过来！"

另一边，安决斯强忍痛苦，吟唱四阶神术【祝福术·属性增强】

提升了自身的力量，低吼着，硬生生将三匹受惊之马拉了回来。

当怪物第三次向坎娜发起进攻时，坎娜高高跃起，右脚踏上怪物上唇，借力向外围飞去十余米，落地翻滚数圈，远离了绿洲。

怪物看着远离绿洲的几人，并没有离开湖泊追来，而是发出带有威慑意味的吼叫，然后沉入水下不见了。

危机解除，众人会合。安决斯心有余悸地说道："坎娜，你让我牵马等在这里，是预知到危险了吗？"

"预知谈不上。只是那名矮人探险家是以朝着与绿洲相反的方向爬行的身姿倒在那儿的，我就想着保险点儿好。我倒不担心我们几人逃脱险境的问题，但是如果马匹损失掉，就真是麻烦了，所以让你牵马在远离绿洲处等着。现在看来，很可能那位矮人是在双腿被咬断的状态下，爬行逃生后失血过多去世的。或许他也有不少同伴，都被刚才那个怪物吃掉了。"

"这个鬼地方真是让人无法省心。"安决斯感慨道。

"是啊。看来接下来最好的计划是，无视这片沙漠的一切诱惑，头也不回地径直离开。"

"非常同意。"丹妮丝不断点头。

安决斯苦笑着摇了摇头。

往后的日子，众人没有为任何沙漠景观停留，顺着生命之叶指明的方向一路前行。

第四十章　回家

在沙漠中旅行近半月，一伙人终于灰头土脸地活着走了出来。战士王国同绝境之沙或精灵国度之间既没有防御建筑，也没有国界守卫，所以他们离开沙漠后，很轻松便抵达了隐秘之森的入口。当戴着圣叶吊坠的坎娜立于隐秘之森面前时，森林里的树木如同幻境中的景象，似乎纷纷移动，让出一条明显的道路。坎娜知道顺着这条林间小径便能穿过隐秘之森抵达精灵国度，但依然止步不前。

"坎娜，怎么不走了？"坐在坎娜肩上的丹妮丝飞到她面前问道。

"我想了一路，决定不去精灵国度了。"坎娜淡然地回答。

"啊？"丹妮丝完全无法理解。

"这件事的幕后是罪恶女神，祂想要削弱杰西卡的信众规模，抢夺梅蕾蝶斯王国的信徒。作为美丽女神选民兼梅蕾蝶斯王国王位第一继承人，我是祂最大的绊脚石。我即便去了精灵国度，也不能通过国家外交解决如今的问题。若精灵出面干预这件事，必然会升级成神祇间的代理人战争。"

"谁都不希望挑起战争，但如果这是唯一的办法，那也只能这样了，不是吗？"丹妮丝忧伤地说道。

"不。我不反对用战争解决某些问题，但我无法允许这场战争发生！"坎娜坚定地说道。

"为什么？"安决斯也有些不解。

坎娜转身望向不灭之城的方向，少顷，严肃地向大家解释。

"其一，精灵和我国军民，数百年来都是朋友关系，因为其中一方被邪术精神控制而发起战争，牺牲的只有朋友，没有敌人。这样的牺牲毫无荣誉。即便战争胜利，也毫无美好可言。这不符合我的信仰。

"其二，所有精神控制类法术，控制对象都是有人数上限的。即便被控制的梅蕾蝶斯王国士兵在战争中倒下，施法者只需要放弃对不能战斗者的控制，再控制新的军民，便可顶上空缺。这场战争如何结束？杀光梅蕾蝶斯王国全国的人吗？

"其三，从信徒争夺层面上看，美丽女神是两国的第一信仰，交战双方牺牲的许多人都是美丽女神的信徒，而不是罪恶女神的。从信仰追求层面上看，美丽女神追求的是一切美好，罪恶女神追求的是展现本源的罪恶，这种友军互相残杀的战争，展现的必然是各种罪恶。不论战争结局如何，赢的都是罪恶女神，输的则是美丽女神。

"其四，任何战争，都无法避免无辜平民的死亡。在这些平民眼中，一直视为朋友的精灵在伤害他们。即便日后解释清楚缘由，流血的记忆也会留存下来。精灵和我国人民的友谊会受到难以愈合的创伤。

"其五，精灵早已脱离凡世，与人类世界彻底隔离开来，人类世界也早已习惯了这个状态。当年暴怒森林出现地狱传送门，精灵都没有出兵，人类也没认为这有何不正常。但是，为了护送我回国，便出兵对抗梅蕾蝶斯王国敌对势力，这件事必然会传播到整个人类世界。在其他国家领导人的眼中，人类各国之间微妙的平衡被打破了。精灵不再是不管尘事的世外种族，而会和梅蕾蝶斯王国捆绑在一起，成为其他人类国家的假想敌，被世界孤立。某个暗中和黑暗精灵'眉来眼去'的人类国家，也可以此为由，不再局限于地下的沆瀣一气，而是光明正大地将黑暗精灵拉入人类世界的博弈。"

听完坎娜如此深刻的分析，丹妮丝冷不丁打了个寒战。爱德华和安决斯深深埋下了头。

"这就是王吗？这就是选民吗？所有与国家、信仰有关的问题都要思考到如此深度。"安决斯下定决心，对于此事，他将无条件按照坎娜的命令行事。

坎娜用坚毅的目光望向丹妮丝，威严地说道："我以下的话语请一字不落地转述给艾丽卡教宗。作为梅蕾蝶斯王国的公主，我万分感激她提供的援助。作为美丽女神的选民，我要求教宗完全按照我的指示应对此次事件。在这场两位最初神之间的代理人争端中，唯一能挫败罪恶女神，让美丽女神获胜的方式是：精灵不许出面，梅蕾蝶斯王国被精神控制者不牺牲一人。敌人只有一个，即那位堕落成罪恶女神代理人的家伙，我将亲自前往取其首级。"

丹妮丝认真听取并记下坎娜所说的每一个字，双手置于胸前，在空中单膝下跪道："殿下，祝您旗开得胜。我将在精灵国度等候您威震四海的消息。"

起身后，丹妮丝给坎娜留下一个温暖的笑容，飞进了隐秘之森。

目送丹妮丝离开，坎娜转身上马，下了一道命令："去哥布林村休整到最佳状态后，你二人随我攻打王城——不灭之城。"

"驾！"

第四十一章　入似物非

坎娜等人到达哥布林村所在地时，怀疑自己是否迷了路。直到在周边巡逻的卫兵认出了他们，热情地向他们挥手打招呼，他们才确认自己并没有走错地方。

"这真的是哥布林村？"安决斯惊诧地说道。

只见眼前的村庄被高约3米的木质墙体围住，大门处有两座4米高的哨塔，哨塔间拉了一条横幅，上面用硕大的人类通用语写道：欢迎人类朋友前来游玩。

穿过哨塔中间的村庄东大门，景象豁然开朗，村庄的面积拓展到了原来的5倍以上。原本拥挤杂乱的屋舍已被拆除，新的住宅区整齐地分布在广场左边。左前方是动物养殖区，有大量野猪，少量鸡，以及几头奶牛。广场右边正在建造一座大型的木制建筑，不清楚是作何之用，已有4层，似乎仍在往上搭建。右前方是一座造型简单的小教堂。动物养殖区和教堂中间是村子的西大门，通过隐约听到的流水声可以判断，门外有一条小河。3000平方米左右的广场正中央立着一个高约4米的人类女性石质雕像。这座宏伟的雕像左手拽着一个小袋子置于胸前,向前上方伸直的右手握着一个权杖,目光坚定地望向手臂伸展的远方。

"这是……"坎娜走近雕像,仔细地打量,"茱莉亚?"

"是茱莉亚,底座上刻着字呢。"

坎娜顺着安决斯手指的方向半蹲下来。确实刻着一排文字:丰收之神派来凡间指引我们的先知——茱莉亚·玛丽·F·哈维·赫尔西·嗨皮·H·莱特。

"茱莉亚的名字完全被写错了啊!"安决斯自言自语道。

"咱们记住茱莉亚的全名也用了数月吧,何况是只和茱莉亚有一面之缘的哥布林。"坎娜接话道,"这雕像,刻得真像啊!"

"能得到先知伙伴们的认可,真是深感荣幸。"

坎娜回头,看到穿着人类淑女服装的芭芭拉站在面前,身后还站着两名哥布林护卫。芭芭拉的这身服装非常吸引人眼球,黄色的连衣长裙由上好的棉布裁成,裙摆、袖口、领口处则嵌着白色亚麻蕾丝花边。她的脖子上围着一块打褶的白色细布,并由黄色缎带在喉咙处扣成蝴蝶结。这样的装束穿在一位哥布林女士身上,看着确实有些怪异,但你绝对无法否认她显得极为端庄。

"娜娜小姐,多年不见,您愈发英姿勃发了。"芭芭拉屈膝行礼。

坎娜点头回礼,说道:"真不敢相信,村子已建设得如此美好。"

"多亏了您的指点以及先知大人的引导。"芭芭拉神采奕奕地回答,而后四周查探寻找着什么:"先知大人没随你们一起吗?"

坎娜等人皆埋下头,不知如何作答。少顷,坎娜缓缓地说道:"茱莉亚去世了。"

"啊!"芭芭拉双眼往上一翻,晕厥在地。

安决斯对芭芭拉施放了治疗神术才使她苏醒过来。醒后的芭芭拉号啕大哭道："这不是真的……这不是真的……"

芭芭拉的人生经历了太多艰辛和痛苦，好不容易才找到安居之地并获得了慰藉心灵的信仰。如今得知带给自己精神寄托的先知已亡，打击之大，无以言表。坎娜不忍地安慰她道："丰收之神需要她，将她唤去身边了。"

芭芭拉的情绪终于有所缓解，恍然大悟道："原来如此！原来先知应我主传唤，去随侍主的左右了。"

努力再次稳定了一会儿情绪，芭芭拉被护卫搀扶着站起，说道："诸位大人，请来我房间详述。"

众人随芭芭拉去往屋舍方向，到达一座比周围建筑略高大的房屋面前。芭芭拉向护卫示意，两名护卫便左右侍立于门外。芭芭拉独自引领坎娜等人进门。

屋内的布置别具风格。靠内的墙壁前用石头筑起一座壁炉，由于季节并不寒冷，所以没有添加很多木材使火燃烧得过旺。小火上面架着一个壶，似乎煮着开水。哥布林的传统建筑是没有壁炉的，寒冷的天气里，他们习惯一群人挤在一起睡觉取暖。这壁炉的设计明显是参照了人类房屋的。但是除了壁炉，其他的布局则完全是哥布林的风格。比如，中央地上铺着一张熊皮彰显房屋主人的身份；旁边矮小的桌子上摆放着一些彩色的石头，桌子旁的地上围放了数张野猪皮坐垫，另一面墙壁边靠放着不少插着动物头骨的长枪。再比如，整个室内空间并无房间和大厅之分；角落里有着用布料和动物毛皮铺设在地上，用来睡觉的地铺；壁炉旁边的墙壁上挂了不少锅碗瓢盆和熏干的肉类，地上则堆放了许多粮食和蔬菜，这些食材看上去随时能用来做出一顿让人腹泻的大餐。

虽然已至深秋，但是在壁炉旁待着还是太燥热了。于是众人在野猪皮坐垫处席地而坐。芭芭拉拿来几个杯子，放入一种褐色的粉末，用壁炉里烧好的开水冲泡，接着又倒入半杯牛奶。众人看着面前杯子里奇怪的液体，不确定要不要喝。上次来这里被凉水泡树枝招待带给味觉的苦涩还记忆犹新。

坎娜闻了闻这种新奇的饮料，香气宜人，感官告诉她这应该是可以入口的东西，便小小地啜了一口。虽然非常苦，但是口感醇厚，咽下后略有回甘。唯一美中不足的是，大量无法融化的固体碎末状物体混在其中，影响了口感，若将这些固体碎末过滤出去，这种饮料完全有可能风靡全国。

"好美味！"坎娜表情愉悦。

"小姐，您也能接受这个吗？太好了！"芭芭拉微笑着说道，"我们哥布林比较喜欢吃带有苦味的东西。这种生长在威格山脉海拔1500米以上，被我们发现并称为'咖啡豆'的植物果实虽然有苦味，但更显著的味道是酸，我们本是不吃的。近年来，和附近的人类村庄通商后，我们购买了几头奶牛。村里的首席烹饪大师巴库克（Bacook）无意中发现，若将咖啡豆烘焙、研磨成粉，冲泡成饮料，再加入牛奶，可以中和掉其大部分的酸味，只留下苦味，立刻变成了非常好喝的东西。"

听到坎娜的赞扬和芭芭拉的吹嘘，本已口干舌燥的安决斯放下心仰起脖子灌了一大口。

"呕……"

可能是第一次喝非常不习惯，再加上灌得太猛，安决斯再次当着芭芭拉的面，将"哥布林特色饮料"吐了出来。他感到非常失礼，满怀歉意地说道："对不起，我喝不惯，能不能给我倒一杯普通的水。"

芭芭拉并不介意，微笑着点头，将客人吐出的饮料擦拭干净。她换了个干净的杯子，给安决斯盛来一杯凉水。

"先知大人最后有留下什么话吗？"芭芭拉突然轻声问道。

"没有。"坎娜思考了一会，回答道。然后从随身魔法口袋中取出那个简陋的木盒，推向芭芭拉："这是茱莉亚的骨灰，能拜托你暂为保管吗？"

由于此去王城危险重重，不知结局如何。若失败身死，则茱莉亚的骨灰也会遗失在未知之处。所以坎娜本就打算将骨灰先留在哥布林村，若能解决这次国内的危机，日后再来取回，将之迁回茱莉亚的村庄安葬。此时取出，是因为她担心芭芭拉继续深究茱莉亚的死因，会再次陷入巨大的悲哀之中，于是决定以此转移其注意力。

"圣……灰……先知的圣灰！！！"芭芭拉将颤抖的手伸向木盒，在接触前又紧张地将手收回，生怕玷污了圣物。

芭芭拉面向木盒匍匐在地，用颤抖的声音说道："我以村庄的命运起誓，会以生命守护好这件圣物！"

坎娜向爱德华要来茱莉亚的权杖，起身双手捧至芭芭拉身旁，说道："这是丰收之神赐予茱莉亚的权杖，我觉得放在丰收之神的信徒手里比较好。"

芭芭拉热泪盈眶，抬起双手接过权杖，并开始虔诚祈祷。

祈祷结束后，芭芭拉似乎想起来什么："小姐，刚才在屋外时，我注意到您的左腿在行走时有点儿瘸，是受伤了吗？"

坎娜说道："是的。之前的战斗让我的左腿受到重创，之后一直

舟车劳顿，没有时间进行调养以及康复训练，所以还瘸着。这次我们过来，也是希望能在此地休养一段时间，并且希望你不要对外透露我们的样貌特征以及在此驻留的消息。"

"小姐，您是惹上什么麻烦了吗？"

"实不相瞒，我是梅蕾蝶斯王国公主，坎娜·奥古斯都。国内有高层官员叛变了，正四处搜寻我。"

芭芭拉不愧是个能带领族人远征的见多识广的哥布林。听到坎娜自报身份后，她虽吃了一惊，但并没有慌张，而是重新整理仪容仪表，优雅地跪在地上说道："殿下，请原谅之前我因不知您身份而导致的各类言行失礼。您指引给我们一条充满希望的美好道路，我们能在此安居乐业也全拜您所赐。所以请放心在此生活，我们一定不会向外泄露有关您的秘密。"

"我们不会在此久住。待身体恢复好后，我便要去往敌人的地盘行使正义。"

"殿下出征之时，请允许我村所有战士随同护驾。"

"不可！不用平添无故伤亡。而且哥布林若加入人类间的纷争，以后也会很难在人类世界立足。你只需要在我们落脚期间，为我们准备营养丰富的食物助我们恢复身体状态，另外再帮我准备一些特殊器具，便是帮了大忙。"

"谨遵殿下嘱咐。关于各位住宿的问题。我们的库拉库拉（Kurakura）大酒店如今还没有完工，但是用来款待人类商人到访的屋舍还有多间，都是有椅子和床这些人类家具的，还望各位屈尊入住。您所需器具，随后可列一份详细清单给我，我会亲自筹办。"

"实在是太感谢你了！"

"不论是作为受到您恩惠的村庄首领，还是作为您的伙伴茉莉亚先知的追随者，抑或是站在正义方合法的梅蕾蝶斯王国公民，我做的这些都是应该的。"芭芭拉用充满荣誉感的语调说道，随后起身鞠躬，"请诸位大人随我去落榻之处。"

走出芭芭拉的屋舍，坎娜指着正在建造的高层建筑问道："这就是库拉库拉大酒店吗？"

"是的。预计会建造七层。第一层是酒馆，楼上均是供给旅人住宿的房间。"

"这里有很多旅人来游玩吗？"

"大概一年前，每月仅在固定日期会有商人来买卖哥布林和人类的特产，并不会有其他旅人到访。后来我们村发明了咖啡这种饮料并被商人带出后，陆续就有旅人慕名前来。但他们大多无法接受哥布林屋舍的入住环境，而距离此地最近的人类村庄也有较远路程，便建议我们建造一个酒馆。据经常和我们做生意的商人约瑟夫·阿诺特（Joseph Arnault）先生分析，如果我们建造一个大型酒店，出售哥布林特色饮料、食物，并提供一些人类世界不常见的游戏娱乐活动，可以吸引更多游客，能赚不少钱。"

"这样啊，"坎娜欣悦地感慨道，"真是个充满希望的美好村庄呢！"

芭芭拉将坎娜等人带至住处，为他们安排了三间相连的屋舍，之后便向坎娜告退，为他们的餐饮做安排去了。

伙伴们准备各自回房休息。坎娜叫住爱德华，喊他来自己房间聊天。

"坐。"坎娜拍着一把椅子的靠背说道。

爱德华如行尸走肉般在椅子上落座，一声不吭。

坎娜在屋内踱步，喃喃说道："我说，爱德华，我遇刺后，这一路来，你是一句话都没说过啊……"

爱德华张了张嘴，似乎准备说些什么，但一个字都吐不出来。

坎娜缓缓走到爱德华右侧，一把将他的脑袋拥入怀中，用双手紧紧抱住，说道："我知道的，我都知道。但这些都不是你的错，你不用一人背负所有。"

埋在坎娜怀中的爱德华身躯开始微微颤抖起来。他的嘴唇张了又合，合了又张，依然是说不出话，而后颤抖得越来越激烈。

"哇啊啊啊……呜哇啊啊啊……"突然，爱德华在坎娜怀里歇斯底里地痛哭了起来。

"坎娜……哇啊啊啊……坎娜啊……呜哇啊啊啊……"爱德华越哭越伤心，不断呼喊着坎娜的名字。

"嗯，嗯。"坎娜温柔地抚摸着爱德华的脑袋，回应着他的呼喊。

"我……我保护不了你……"在坎娜的抚慰下，爱德华终于说出了完整的话语，"我也保护不了茱莉亚。我这种废物般的存在，为何还能恬不知耻地活下去啊……呜呜呜……"

"你已经把我保护得很好了，爱德华。没有你，我肯定走不到这里。这世间有很多意外，凡人是无法预判也无法阻止的呢。"坎娜轻声说道。

"可是……"

"我没看到茱莉亚生命的最后一刻。但我猜想，最后一刻，她的内心是微笑着的。因为在这凡人无法阻止的意外中，她保护了大家呢。"

"我……"

"你和茱莉亚是一样的啊！你们都在拼尽全力保护着伙伴啊！只是这次茱莉亚的拼尽全力成功了，你的拼尽全力失败了。凡事都是可能失败的，诸神也不能幸免。不要因为无法阻止的失败过于苛责自己啊。如果我们都想着，'要是死的是自己就好了'，怎么对得起茱莉亚放弃自己而把我们救下的这份心意呢？该醒过来了，爱德华，茱莉亚在看着呢。"

爱德华突然睁开眼睛，似乎明白了什么。他离开坎娜的怀抱，狠狠地擦干净眼泪，然后站起来向坎娜鞠躬行礼，说道："公主殿下，请原谅我的失态。作为您的贴身侍卫，我会在未卜的前途中，履行自己的职责。余生，请多指教。"

屋内，坎娜和爱德华还在交谈着。屋外，一个身影嘀咕道："呼！爱德华真是的，明明比我年纪大，还这么不成熟。害我担心了一路！"随后，这个身影如释重负般走进了隔壁的屋舍。

第四十二章　村内生活

坎娜的左腿走起路来依然一瘸一拐，原因有二。

一是痛觉反射。虽然腿骨已完全愈合，但骨骼周围的软组织创伤在愈合过程中产生的瘢痕组织压迫神经，在走路时，腿会非常疼痛。对战士来说，忍耐这种痛苦本不算什么，但这并不是持续的疼痛，而是只有在左腿着地受力时才有的剧烈疼痛。对于这种突然而来又突然而去的疼痛，身体自然会出现非条件反射，导致走路一瘸一拐。在战士强大的体质下，配合牧师的治疗神术，这种状况是能痊愈且不留后遗症的；但是需要配合营养的饮食、合理的休息，以及有针对性的康复锻炼。这些条件在旅途中并不具备。

二是肌肉力量的失衡。长时间依赖右腿着力行动，导致右腿力量大于左腿。这种情况在腿受伤人群中普遍存在，对于路途中会进行大量体力活动的旅行者来说，则更加严重，进一步增强了失衡感。

在哥布林村修整期间，芭芭拉给坎娜等人提供了营养极为丰富的膳食，包括每日必备的牛奶、鸡蛋、烤野猪肉、煎鱼，以及每日不同的新鲜水果、蔬菜。由村庄首席厨师巴库克亲自烹饪，完全符合人类的口味以及卫生要求。

白天，坎娜在安决斯的陪同下进行左腿复健训练；夜晚则钻研随身携带的魔法书籍。所以她不但左腿的状况以肉眼可见的速度好转，魔法水平也一路飙升。

这天，哥布林村西门外不远处的小河边，口中咬着手巾的坎娜在安决斯的搀扶下进行左腿单腿深蹲。剧烈的疼痛使得坎娜满头大汗。在感觉坎娜的疼痛感达到峰值时，安决斯便会对她使用治疗神术减轻痛苦。

一个哥布林的身影慢慢靠近，是芭芭拉。今日她穿着的是一件深红色的简易亚麻长裙。她优雅地立在坎娜不远处静静等候。

坎娜锻炼结束，接过安决斯从河中打湿的毛巾，擦拭脸上、脖子上的汗水，转身说道："芭芭拉，你好啊！"

芭芭拉欠身说道："殿下，关于您给我的物品清单……"

坎娜微笑道："没有外人的时候叫我坎娜就好，不用这么拘束。"

芭芭拉也笑着说道："好的。坎娜小姐，清单里的物品大多已经在准备着了。只是那种铁制的特殊器具，由于我们村并无铁匠，所以需要到附近的人类城镇定制，需要一周以上才能备齐。"

"无妨，正好我也需要一周以上的康复时间。对了，你看到爱德华了吗？"

"他对清单上的部分物品表现出了极大的兴趣，正在学习制作方法。"

"这家伙终于正常了。"坎娜自言自语道。

三人聊了一会儿闲话，便一起回村吃午餐了。

坎娜居住在哥布林村期间，也遇到过类似于人类商队到来、旅

第四十二章　村内生活

人路过、纳税登记官员到访等各种麻烦事。但在芭芭拉的巧妙安排下，一行人潜伏在村内的消息并没有外泄。如此安居了两周左右，坎娜委托的物品全数制作完成，其身体也早已彻底康复。

今日，坎娜三人在芭芭拉的房间内验收清单上的物品。

芭芭拉在众人面前逐一介绍道："这是三根吹箭管，以及三十支吹箭。箭矢上涂抹了哥布林特制的麻痹毒药，对中小型生物有很强的麻痹效果，基本能保证中箭目标在一小时无法动弹也无法发声。致死率很低，我们之前只有在捕捉野兔时出现过致死情况，捕捉野猪那类体型的生物从未出现过致死现象。算是特别安全的一类毒药了。另外，在箭矢上涂抹不同类型的毒药能达到不同效果。提炼各类毒素以及吹箭本身的制作方法都悉数教给了爱德华爵士，方便坎娜小姐日后在特殊任务中使用。

"这是粗麻绳，按您的要求只编织了30米，并染成了暗灰色。我亲自查看、测试了，同时悬挂十个成年哥布林荡秋千都不会断。

"这里有三件夜行斗篷，用普通的粗麻布制作，染成了漆黑色。对了，这个千万别碰水。时间太仓促，没有弄到优质的黑色染料。斗篷遇水会褪色，变成灰色。即便在干燥的情况下，斗篷也会掉色弄脏里面的衣服，不建议在穿着贵重衣物时使用。

"最后就是这四个按您绘制的设计图定制的金属武器，我不知该叫它们什么。总之也做好了。"

芭芭拉最后展示的金属武器非常奇怪。其中一对武器看上去像钢爪拳套，但是三只爪子非常短小，爪钩弯曲的弧度也很小。还有一对比较像拳刃，刃部也非常短小，而且类似护手的部分形状奇怪，没有可抓取的握柄，两侧嵌有细绳。均不知有何作用。

"比我要求的完成得还要好。真是帮大忙了，芭芭拉。"坎娜感激地说道。

"这是我应该做的。另外，这里距离王城应该还有些路程，干粮也为您准备好了，请问坎娜小姐近期就要出发了吗？"

"不是近期，我们今天就出发！"

"这么急吗？"

"准备已经够充分了。事不宜迟，剩下的交给命运便可。这段时间多有叨扰，大恩不言谢。我们这就去做最后的准备了。爱德华、安决斯，准备好各自的物品，半小时后村口集合。"

见坎娜态度坚决，芭芭拉未有多言，行礼后便退出室内。

坎娜将芭芭拉定制的各类物品收纳进魔法口袋，爱德华则将各种干粮、淡水收纳妥善。几人各自回屋整备物品。

看着那件被骷髅王砸得破破烂烂的锁甲，周身大量破口处因为浸染了血液而锈迹斑斑。坎娜心想："早知道就不扔掉之前那件锁甲了。这件破得更厉害啊！"

是了。这世界确实有不少穷困潦倒的探险家或佣兵，别说金属制护甲了，即便是布衣破了都定要缝缝补补，直到再也无法穿戴才会弃之不用。但是对于坎娜来说，一件锁甲确实不是稀罕之物，而且在之前与骷髅海的战斗中破成那样，几乎无法修复，在自身条件允许的情况下，对自己的生命安全负责，换穿完好的锁甲确实是正确的选择，随手扔掉破损的减轻旅途负重也是无可厚非。

另外，也不能让芭芭拉帮着购买新锁甲。这种非常时期，哥布林跑去购买大小贴合人类身形的护甲，可能惹上没必要的麻烦。

"聊胜于无，还是穿着吧。"

带着这样的思绪,坎娜将破烂的锁甲又套在身上,在所有装备穿戴齐全后,出门和同伴会合。

芭芭拉及一众哥布林在村口为坎娜送行。

看着坎娜三人骑马绝尘而去,芭芭拉忧心忡忡地在心底祈祷道:"公主殿下,请一定要平安啊!"

第四十三章　再回王城

　　不灭之城，这座人类世界最大的城池依威格山脉而建，占地约
1.5平方千米。越往内，海拔越高。最高处的王宫穹顶的海拔高出外
城地面200米。

　　外城城墙呈现半圆形，高10米，长约3000米。日常状态下，每百
米仅一人巡逻。城外地处峻米丘陵的大面积土地是巨剑公爵"悠扬
的杰卡"的领地。在王国创立之时，巨剑公爵早已牺牲且无后代，所
以这片领地只具有象征意义，实际受王室管辖。

　　外城区主要为居民区以及各种集市所在地。居住的主要是贵
族、禁卫军、商人、手工艺者和峻米丘陵中西部地区的部分庄园主、
农场主。也有一些农夫居住在内，但数量不多。农夫很少居住在城市
中，一般都在村镇生活，靠近自己耕作的土地。值得一提的是，不灭
之城禁卫军储备数量约为一万人，但他们在和平时期基本在务农，
只需要在每季度末参加为期两周的集训即可。常备兵力仅五百人，除
了两百人的王室精英禁卫团驻扎在内城，其余三百人负责外城的治
安和巡逻。

分隔内城和外城的是一条宽50米的护城河。河的源头是从威格山脉上飞流直下的群星瀑布，经过人工改道，环绕内城半周，从北部穿过外城区，汇入星云河。护城河底部有当初精灵大法师们布置的多重魔法阵，所有接触护城河水的生物都会在瞬间被冰冻，但护城河水本身永不会结冰。为了防止民众失足落水，靠外城的一端用铁栅栏围了起来。魔法阵会从瀑布水流冲击中汲取能量，所以数百年来威力不减。正因为历史悠久，绝不会降落在这危险的河段中这一点已写入附近飞禽的习性之中。若有生物掉落进河段，在被冰冻后大多会顺流向北漂出不灭之城，在离开护城河段后慢慢自然解冻。历史上，曾发生过几起小孩贪玩翻越栏杆失足落水的事件，都因为冰冻过于醒目，在城北被打捞上岸，化冰后复活成功。

跨越护城河的仅有一座大桥，名为"星梯"。但是附近居民习惯称其为"上升大桥"。因为这座桥不是水平的，而是以将近15度的倾斜度向内城攀升。原因有二，一是傍山的不灭之城，越往里走海拔越高；二是斜坡对于防守来说很有意义，因为它会极大增加敌人推行攻城槌的难度。另外，大桥上也布满了魔法阵，具有"真实视域"的效果。所有经过桥面的幻术、隐身术、潜行状态皆会立刻失效。

内城区由三面长300米左右的笔直的城墙围住，鸟瞰视角下，类似被对半切开的正六边形。城墙外侧高30米，内侧仅高10米，也是海拔差距导致的。整个内城区面积约12万平方米，分为三个区域：王宫区、教堂区、驻军区。

王宫区便是梅蕾蝶斯王国的王室宫殿所在，占地约2万平方米，是坎娜的家。

最大的是教堂区，占地约6万平方米，城里九成教堂都坐落在此处，仅有少量较小的教堂分布在外城区。

驻军区占地约4万平方米，平常仅供那五百名常备禁卫军休息使用。若发生战争且外城告破，剩余守军均会驻扎在该区域。四层兵舍共计有一万余个床位，具有完善的生活配套设施。王国最大的军械库以及存粮库也在这里。

坎娜从外城墙上巡逻卫兵的数量得出结论，不灭之城未进入战争状态。说明敌人无法全盘控制总计一万人的禁卫军。

"被弗朗西斯精神控制的人，数量上限无法估计，从当前局势判断，其中包含大量军事长官。除王城外，王国其他地区能认出我的仅有各位公爵和部分伯爵罢了。所以在王国外围地区只要控制这些认识我的军事长官，便可以做到在全国范围搜捕我。但王城内认识我的人就多了。在这种情况下，没有让王城进入战争状态，集结所有禁卫军严格管控外城，说明他能控制的人数已达到上限。估计城内被他控制的，最多也就是常备的五百名禁卫军。"凌晨四时，来到外城墙附近的坎娜对伙伴说道。

之所以选择这个时间行动，个中原因坎娜早已和伙伴说明。借着夜色潜入内城，天亮后开始行动。内城所有人都认识坎娜，只要其中有一人没被控制，都会给她提供协助。若是在月黑风高看不清对方样貌时行动，哪怕没被控制的人也会把他们当入侵者对待，平添无谓的战斗。

爱德华神情凝重道："王室精英禁卫团那两百人是王国战士精锐中的精锐，所有成员均在90级以上，单兵战斗力在现在的我之上。如果'那个老东西'也被精神控制，就更麻烦了……"

坎娜冷静地回答："能找到办法绕开王室精英禁卫团，直取敌首是最好的；若绕不开，我也心中有数。按之前交代的计划行事便可。出发吧。"

"是。"爱德华和安决斯异口同声道。

第四十四章　潜入

　　四周湿答答的，空气中布满了的腐败的味道。身着黑色夜行斗篷的三人行走在下水道里，这是他们过去溜出王城时常走的一条路线。外城墙高度有限，巡逻士兵也很稀疏，直接翻越不是难事，但明显走下水道更稳妥高效。而且万一在外城被发现，警报声起，想侵入内城就是痴人说梦了。

　　约莫半小时后，坎娜一行顶开外城区的一处井盖，从下水道翻出。他们贴着房屋阴影处小心行进，不多时便来到星梯桥。此时月亮正在东北方，于是三人来到大桥南端，用双手抓住大桥南部边缘的地面，将身体悬挂在桥侧，往内城方向移动。

　　这座大桥彻夜灯火通明，桥面布满了带有真实视域效果的魔法阵。想从桥上潜入是不可能的，坎娜便想出这种过河方法。但这种方式非常困难，桥长60米，且以斜角向上攀升，到达彼端时海拔提升了16米。这种行动对指力、臂力、体能皆有极高要求，但凡体力不支掉下河去，就只能让同伴去下游打捞结冰的尸体了。得亏三人都是精英战士，否则不可能完成。

如此过了桥，爱德华和安决斯双臂都已麻木发软。现在立在他们面前的，是30米高的内城城墙。不知是因为站在墙底，还是因为夜黑，这墙壁高耸得可怕。

"这墙……原来这么高的吗？坎娜只说了到时她会先上去，但没说要怎么上去。难道有什么独特魔法能飞上去吗？"安决斯在心中犯嘀咕。

只见坎娜从魔法口袋中取出芭芭拉为其定制的四个金属武器。她将拳刃状的套在皮靴前端，并用细绳固定在脚上，将钢爪拳套状的戴在手上。准备工作完成，坎娜便将手上钢爪部分插入城墙中，紧紧抓住墙壁，将脚上的坚刃部分踢进城墙踩踏，一步步往上爬行。想必这个过程也是异常艰难，以至于凭坎娜这般异于常人的身体素质，都花了将近20分钟。

在城墙外侧悬挂着的坎娜静静等待巡逻卫兵走过，然后突然翻身而入，掏出吹箭。"咻"的一声，卫兵应声而倒。在他倒下的瞬间，坎娜托住他，并移动到墙边，使其背靠着墙壁立在那里。远远看去，只会让人觉得是个在偷懒的卫兵罢了。

接着，坎娜拿出绳子，将一端绑在雉堞的墙垛处，另一端小心地缓慢往外放下。爱德华和安决斯看到垂下的绳子，立马一上一下，顺着绳子往墙上攀爬起来。这期间，坎娜躲在被麻痹的第一名巡逻卫兵身后，找准时机使用吹箭放倒了另一名走过来的卫兵，将其和之前的卫兵并排立在一起。乍看上去，两名卫兵像站在一起聊天。当两位同伴顺着绳子爬上墙头，夜色已经很淡了。

三人向着最近的登城台阶奔去，并使用吹箭放倒所有靠近的卫兵，在卫兵倒地前扶住并轻声放下，防止倒地声音惊动远处卫兵。

下了城墙后，他们马不停蹄地向王宫区跑去。此时天边泛出鱼肚白，太阳出山了。

根据坎娜的分析，弗朗西斯要么在王宫，要么在教堂。梅蕾蝶斯王国信仰罪恶女神的人极少，所以王城教堂区内并没有罪恶女神大教堂，只在外城区有个小教堂。弗朗西斯若在教堂区，会待在哪则显而易见。但是若弗朗西斯不在教堂区，到时想再折返王宫区搜索则会异常困难。教堂的房间开阔，进出只有一扇大门，进去必然会被发现。惊动了敌人，再想搜索宫殿内的众多房间显然不现实。反之，宫殿门多路广，用于躲藏的小房间及岔路、角落众多，搜索过程中不宜被发现。所以按照计划，先确定弗朗西斯不在王宫后，再去教堂区找他。

伙伴们在坎娜的带领下，从一扇窗户窜入王宫。

在担任摄政时，弗朗西斯在王宫东北角是有一处居室的。坎娜最先查探的便是此处，没有人。之后，他们又搜索了中央花园、餐厅、图书馆等众多房间，均没有人在内。最后，他们准备去查看一下王座厅。在闯入王座厅的时候，坎娜突然和一个正准备开门出来的女仆撞了个满怀。对方手里提着的木桶被打翻在地，水流得到处都是。

"哎呀！"

女仆一屁股坐在地上，还来不及惊呼，便被坎娜一把捂住了嘴。而爱德华的长剑已架在她的脖子上。

"公主殿下……"女仆无法正常发出声音，瓮声瓮气地小声说道。

"珍妮？"

坎娜很快认出了这个女仆，珍妮·罗宾（Jenny Robin）。她负责王宫中央区域最重要的几个房间的卫生打扫，包括王座厅、国王的卧室、坎娜的卧室等，属于和坎娜非常熟络的几个女仆之一，是个做事认真谨慎、言语不多、容易害羞的女孩。

听到坎娜念出自己的名字，珍妮一直不停地点头。

坎娜示意爱德华把剑挪开，自己也松开了手。

"公主殿下，不好了！！！"

刚松开手，珍妮便惊呼起来。吓得坎娜又重新捂住了她的嘴。

"冷静点，小声点。慢慢说。"言毕，坎娜再次松开手。

"公主殿下，弗朗西斯大人好像笼络了很多军官及部队。我听王宫其他人说……说……他可能要造反。"

"你知道他此时确切的位置吗？"坎娜冷冷地问道。

"他这段时间一直在美丽女神大教堂内，从未离开过。"珍妮一板一眼地回答。

"知道了，我去找他。"

坎娜转身正欲离开，却被珍妮死死抱住大腿："公主殿下，您不可以去！很多卫兵都在那里护卫他。我想些办法把您带出城吧！您先躲起来，或者找些帮手再回来！"

坎娜回头温柔地抚摸着珍妮的脑袋，说道："不用担心我，珍妮。我自有办法。话说，你擦拭完桌椅的脏水流到地毯上了。"

"哎呀！完蛋了！要被阿尔巴女士（Madam Alba）骂死了！我要先把这里弄干，然后要把这些地毯收起来清洗，再然后……"

趁珍妮手忙脚乱之际，坎娜等人一溜烟向王宫外奔去。

打开王宫正门时，他们正准备用吹箭放倒门口的守卫，却发现空无一人。

"不对啊！刚才进王宫时，门口明明有六个卫兵，所以我才选择从角落里的窗户爬进去的。"

坎娜正在吃惊中，突然感觉到了威胁，猛然向左转身。

一个伟岸的身影从墙角迈出，立在坎娜前方3米开外。

第四十五章　来者

　　只见站在坎娜前方的中年男人身高2米左右，异常健硕。与两鬓连为一体的络腮胡修剪得很整齐，面无表情却目光坚毅。他的锁甲外套着银色雕花半身板甲，腰带上挂着一把单手长剑，身后背着一面巨大的塔盾（Tower Shield）。

　　爱德华额头布满冷汗，向前迈了一步，左手持盾，右手紧握剑柄，准备随时拔剑出鞘，俨然一副战斗姿态。他嗓音带着些许颤抖，低沉地说道："老爸，你还能认出我们是谁吗？"

　　那个严肃的男人没有搭理爱德华，三步走到坎娜面前，单膝跪下，说道："陛下，您回来了。"

　　坎娜弯腰托着他的手臂说道："坚盾公爵，快快请起。"

　　坚盾公爵，梅蕾蝶斯王国现存的三位公爵之一。职责是国王贴身侍卫，兼王城禁卫军统领。当代坚盾公爵安德鲁·瓦利恩特正是爱德华的父亲。坚盾公爵爵位和其他爵位的继承规则完全不同，并非嫡长子拥有第一继承权，而是在瓦利恩特家族同代的所有孩子中，每隔五年进行一届家族继承人比武大赛，该比赛的排名便是继承顺

位排名，每五年更新一次。作为国王的贴身侍卫，有着必须让国王毫发无伤的使命，所以需要由最强的战士担任。正因如此，从梅蕾蝶斯王国建国以来，除了首任坚盾公爵稍逊于巨剑公爵"悠扬的杰卡"，历任坚盾公爵都是王国最强战士。而作为战士王国的最强战士，坚盾公爵自然也就是异沃世界凡人中的最强战士。

坚盾公爵起身后，才注意到坎娜身上那件布满血迹、锈迹斑斑的破烂锁甲。他眉头一皱，猛地转身，反手一巴掌甩在爱德华脸上。爱德华应声飞出，撞在走廊的柱子上，滚落在地。

"你就是这样保护吾王的？"坚盾公爵脸色阴沉地质问。

爱德华甚感欣慰。

是的。一来，这铁定是正常的父亲无疑了。二来，自己背负瓦利恩特之姓，所护卫的公主却反复受到危及生命的重伤，内心的愧疚感一直深深地折磨着爱德华。一直以来，他都希望有人能因为此事狠狠地训斥自己或狠揍自己一顿，如今终于如愿，内心似乎舒坦了许多。

爱德华起身唾了一口血，拍了拍身上的尘土，心想："挨了老爸一巴掌，还能爬起来，我真的也变强了呢！"

看到爱德华并无大碍，坎娜说道："弗朗西斯背叛杰西卡，并控制了很多军事长官想除掉我的事，我已经知道了。还有什么我不知道的事需要汇报吗？"

"弗朗西斯使用的精神控制能力非常强大，可能是神祇特赐的神术配合了未知圣物的力量，常待在他身边的人根本无抵抗可能。我也是察觉到异样后，一直称病在家才躲过一劫。另外，他可以选择少部分被控制人员，经常待在这些被选择的人员身边者，一样无抵抗可能。这就是为何在外围城市，大量军事长官也被他控制。他自己不敢亲自来我在外城区的宅邸，陆续派过好几个被选择的人员查探，都被我打晕绑起来关在地窖了。王国大多数关隘、要道都被他的人把控。长枪公爵我没有联系上，不知现状如何。战锤公爵倒是在一个月前回应过我。"

"战锤公爵的意思是？"

"他的意思是，陛下没有回国，便不可动手。就算我们胜利，国家也会陷入群龙无首的混乱局面。所以我一直在忍耐，并派人到处打探您的消息。好在您终于平安归来。请陛下随我出城，待我将守望堡（Watchbourg）内的被控人员清理一番，您便可安坐在我的城堡里品酒赏花。剩下的事情，我会拉上战锤公爵全部办妥。"

坚盾公爵的领地包括胜利峡谷（Victory Gorge）、峡谷北方82平方千米的庄园带、峡谷东部整个狮鹫山丘地带。梅蕾蝶斯王国建国前，以全军五千兵力，在不灭之城东北方260千米外的峡谷口抵挡住了厚丽布鲁兰斯兰德六万部队的进攻，胜利峡谷因此得名。守望堡是坚盾公爵领地内唯一的城堡，坐落于胜利峡谷南端出口的东侧悬崖旁。城堡的城墙除了将内部建筑围住，有将近一半紧贴悬崖延伸出去，可以在战争时期排布更多的弓箭兵对谷内进行射击。坚盾公爵领地兵力约五千人，常备一千人驻扎守望堡，其余人员在峡谷北部务农。此处作为王城外的最后一道防线，从未被他国攻破过。

"且不说你上次联系到战锤公爵是一个月以前，想必如今信鸽的惯用飞行路线会被监控得更加严密，无法保证协同行动。你和战锤公爵的手下，有哪些是被控制潜伏在内的，也无从知晓。而且我仔细想过，用战争方式解决当前状况毫无意义。我们无法保证我方战士在战斗中不会被敌人精神控制，更无法保证对方倒下的人员不会被新控制人员不断填补。如今局势，无需舍近求远，直接拿下敌方主帅便可。"

"对啊！陛下从来都不是一个软弱无助的小女孩啊。在如此境况下，她不可能轻轻松松就进入王城。所以说，为何我会以为她出现在此是在寻求帮助？她之所以在这儿，明明是来解决所有问题的啊！"

坚盾公爵肃然起敬，鞠躬道："谨遵圣命。请陛下允许在下随同！"

"嗯。"

坎娜应了一声，大步迈向教堂区。

第四十六章　教堂

　　不灭之城初建时，仅有内城部分。除了王宫，建造的大多是居民房。教堂仅有美丽女神大教堂一座。而后前来投奔威廉王的子民越来越多，内城区根本安置不下，于是开始慢慢扩建外城区。同样，随着人员越来越多，信仰种类也愈发繁杂起来。于是，美丽女神大教堂周围的居民房逐步迁移到外城区，林林总总的各教派教堂便越建越多，逐渐成为如今的教堂区。至于美丽女神大教堂，虽经历了数百年风雨，修缮过多次，但和最初的样貌并无太大分别。

　　坎娜一行人已站在美丽女神大教堂门口。今日的大教堂不同于往日，再无万丈金光相衬，而是氤氲着一片紫黑色。

　　"全是罪恶女神恶心的味道。"坎娜厌恶地说道。

　　安决斯谨慎地提醒："这一路未遇到任何阻拦。想必内城被控守卫都汇集在教堂内了。"

　　"没错。里面散发出的都是熟悉的气息。王室精英禁卫团都在里面了。"坚盾公爵面向教堂，面色凝重地说道。稍后，他下定决心，露出坚忍的表情，转身向坎娜鞠躬道："陛下。请允许在下独自前往,斩杀王室精英禁卫团全员,为您扫清道路。"

"是啊。即便强如坚盾公爵,也很难在留手的状态下击败他们全员呢。但是让你手刃这些朝夕相处的部下,实在是太残酷了。还是交给我吧,我一人进去给这场闹剧画上休止符。"

"万万不可!我决不允许陛下以身犯险!我……"坚盾公爵激动地大声说道。

当然没有那么简单,可还有什么办法呢?

这并不是一场堂堂正正的战争。

其一,双方战士都是自己人。这是一场阴谋下的自相残杀。任何人的死亡都是敌人的胜利。死亡人数越多,敌人胜利得越辉煌。

其二,坚盾公爵虽为当世战士第一人,却不完全专注于技巧方向,火力全开状态下出手,敌人非死即残。而一人独自面对整个王室精英禁卫团,留手等于自杀。无论如何,都是个非你死便我亡的结局。

其三,此精神控制能力虽然极其强大,但必然受到数量限制,否则大可控制全军进行全国戒严。但问题就在这个数量上限上。教堂内的战士每被击倒一人,教堂外便会多一个敌人填补空缺赶来援助。同样,在教堂外击倒的敌人也会快速被后续援兵、预备役和民兵补充。在解决掉弗朗西斯前,敌人的总数是不会减少的。若仅让爱德华和安决斯两人死守教堂外,面对源源不绝的敌军,过于勉强。必须让坚盾公爵也留在这里,才有守住的把握。而且三人驻守在此,也更容易通过战士间的配合,做到让敌军只伤不死。

这种种复杂的细节考量,坎娜早已想得通透,却没有时间一一细说,更无法在短时间内说服对方。于是她抬起左手打断了神情激动的坚盾公爵，徐徐转身望向外城方向。此地海拔很高，整个外城以及外城之外的大好河山尽收眼底。坎娜眼中绽放出光芒，威严地说道："坚盾公爵，你愿意相信，你的王吗？"

坚盾公爵眼睛圆瞪，幡然醒悟，单膝跪地说道："在下在此敬候陛下得胜归来！"

坎娜姗姗向教堂走去，留下一句话："王室精英禁卫团会集结在教堂之内，说明敌人已知来犯。想必此时外城所有卫兵正往内城赶来。你们三人配合一下，尽量只伤不杀。在我结束一切之前，不许他人进来，也不许他人出去。"

"遵命！"三人异口同声道。

坎娜推开教堂之门步入其内，反身将门轻轻关上，消失在众人视线内。

一长二少背门而立，他们的身影如此伟岸，犹如梅蕾蝶斯王国的尊严。

第四十七章　愤怒

坎娜独自进入教堂，发现大厅的座椅都被拆除了，黑压压站满了王室精英禁卫团成员。他们的眼神中缠绕着一缕紫气，目光呆滞，齐刷刷望向坎娜。整个大厅顿时被杀气笼罩。

"还真是严阵以待呢。但是弗朗西斯不在大厅，他这是不敢见我吗……"

突然，坎娜的思绪戛然而止。一幅场景映入眼帘，只见大厅最靠内侧的美丽女神雕像被推倒在一旁，断肢残骸不堪入目。在原有位置立起的是罪恶女神雕像。

从出生起，坎娜似乎从未真正生气过。即便是和骷髅王般邪恶的强敌战斗时，坎娜也只是愉快地享受着战斗过程。即便是茱莉亚惨死，坎娜也只是充满希望地认为丰收之神指引她去了更美好的地方。是的，作为世间一切美好的代表，坎娜从未有过很负面的情绪。

但是此情此景，若一星星之火坠入坎娜的胸口，燃烧起了燎原之势。

坎娜，第一次，愤怒了！

"都给我倒在这里吧！"

坎娜一跃而起，在空中吟唱元素系六阶魔法【附魔术·雷电武器】。

在面对的敌人越来越强后，那套四阶的附魔元素武器魔法的效果已然不够看了。于是在魔法师等级提升到50级以后，坎娜研究并强记了一套六阶临时附魔术，能将武器的魔法性暂时提升为3级。分别是【附魔术·烈焰武器】【附魔术·冰霜武器】【附魔术·雷电武器】【附魔术·岩石武器】。那套四阶的附魔术只能在每次命中后，附加对应的额外元素伤害，但是这套六阶的新附魔术除了更高的额外元素伤害，还能附加特殊效果。烈焰武器能点燃敌人的身体，造成持续性的火系伤害。冰霜武器在命中敌人的肢体时，能在短时间内降低敌人的移动、攻击、吟唱速度。雷电武器在接触到敌人的肢体或金属装备时，能将电能传导至其周身，造成片刻的麻痹效果。岩石武器能在阿什莉外侧包裹一层重岩，让武器的性质由轻便利器暂时转变为重型钝器。

法术职业等级达到50级才能获得第一个六阶法术施法次数，之后每5级增加一个。如今魔法师等级为55级的坎娜，每日能使用的六阶魔法仅为两次。此时使用的【附魔术·雷电武器】正是她深思熟虑后，认为最适用于当前状况的武器附魔，因为雷电武器的麻痹效果能让敌人行为停顿，方便坎娜更容易找到合适的角度将其击晕，而不伤及性命。

只见坎娜在敌人最密集处降落，【战争践踏】震翻八人。着地瞬间，她左腿一蹬，向右前方突进的同时双手握剑使出三次【旋风斩】。

右方敌人刚躺下，左方的敌人已逼近至面前。坎娜左手握剑自上而下劈向其肩部。对方挺盾接住，被电得一阵酥麻。坎娜左手发力，压得他跪倒在地。

右前方冲来一人，坎娜抬起右臂，白皙的皮肤伴随着优美的肌肉线条从破烂的锁甲中显露出来。坎娜向左晃身躲过对方的剑刺，右臂前伸，奋力一记勾拳击打在对方腹部。只见那人腹部板甲凹陷，应声而倒。

此时，后方奔来的敌人已赶上突进后的坎娜，伴随前方敌人一拥而上。坎娜将剑扔至右手，接住前方武器的劈击，腹部扭转避开对要害部位进行的刺击，仅在腰间留下几道血痕。皮外伤，小事。

与此同时，坎娜的左手握住了之前被压倒在面前的战士的盾牌，一脚将那名战士踹飞，并将盾牌套在自己的手臂上，转身对身后就是一记猛烈盾击。后方的敌人如排列好的骨牌般倒了三四排。

坎娜趁机跑到倒下战士的身上。因为她注意到，被精神控制的战士们仅依靠本能在战斗。虽然战斗能力并未被削弱，但是他们只被击杀坎娜的指令驱使，没有自己的思维，自然不会在意队友的状况，更无配合可言。而坎娜站立在倒下战士的身上，其他战士继续蜂拥而至。很快，刚被盾击拍倒的多排战士还没来得及起身，便被后来者踩踏在脚下。

面对近身而来的战士，坎娜时而用盾击将其拍翻，时而用剑割伤其腿部，并以膝撞击晕对方，同时鱼跃其上。如此反复，不多时，一座用人身体堆砌起的小丘便出现在坎娜脚下。攀爬小丘降低了敌方拥上来的速度，坎娜处理起来正得心应手，突然身后有几阵阴风刮来。原来，已只身立于高处的坎娜对敌人来说目标明显，视线无阻，所以后排的敌人纷纷掏出弓箭对其射击。坎娜扔掉盾牌，直接躺倒就势滚下小丘，右肋还是中了一箭。坎娜拔出箭矢，继续和面前的敌人战成一团。

体力不断消耗，疲劳感不断累积，之前的伤口也持续失血。如此恶性循环下，坎娜受伤的频率变高了。当用敌人的身体垒出第二个小丘时，坎娜浑身早已鲜血淋淋，连站立都有些艰难。

"巨剑公爵当年就是在这种处境下战至最后的吗？"

坎娜用手臂擦了擦浸满了双眼的血液，视线模糊得厉害。小丘内有只手伸出，抓住了坎娜。坎娜头也没回，反手一个肘击送他入眠。前方几十个敌人摆好架势包围了过来。

左右各有一把剑横扫而来，中间还有一杆长枪直刺胸口。坎娜提腿踢中长枪，脑袋一歪，长枪在脖子旁刺空。同时右手持剑挡住右路攻击，借势向右转身一周，躲开左路攻击并撞开了右方的敌人。

此时又一柄长枪将至。坎娜的身体状况已无法支持她完美闪避，于是偏移身体避开要害，用左肩接住枪头，左手顶着对方突刺的力量将枪拔出，又突然往自己的方向一拉。对方失去平衡倾向坎娜，鼻梁骨被坎娜以额头送了个"热烈欢迎"，痛得满地打滚。

坎娜刚将阿什莉插在一个敌人的腿上致其倒地，多名战士再次对她挥剑而来。来不及将剑拔出招架，坎娜以被割伤背部为代价躲开第一波进攻，抓住两名敌人的手臂往里一合，让对方两人狠狠地撞了个满怀。坎娜依然没有放手，旋转半圈将此二人甩了出去，数名敌人被砸翻在地。

坎娜张开双臂仰天咆哮，浴血之躯如拼死之困兽，双眼渗出红光。如此凶煞姿态，加之周边无数倒地不起的敌人，此情此景，竟吓得数名敌人士气崩溃，抛下武器四处逃窜。

坎娜拔出阿什莉，主动向剩余的敌人走去。对方皆吓得不断后退。

"雷电附魔已经消失了吗？完全没注意啊，已经战斗了这么久吗？还有几个敌人来着？看不清啊。不用在意这些，只有躺下的敌人，才是好的敌人。"

坎娜不愿再和不断退后的敌人耗着，提起力气冲至人群之中，被血浸得殷红的阿什莉舞动得如水飞蓟盛开。当坎娜收剑入鞘时，房间内仅剩她一人站立。

坎娜以58级战士之力独自击溃两百名90级以上的王室精英禁卫团，却未杀一人，事后连坚盾公爵也自叹弗如。不久之后，此役战果消息不胫而走。新一任异沃世界最强战士之威名，响彻整片大陆。

"还有一个。"坎娜调整呼吸，喃喃自语道。

第四十八章　决战

教堂的内厅是个有252平方米的神谕间。在一些特殊日子里，来自国内各地的高阶祭司会集聚在此房间，倾听美丽女神的神谕。坎娜虽然很少来这里，但依然记得这内厅曾是个金光笼罩的明媚圣所。如今这里却被紫色与黑色的阴霾侵占，这阴暗的紫黑色尽头，内厅深处的高台上，站着那个人。

弗朗西斯恭敬地深鞠一躬："公主殿下。"

坎娜没有回礼，冷冷地瞪着他，吐出一句："为什么？"

弗朗西斯慢条斯理地说道："服务美丽女神，我的人生便已到头，再无更进一步的可能。我上面是教宗艾丽卡，最初的精灵，永恒的存在。但是投靠罪恶女神则不一样，且不说其教宗已年迈体弱，随时可能入土。根据罪恶女神教义，教派内部可以采取一切手段竞争。我若找到机会将教宗抹杀，非但不会让我主生气，还会极大增加我升职教宗的概率。另外，若是让梅蕾蝶斯这个主要信仰美丽女神的王国转投我主怀抱，我主许诺将赐予我永生。"

坎娜心想："人类这个种族极为有限的寿命，是造物主根据精灵失败经验而赐予的恩典。还真会相信最初神有能力让你永生？好一场春秋大梦。"

弗朗西斯继续说道："不过，您真不愧是美丽女神选中的凡人，不但能逃过黑暗精灵的刺杀，还能活着来到这里……"

"我被黑暗精灵刺杀的事是罪恶女神告诉你的？"

"这种小事，我主才不会关注细节。这本来就是我的计划，我可是亲自去了一趟黑暗深渊，将您的行踪告知了教宗布丽姬特主母。传闻黑暗精灵的刺杀技巧为天下第一，如今看来，不过尔尔。"

"所以茱莉亚的惨死，是拜你所赐！"坎娜咬牙切齿地说道。

"茱莉亚？……哦哦，是与你一同旅行的牧师小姑娘。在下和您说过多次，探险总是会死人的。您一直左耳进右耳出不是？目标本只有您一人，其他皆为附加伤害。本来把您送去美丽女神身边，以祂对您的宠爱，必定将您升为天使常伴左右，也算一桩美事。可您为何就是硬撑着不肯去死呢……"

弗朗西斯依然在娓娓道来，可坎娜却不愿再多听半句。只见她低着头，若失神游离般踱步向前，拔出阿什莉，单手握着在地上拖行。

她喃喃自语道："我曾……"

"……视你如父！"

突然，坎娜从弗朗西斯的视线里消失了。

弗朗西斯猛然抬头，只见坎娜双手握剑，从空中向他劈来。阿什莉上燃烧着的熊熊烈焰，犹如愤怒本身。

弗朗西斯躲闪不及，被阿什莉从中间一分为二。但在倒地的瞬间，他的尸体消失，而毫发无损的身影出现在了房间另一头。

"这是神术效果，还是装备效果？"

坎娜无法确定该状况具体的触发条件和结果，如今的战斗环境以及自己的身体状况也由不得她停下来慢慢思考对策。她直接冲锋而上，向下劈砍的阿什莉和弗朗西斯挥舞而来的权杖触碰在一起。

当!

阿什莉竟然被弹开了!

强烈的震击使得坎娜后退数步才勉强站稳。她的双手被震得一阵酥麻，差点没有握住剑。权杖上显然使用了六阶神术【祈福武器·冲击】。

正当坎娜调整状态之时，弗朗西斯对其施放了罪恶女神特殊神术——十阶的【原罪】。

一时间，无数混乱的思绪扑面而来。

"我的剑技是天下无敌的! 没有人是我的对手!"

"不! 这世界天外有天，人外有人!"

"可恶，凭什么其他人可以自由自在地旅行探险，我却被捆绑在各种复杂烦琐的事情上? 不公平!"

"不! 这是我的责任和义务!"

"弗朗西斯这个混蛋，竟然背叛杰西卡!"

"不! 这是……"

"弗朗西斯这个混蛋，竟然背叛杰西卡!"

"不! ……"

"弗朗西斯这个混蛋，竟然背叛杰西卡!"

坎娜瞬间摒除了诸多其他负面情绪，却在片刻间陷入暴怒（wrath）之中。而此时，弗朗西斯已走到坎娜身边，带着祈福武器效果的权杖全力挥打在坎娜腹部。坎娜被击飞而起，狠狠撞在大厅的立柱上，又从3米高处坠落而下，跌倒在地。

双脚跪地，坎娜勉强用双臂支撑起身体。"唔呃……"她如反胃般吐出了无数鲜血，同时又被自己的鲜血呛住，剧烈地咳嗽起来。

而弗朗西斯再次走到了坎娜身前，带着祈福武器效果的权杖向坎娜后脑砸去。

说时迟那时快，坎娜以跪地之姿起势，身体与地面平行着旋转一周，剑光一闪。弗朗西斯的头颅便滚落在地。

可是，对方的尸体在倒下的瞬间，再次消失不见。毫发无损的身影又出现在了房间另一头。

见鬼！

在弗朗西斯第一次重生后，坎娜便极力专注于弗朗西斯身边的法力波动。可以确定的是，这之后弗朗西斯只施放了四次神术。一次【祈福武器·冲击】震开了阿什莉，一次未知神术混乱了坎娜的大脑，第二次【祈福武器·冲击】击飞了坎娜，第三次【祈福武器·冲击】想要终结倒地不起的坎娜。这次重生，绝没有另外施放其他神术！

那么只剩下两种可能：其一，该神术的效果并非一次性的；其二，这是他携带的装备产生的效果。

如果这是非一次性效果的神术，那拥有两种可能：其一，有次数限制，无明显的时间限制；其二，无次数限制，但在效果持续时间内，会有最短生效时间间隔。绝无第三种可能，否则该神术的威力便超越了十阶。

如果这是装备效果，那便和神术效果的第一种可能类似，且达到重生次数上限，装备便会毁坏。即便该装备非凡人附魔，是神祇所赐予的神器，重生次数也会极为有限，因为物质能承载的神力是有上限的。

既然知道了方向，具体是何种情况，一试便知。

与此同时，弗朗西斯也深感意外。

"竟然这么快便从神术【原罪】中清醒过来，美丽女神当初说的原来是这个意思！"

要想明白这个神术有多么强大，需要了解人类这个物种的起源。

AZ创造了异沃世界，并在第一纪元A999年[1]创造了异沃世界第一任主人：精灵，世界自此进入精灵纪元。之后，AZ创造了诸神，协助自己管理这个世界。诸神和精灵一起生活了数千年，于E5000年离开大陆，随AZ去往天堂居住。

在时间长河中，AZ发现精灵这个种族有严重缺陷。他们因为无尽的寿命，在漫长的岁月中渐渐失去了对世界的好奇，变得无欲无求，如同行尸走肉。他们不思进取，甚至不像是真正地活着。就连那些毫无智慧却要为生存拼死搏斗的低级野兽，也比他们更能让AZ欢欣鼓舞。

对精灵不满的可不仅仅是AZ。精灵没有快乐，没有痛苦，没有希望，没有死亡，没有罪恶。而代表这五种存在的五位最初神更是在精灵族群中找不到一个信徒。万物在生长过程中，能缓慢地吸收少量宇宙能量。当凡间智慧生物信仰神祇时，他们体内的宇宙能量中，一小部分会以信仰之力的方式供养神祇，使神祇变得更为强大。当

---

[1] A代表创世纪元。

时的智慧物种非常稀少，再加上普通智慧物种提供信仰之力的效率远不及作为世界主人的精灵。这五位最初神在漫长的精灵纪元内，虚弱得快要感觉不到自己的存在。

罪恶女神米娜对精灵恨得刻骨铭心，一直怂恿造物主再创新的世界主人物种。AZ长期以来都无视了米娜的建议。但随着AZ对精灵失望程度的加剧，于E24667年，AZ终于被米娜说动，创造了新的世界主人：人类。这是一个拥有快乐、痛苦、希望、死亡和罪恶的种族。在人类被创造之时，快乐女神、痛苦女神、希望之神、死亡女神并未对此物种抱有期待，仅按造物主要求履行义务。但是罪恶女神却将自己的一切都押注在人类身上，祂使用自己能调动的全部力量在人类这个种族身上深深地刻下了七宗罪：傲慢、嫉妒、暴怒、懒惰、贪婪、暴食、色欲。而这个充满罪恶的种族诞生后，持续影响并永久改变了异沃世界中原有的一切，甚至许多本无罪恶的种族中，都有部分成员感染了罪恶。个中故事暂不详述。

罪恶女神特殊十阶神术【原罪】，能无限放大生物本源中的七宗罪，让其被罪恶情结造就的深渊吞噬，无法自拔，任人鱼肉。即便目标生物本源中并无罪恶，也能以无中生有的方式诞生罪恶思绪，长时间扰乱其心神。

作为魂尔的坎娜，带有一半的人类血统，却能很快从【原罪】神术滋生的罪恶中清醒过来。可见并非魂尔这个种族没有原罪，而只是坎娜个人没有原罪罢了。也许这就是为何美丽女神曾言：我第一眼看到坎娜，便知她代表了这世间的一切美好。

若非美丽女神神像被亵渎，以及弗朗西斯的背叛点燃了坎娜的愤怒情绪，"暴怒"这项原罪根本无法影响坎娜。

第四十八章　决战

坎娜奔至弗朗西斯身前，一剑横出，对其腰部挥斩而去。剑却从其身体穿过，未击中任何实体。这是牧师五阶神术【圣域术】，10秒内，圣域内外的单位无法相互造成任何影响。坎娜后撤多步，拉开反应距离，等待圣域效果消失。

弗朗西斯借机施放了三个神术：八阶的【不死之誓】、十阶的【圣印术·震慑】、七阶的【圣炎】。【不死之誓】能使自身在生命受到威胁时大幅提升物理、魔法抗性，在生命垂危时效果翻倍。【圣印术·震慑】能在指定范围的地面烙下一个隐形的圣印纹章，在敌人进入圣印范围内自动触发，造成震慑效果。【圣炎】能召唤三道神圣火焰攻击指定范围，对击中的目标造成神圣伤害。

弗朗西斯在圣域中吟唱之时，坎娜的大脑飞速运转。

"在第一次死亡后，他使用精神异常类神术拖延了我的进攻时间。第二次死亡后，他又施放了圣域术保护自己。我的猜测是正确的，他的复活能力有间隔时间！接下来的两次击杀，必须接踵而至，中间不能再被他设法拖延。"

前两个神术并未让坎娜感知到攻击型法力波动出现，坎娜推断其为增益状态类神术。【圣炎】吟唱完毕时，坎娜猛然感觉自身上空有多股强大能量袭来，立刻向一旁翻滚，可还是被第一道圣炎击中。顿时，她感到全身剧痛，身上多处还弥漫着紫色火焰，连明明无法燃烧的锁甲上也不能幸免。这持续的火焰并未灼烧坎娜的皮肤，而是由外而内地破坏着坎娜的身体，带来刻骨的痛楚。坎娜条件反射般向火焰拍打过去，毫无作用。

"果然不是火焰呢，只是火焰形状的神力啊！该神术燃起的'火焰'在神力耗尽后便会自行熄灭吧！"

在施放出圣炎时，弗朗西斯周围的圣域效果已然消失。他不带间隙地继续吟唱九阶神术【祈福武器·致命】。该神术能使牧师的主武器附上祈福之力，下次武器攻击若命中，必定重击目标并有概率直接致死；若打空，则效果消失。

而口中不断溢出鲜血的坎娜正向其奔来。

身体动起的瞬间，坎娜想到几个问题。

"他的左手掌贴向右手的权杖，吟唱的应该是祈福武器类神术。我当下的身体状况，即便是六阶的【祈福武器·冲击】应该也无法再次扛住了，要小心应对才行。不对！他明知道我能在他这次神术吟唱完毕前便可到达其身边发动斩击，为何还敢如此明目张胆地吟唱？他的脚下一定有圣印！"

坎娜猛然急停，因为惯性，上半身往前倾出。坎娜借势将阿什莉掷出，宝石剑径直飞向敌人，一瞬间便扎进弗朗西斯胸口。但因为【不死之誓】的作用，阿什莉未能刺穿弗朗西斯的胸膛。不是致命伤！

坎娜高高跳起，右脚在插入敌人胸口的阿什莉上轻轻一点，身体飘然从弗朗西斯左肩越过。着地前，她用左臂锁住他的脖子，反身右手抓住他的脸，就那么一拧。

脖子被拧断的弗朗西斯若断线风筝般向后倒去。坎娜用手在其脖子处借力，翻身而上，握着阿什莉的剑柄，出脚往其胸口一踏，安然无恙地在圣印范围外着地。此时，她身上的圣炎也已熄灭，状态正佳。坎娜未作停顿，径直向左侧不远处重新出现的弗朗西斯冲锋而去。

弗朗西斯口中念念有词，眼看【圣域术】即将施放出来。与此同时，奔至他面前的坎娜右肩已撞在弗朗西斯胸口。两人同时飞出圣域范围，滚倒在地。

弗朗西斯连滚带爬地向圣域范围奔去，却在到达前一秒被坎娜抓住了脚踝。趴在地上的坎娜用力一扯，弗朗西斯俯面着地，并因为惯性往远离圣域的方向滑行1.5米。弗朗西斯还来不及支撑起身，阿什莉便从背后插入了他的心脏。

坎娜拔出阿什莉，拖着摇摇欲坠的身体缓慢转身，准备去教堂门口看看那三人的情况。突然，她立在原地，睁大了眼睛。

毫发无伤的弗朗西斯正站在她前方不远处。

第四十九章　最后的冲锋

坎娜的身体早已不支，而弗朗西斯依然毫发无伤。

这不是重点。

重点是，他为什么还活着？

弗朗西斯正在吟唱神术。坎娜并未急着奔向敌人，而是仔细环视了教堂一周。

"所有的可能性都被排除了。他不是被神术或装备复活的。"

坎娜如此思索着，突然眼神定住，继而站直身体，闭眼呼出一口气，露出了灿烂的笑容："抓到你了！"

坎娜没有搭理用神术给自己施加增益状态的弗朗西斯，而是向他右边走去。在与弗朗西斯擦肩而过时，他抢着带有祈福武器的权杖向坎娜头部砸来。

坎娜却并未转身招架，而是猛然发力，向前方空无一物处奔去。奔跑使坎娜躲开了后方的攻击，到达大厅墙边时，她借势劈出一剑。

当！

半空中凭空出现一只手，手上握住的权杖挡住了坎娜的挥砍。

"隐身斗篷不错啊，弗朗西斯。"

弗朗西斯从斗篷内走出，说道："竟然被你识破了。"

在坎娜不带停歇地连杀弗朗西斯两次，对方却仍然毫发无损后，坎娜立刻明白自己被误导了。仔细观察整个大厅的细节后，她很快便发现端倪。原来，经过刚才连续的攻防战，重伤的坎娜鲜血已洒得遍地都是，而其中部分血迹有被踩踏的痕迹。被踩踏的地方，有几处既不是坎娜所为，亦不是和自己交战的弗朗西斯所为。房间内显然还有自己看不见的敌人存在。坎娜便是根据这些细枝末节，锁定了隐身状态下弗朗西斯所在的位置。

坎娜对法力波动极为敏锐，周围的生物绝无可能瞒着她偷偷施放法术。但是在她全身心专注于其他目标时，就未必了。

在坎娜进入这个大厅前，弗朗西斯便使用了罪恶女神特殊十阶神术【虚假的真相】。该神术能制造出一个使用者的分身，和自身毫无差别。在神术持续时间内，分身死亡时，施法者无需吟唱便可轻易凝聚神力再制造出一个新的分身。弗朗西斯总会选择坎娜和分身战斗焦灼时，提前凝聚好再创分身的神力，此时坎娜根本无法注意到不可见位置处的法力波动。待分身被消灭，弗朗西斯便立刻释放出神力，再造一个分身，造成不断复活的假象。以近乎无限的分身不断消耗坎娜的生命力，可谓是稳操胜券的战术。虽然分身使用神术也会消耗自身当日的施法次数，不能说对自身的战斗力毫无损耗，但面对已被消磨得摇摇欲坠的坎娜，不得不赞叹该战术效果之显著。

坎娜没和他废话，快速收剑再出，朝他拦腰砍去，却被一道金光弹开。原来，分身对弗朗西斯施放了四阶神术【信念之盾】。

"你该不会以为找到我的真身就赢了吧？这才是该神术正常的

战斗方法哦。"弗朗西斯轻蔑地冷笑道。

"所以说，我要用这处于濒危状态的躯体，顶住一个高阶祭司的辅助，和另一个高阶祭司战斗是吗？而负责辅助的这位还是无限复活的。这个挑战的难度，有点高啊！"

后方的分身挥杖向坎娜劈来。没有选择神术攻击，想必是为了节省高阶神术使用次数，将之用于更关键的时刻。

"若进入消耗战节奏，我必败无疑。必须速战速决！"

坎娜一面招架着分身的进攻，一面伺机攻击笼罩着弗朗西斯的信念之盾。护盾被击破时，弗朗西斯已吟唱完成两个九阶神术：【缄默吟唱】【祈福武器·致命】。

两把权杖同时向坎娜劈来，封住了一切退路。坎娜抬起左肘，用上臂和前臂同时接住分身向下的杖击，同时俯身躲过弗朗西斯横扫而来的杖击。右手顺势斜向上挥出一剑，切开了弗朗西斯的喉咙。

正常情况下和施法者单挑，只要切开喉咙基本锁定胜局，因为喉咙受损便无法吟唱法术。但此时弗朗西斯已施放过神术【缄默吟唱】，该神术能让施法者选择是否在心中默念接下来的几个神术。若默念，不但能急速施放，还无需发声。

只见弗朗西斯将左手移动到喉咙前方，该处切口便快速愈合。坎娜立刻放弃了继续进攻，灵巧地躲开分身的攻击，并向后跳出数步，和敌人拉开距离。

短暂的交手已让坎娜清楚地认识到，弗朗西斯真身的战技实力远高于分身，很难像对付分身那般轻松地一击致命，更何况还要同时处理对方的双重攻击。刚才硬接权杖的左臂虽然没有骨折，但受到的打击导致左臂不住颤抖，如今想使用双手全力挥砍都很难做到了。切开喉咙都无法阻止本体的快速治愈能力，若分身配合本体一起治疗的话，造成更重的伤也同样没有意义。

无法一击致命，持续攻击亦无法盖过其治愈能力。自身身体已到极限。

"真是绝境啊！"

见到坎娜拉开距离，弗朗西斯没有选择盲目追击，而是和分身同时对坎娜吟唱起攻击性神术。

"胜负就在这一轮了。"

坎娜抖擞精神，双腿发力，心无旁骛地向敌人冲去。

第五十章　旅途的终点

弗朗西斯和分身同时吟唱，两个神术即将吟唱完毕。

坎娜冲锋而至，一拳砸中分身喉咙。这一拳包含了高速带来的撞击力，将对方击翻在地。一时间，分身无法发出声音，同时挣扎着想要爬起。

与此同时，坎娜一脚踹向弗朗西斯的右膝。身体失去平衡似要向后栽倒，弗朗西斯的右脚条件反射地后撤一步站稳。但这个分神却打断了他的施法，同时身上被坎娜用剑轻轻划了两下。

是的，这两剑非常轻，想必是因为坎娜急奔而至，为打断施法祭出一拳一脚，无法及时调整身形大力挥砍，只能就势划了两剑。这种轻伤未能对弗朗西斯造成影响，他用右手挥起权杖准备应对，却突然感到左肩被推了一下。

原来，坎娜在以右手轻轻划出两剑的瞬间，将剑抛至左手，同时用右掌猛推弗朗西斯的左肩。弗朗西斯再次失衡，将左脚后撤一步站稳的瞬间，身上又被坎娜用左手握剑轻轻划了两下。

不明所以的弗朗西斯在左脚后撤的瞬间已专注精神，口中念念有词，不知在吟唱着什么。可一个单词还未念完，脸部便被坎娜的左拳狠狠击中。

为何这么快？因为坎娜在左手划出两剑之后，立刻松手握拳向弗朗西斯的脸部砸去。在他眼冒金星之时，坎娜伸出右手接住自由落体的剑，轻轻又划了三下。

奇怪的是，坎娜并未借着这个态势继续进攻，而是站在原地，收剑入鞘了。

再次站稳的弗朗西斯正准备借助【缄默吟唱】的效果，迅速默念神术，突然身上被划过的所有细长伤口全部爆裂。喷涌而出的鲜血绽放出一朵艳丽的花儿。只一瞬间，弗朗西斯连瞬发的神术都施展不出，便流血至尽而亡。分身也随即消失。

坎娜这招不断让敌人失衡，同时以极速出剑切割敌人肢体，最终使敌人被割裂的多处大血管同时爆裂的惊天剑技，被后世称为"鲜血玫瑰"，记录在人类诸国各类文献当中。

战斗结束。

坎娜蹒跚着向外走去，可步伐愈发艰难。不多时，便是维持站立也难以达成。坎娜将阿什莉拔出并插入地面，双手撑在剑格处稳定踉跄的身体，猛地吐出几口血。额头淌下的鲜血顺着脸颊滴落，被染红的湿漉漉的头发盖住了整张脸。

"原来是这样啊！"

坎娜的嘴角慢慢扬起微笑，呼吸逐渐平缓、微弱。

"因为强烈的战意，掩盖了身体的真实状况吗？应该是在与弗朗西斯对决之前吧，我的身体便已经死了啊……对不起，安决斯；对不起，爱德华……"

随着最后一口气呼出，坎娜缓缓地闭上了眼睛。

不知从何处拂来一阵微风，坎娜的遗体化为灰烬，飘散而去。只剩阿什莉孤单地矗立在剑鞘旁边。

与此同时，坎娜的灵魂飞升而起，穿过教堂穹顶，越飞越高。不多时，整个不灭之城尽收眼底。城池雕刻于日光中，那些熟悉的房屋、庭院、街道在眼底编织成一幅画卷。这是她从小生长的地方，她清楚地记得每条街道和小巷的名字，能精准地找到每一家店铺并喊出店主的姓氏，甚至每一处下水道口的位置，以及它们在地下联通的方式都一清二楚。

星云河从城内流淌而出，贯穿峻米丘陵，波光粼粼的水面蜿蜒着去往目力不能及的远方。城外的土地被无尽的作物覆盖。零散的小村庄点缀在漫山遍野的金黄色中。

"真是个美丽的地方啊！"坎娜恋恋不舍地在心中默念。

几只知更鸟从远处飞来，绕着坎娜的灵魂飞行了三圈后疾驰而去。很快，她置身云朵中，周围雾蒙蒙一片。她还来不及抚摸这些云朵，便已穿越至其之上。温暖的阳光笼罩着坎娜的灵魂，仿佛在她身上镀了一层圣光。

坎娜眨了一下眼睛，突然发现自己置身在了一座宏伟而缥缈的宫殿当中。

宫殿中的一切似乎都是由白色的石头所铸。这些石头洁白无瑕，却浸染于神圣的金光当中。周围的石墙和石柱向上延伸着，似乎看不见尽头。从墙壁的窗口向外望去，一片广袤的花园映入眼帘，五彩缤纷的花朵全部生长在云朵之上。

宫殿大厅的前方有一排阶梯，阶梯尽头的高台上，摆放着一尊光彩夺目的神座。

端坐在神座上的正是那一位。

"杰西卡!"

坎娜开心地向神座飞奔而去,扑进主的怀中。

杰西卡温柔地抚摸着坎娜的秀发,说道:"我的孩子,你真是淘气呢。"

"哎嘿嘿嘿……"坎娜开心地用脑袋在美丽女神怀中磨蹭着,像个撒欢的孩子。

杰西卡不再言语,只是安静地微笑着俯视坎娜。

许久,坎娜抬头笑道:"杰西卡,你的神殿好美啊!"

杰西卡摇了摇头:"这些俗物之美,不及你的万分之一,坎娜。"

"哪有……"坎娜将头深埋进杰西卡怀中,似乎思考了很久,继而轻声说道,"杰西卡,我能永远待在你身边吗?"

杰西卡眼中洋溢着不舍:"我的孩子。虽然我很想自私地将你留在身边,但你在凡间的使命还没有结束。"

言毕,杰西卡偷偷抹去眼角的泪珠,高高抬起右手,无法言喻的强大神力在掌心汇聚。祂施放了一个违背造物主规则、无法判断等阶的神术【世界主人肉体重铸】。

当光芒消散,美丽女神将右臂置于神座扶手上,勉强支撑着筋疲力尽的身体,左手轻轻将坎娜一推,说道:"回去吧。"

坎娜在战死处重生,如梦初醒般睁开眼睛,而后又虚弱地闭上,晕倒在地。

第五十一章　醒来

　　再次醒来时，坎娜发现自己躺在卧室的床上，周身被绷带缠绕得如木乃伊一般。安决斯和爱德华守在她的床边。

　　安决斯立刻发现坎娜已经苏醒，欣喜地靠近："坎娜，你醒了！感觉怎么样？身体有哪里还痛吗？"

　　坎娜仔细地感受了一下全身的状况，说道："都不怎么痛，想必是无碍了。"

　　爱德华心底的石头落了地，放松下来，开始声情并茂地打趣道："坎娜，你是不知道，那天我们在教堂外战斗结束，敌人全部倒下了，但因为你下了命令，不许其他人进去，我们一时不知如何是好，然后安决斯就突然一个人冲进教堂，没过多久便用斗篷裹着你出来了。至于安决斯在教堂里对你做了什么，我是不知道。我知道的是，你狼狈不堪的样子肯定被安决斯全看到了。你说，要不要狠狠揍他一顿……"

　　一只缠满绷带的右脚蹬出，将爱德华踹飞到卧室的墙上。

　　坎娜没搭理爱德华，扯起被子挡着缠满绷带的身体，背靠着枕头坐起，开始向安决斯询问起教堂外的战斗以及自己昏迷期间的事情。

原来，安决斯、爱德华及坚盾公爵在教堂门外进行了一场艰难程度超乎想象的战斗。他们一直在百余人的包围下作战，避免击杀敌人这条准则进一步增加了难度。每当他们将大量敌军打得失去意识，战况即将好转时，又会有新的敌人赶来，络绎不绝。三人在不间断的消耗战中，感官都出现了麻木，不但持械之手失去知觉，甚至不知时间流淌了多久。直至某个时刻，所有敌人骤然同时晕倒，三人还面面相觑了好一会儿。随后，坚盾公爵说了句："吾王胜利了！"

　　三人在教堂门外列队准备迎接坎娜凯旋，却迟迟未见她的身影。于是安决斯不顾一切违抗坎娜之前的命令，只身冲进了教堂。安决斯在教堂内厅看见了倒在血泊中的弗朗西斯，以及不远处趴在地上的坎娜。而坎娜的衣物及护甲皆呈碎片状散落在周围，只有立在地上的阿什莉及倒在一旁的剑鞘完好无损。

　　安决斯立刻奔至坎娜身边，发现坎娜身体上的许多伤口正涓涓淌血。大多数伤口处于半愈合状态，看着像是被神术治疗过，却又未完全治愈。安决斯立马吟唱了几个治疗神术，毫无效果，便用手指探了一下坎娜的颈动脉，发现脉搏正常，又探了一下鼻息，略显微弱。于是他扯下斗篷，裹着坎娜便跑出教堂。在坚盾公爵一路护送下，安决斯将坎娜带去王宫，爱德华则去喊医生。在多位宫廷御医的悉心缝合和包扎下，勉强将坎娜伤口的流血止住。好在她的一切体征都正常，未被发现有生命危险。但是坎娜迟迟没有醒来，如此过了二十七日，直至今天。

　　"布满伤痕的身体，一定很丑吧。"听到安决斯的叙述，坎娜略带赧色，低头将脸别向另一边，轻声说道。

　　"不是的！"安决斯从床边的椅子上跳起来，神情激动地说道，

"你是我见过最美的女孩，你的伤痕也是我见过最美的伤痕！"

话音刚落，两人四目相对，愣住了。

靠墙而立的爱德华装作什么也没听见，悄悄推开门走出去，四处转告坎娜已醒的好消息去了。

安决斯才反应过来自己的失态，立马转过身，用手捂住红扑扑的脸颊。

坎娜收回目光，略微低着头，露出害羞却有点儿开心的微笑。

之后，安决斯又在坎娜的卧室里待了一段时间，向她讲述昏迷期间发生的一些事情。

由于坎娜迟迟不能醒来，急坏了宫廷总管玛莎·阿尔巴（Martha Alba）女士。这位年迈的女士曾是王宫中资格最老的女仆，她服侍过坎娜的曾祖父路易三世（Louis III）国王，甚至敢在詹姆斯国王不顾身体熬夜看书时对其指手画脚。兰瑟丽尔王后生产时，坐在床边紧握住她的手，给她擦汗，大声喊着"来，呼吸！用力，对！用力！"的也是这位。她对自己及周围所有人都极为严厉，不仅王宫中的佣人和侍卫，甚至不少王室成员都很怕她。她做事从不会出现纰漏，不论是组织大型宴会的幕后工作，还是安排王宫的日常打理，她都管理得完美无瑕，因此也获得了所有人的尊重。但她从未对坎娜发过脾气，哪怕坎娜浑身青一块紫一块、衣服破破烂烂或是全身沾满下水道泥污，臭烘烘地跑回王宫。可能是坎娜很小便成了孤儿的缘故吧，她总是宠着坎娜。在坎娜的印象里，她甚至没对自己皱过眉头，一次都没有。

阿尔巴女士调集了十几位行事谨慎稳妥的女仆，对坎娜进行二十四小时轮流看护照料，并亲自去和御厨们激烈讨论流食食谱。看到不满意的食谱方案，她便将主厨骂得狗血喷头。最后定下的食谱有：加入蜂蜜的鲜牛奶，混合了搅烂的煮熟南瓜的小麦糊，用土豆和母鸡熬制的浓汤，用芜菁和西芹榨取的菜汁，等等。得亏她的妥善安排，如今的坎娜虽然依旧面容憔悴、皮肤无光、肌肉松弛，却不像经历过长期昏迷的人那般形容枯槁、骨瘦如柴。

　　教堂之战中被击伤的禁卫军战士们都受到及时医治，无一人死亡。王室精英禁卫团全员士气低下，因对公主拔剑相向而深感愧疚。他们伤愈后，被坚盾公爵以"严厉处罚"为由，每日进行着地狱式训练，现在还未结束。为防止别有用心的人将其复活，弗朗西斯的遗体已被火化，骨灰撒在了峻米丘陵西北角的无名者乱葬岗。

　　在坎娜归来之前，坚盾公爵只联系上战锤公爵，未联系上长枪公爵。原来长枪公爵总能躲过精神控制，于是大量受精神控制的部下退而求其次，对其进行全日制监视，使他近乎处于软禁状态。被给予如此高规格的待遇，可能是因为他手中握有大量军队，却又不像战锤公爵那样具有守卫国门的使命，行动极为自由。他很快便意识到王城出了变故，之后花了很大力气才找准时机溜了出来，并召集到确认忠诚、没有卧底的数千人队伍。当坎娜结束教堂之战时，他的军队已靠近胜利峡谷。守望堡斥候发现该状况，立刻用信鸽报信给身在王城的坚盾公爵。坚盾公爵亲自策马去会见他，将事情前因后果讲述清楚。他让军队在峡谷以北扎营，只身随坚盾公爵进城确认坎娜的状况。坎娜昏迷未醒，但毕竟性命无碍；虽有不安，他还是率军回断流城（Riverendville）了。

　　收到坚盾公爵信件的战锤公爵独自回了一趟王城，探望了昏迷的坎娜。听说坚盾公爵竟然允许坎娜等寥寥数人便发起战争，更是一拳捶在坚盾公爵脸上。之后，两人的争吵愈演愈烈，甚至大打出手。战锤公爵没打赢坚盾公爵，丢下一句"若再让吾王陷入险境，一定弄死你"，悻悻地回天鹅城了。

丹妮丝也来探望过坎娜，还带来了艾丽卡教宗的一封委任状，任命安决斯为梅蕾蝶斯王国地区美丽女神枢机主教。在坎娜房内守了几天不见她醒来，丹妮丝只好先回精灵国度，向艾丽卡教宗汇报情况去了。

之后，安决斯和坎娜的聊天被敲门声打断。听闻坎娜苏醒，王宫中迎来了一批又一批的探望者。包括王城内的贵族、宗教高阶祭司、平民代表等等。坎娜身体虚弱，不便见客，接待工作便由安决斯代劳。

待坎娜彻底康复后，需要面对一个事关政局的尴尬问题。

本来，按照王国律法，储君需要成年方可亲政。在此之前，需要王国美丽女神枢机主教摄政。但刚继任的安决斯虽已成年，却也才十七岁而已，毫无政治经验。而且教派叛乱后的重建工作异常繁重，安决斯已然焦头烂额。于是，坎娜询问三位公爵是否愿意暂任摄政，直至自己成年。坚盾公爵表示自己乃一介莽夫，只是个挂着公爵头衔的保镖，对政治一窍不通，断然拒绝。战锤公爵表示自己肩负王国防御重任，无暇分身，爱莫能助。长枪公爵表示自己年老体弱，已卧病在床，请另请高明。

无奈，坎娜只能在安决斯挂职摄政的情况下提前亲政，每天周旋于农务大臣、外交大臣、财政大臣、法务大臣等一众官僚之间。好在王国三位公爵无一贪恋权势者，其他贵族更不敢造次；国家地理环境优越，少有灾难发生，民众生活相对富足，所以政治环境并不算复杂。坎娜处理得也还算得心应手。

次年2月，王国举办春季比武大会。该大会是战士王国历来的传

第五十一章 醒来

统，每年一届，地址是王城外往北5.2千米的绿萍镇（Azollaet）旁。年龄在十六至二十周岁范围内的贵族青年皆可报名参与。据说早年间也时有年轻精灵赶来参加，但随着精灵新生儿数量愈发稀少，百年来皆未在此大会见到过精灵选手了。

坎娜以自己再过几月便满十六周岁为由，也报名参加。想必是长期地处理政务，她已经快被憋疯。此大会举行的初衷是为军队选拔未来将领，从未有国王或储君参与的先例。但由于坎娜美丽可爱，众贵族、官员总是惯着她，此事很容易便通过了。

但此番比武大会最后成了最耻辱的一届，以至于史官都不知该如何下笔。作为战士王国的光荣传统活动，异常严肃的比武大会，场上挥舞的长剑还没有鲜花多。是的，但凡有选手和坎娜对决，他们皆立刻将武器扔在地上，下跪投降。并且一个个都如魔法师般，捧着不知从何处变出的花束，对坎娜表达爱意，倾诉衷肠。好好一场比武大会，硬是变成了大型求婚现场。

坎娜哪里见过这种场面，一脸诧异，手足无措。身边的鲜花越垒越高，指上的狼戒被亲吻了一遍又一遍，最后硬是一场架都没打成便摘得桂冠。举行颁奖典礼时，坎娜已被头上的花环、脖子上的花圈、手上的花束簇拥得如同植株。

至此，坎娜又多了一个头衔：梅蕾蝶斯冠军。每当听到这个称谓，都会让她极度不适。

比武结束后，坎娜走到气得瑟瑟发抖的坚盾公爵身边，眼神游离地说道："这个国家迟早要完。"

坚盾公爵以手捂面，不知如何作答。

第五十二章　加冕

H2032年, 6月28日。这是一个梅蕾蝶斯王国举国欢庆的日子。因为大家所爱戴的坎娜公主已满十六周岁, 成年了。

整个王城张灯结彩, 民众在街头欢呼雀跃。

上午九时, 坎娜乘坐敞篷马车在不灭之城内环行。

车上的坎娜一改往日的精灵发型, 使用了极为正式的人类发型。所有的细小发辫悉数解开, 满头金发都庄严地盘于脑后。她穿着白色裙装礼服, 胸前用银线绣着两把交叉的宝剑图案; 脖颈间戴了条白金项链, 吊坠上爪镶着名为"威格之星"的硕大蓝宝石; 耳环亦是白金所制, 笼镶着产自无尽之海的银珍珠。

马车由橡木打造而成, 通体涂着海蓝色油漆, 镶嵌了许多由白金雕琢的花纹, 并装饰有各种璀璨宝石。边缘处也全部由白金包裹, 银光闪闪。前方由六匹洁白的骏马拉着, 每匹马旁伴着一名卫兵牵引缰绳。坚盾公爵骑马在后方护卫, 跟随着坚盾公爵的是五十名列队步行的王室精英禁卫团成员。

民众群情激昂, 利用这最后的机会大声呼喊着"坎娜公主"。当马车驶来，无数民众向空中抛撒着花瓣。坎娜开心地向众人挥手，而众人则以更鼎沸的欢呼声回应她。

十时，坎娜回到王宫，立于王座厅大门前。大厅外沿路两侧站满了从全国各地赶来的子爵与男爵。大门旁，六位贵族小姐已恭候多时。她们分别是坚盾公爵长女玛蒂娜·瓦利恩特（Martina Valiant）、战锤公爵长女芙蕾雅·奥尔森（Freya Olsen）、长枪公爵次孙女费怡·波拿巴（Fay Bonaparte）、狮鹫山伯爵三女梅丽莎·唐泰斯（Melissa Dantes）、天鹅湖伯爵长女琳·欧文（Lynn Owen）、狼牙林伯爵次女泰贝莎·杜兰德（Tabitha Durand）。六位小姐为坎娜披上蓝白相间的华丽外袍，并跟在后方提着外袍后摆，随坎娜步入王座厅。坚盾公爵则一直随侍在旁。

王座厅两侧坐着另外两位公爵以及三十六位伯爵。见坎娜进入大厅，众人纷纷起立。当坎娜行至王座附近，转身面向众贵族，立于王座旁的美丽女神枢机主教安决斯高声说道："此乃坎娜·奥古斯都。梅蕾蝶斯王国毋庸置疑的女王。"随后将坎娜引至一旁的圣坛处。

坎娜伸出左手，置于圣坛上的《美神圣经》之上，向众人宣誓道："我深知作为梅蕾蝶斯王国女王所肩负的职责和重任。我将为这个美丽的王国寻求和平、繁荣以及其他一切美好。我庄严承诺，必不辜负王国所有子民的爱戴和忠诚，全身心地为你们服务，正如你们向我做出的同样承诺。愿美丽女神指引我。"

宣誓完毕，六位小姐帮坎娜将华丽外袍脱下，折叠收起。安决斯伸手搀扶坎娜端坐于王座之上。

安决斯踱步走到另一边的祭坛处，拿起王权宝剑，以圣言为其祝福，并交到早已等候在侧的长枪公爵手中。长枪公爵双手捧着宝

剑，走到坎娜面前，单膝跪下。坎娜接过王权宝剑，平放于双腿之上。长枪公爵起身退回座席。

接着，安决斯拿起王权宝球，以圣言为其祝福，并交给战锤公爵。战锤公爵捧着宝球跪在坎娜面前。坎娜接过宝球，置于左掌之上。战锤公爵退下。

随后，安决斯拿起王权宝杖，以圣言为其祝福，并交给坚盾公爵。坚盾公爵捧着宝杖跪在坎娜面前。坎娜接过宝杖，右手握着将其立在身旁。坚盾公爵退下。

最后，安决斯捧起祭坛最高处的王冠，步行到大厅最中央，并转身向坎娜缓缓走去。

梅蕾蝶斯王国的王冠共有两顶，并非人类所造，皆出自精灵之手，是建国时，精灵皇庭送来的众多礼物之二。不同于人类常用的圆形帽状王冠，此两顶皆为环状王冠。一项用于为国王加冕，名为"拂晓之冠"；一项用于为女王加冕，名为"薄暮之冠"。两顶王冠皆由白金打造，雕刻着精美绝伦的花纹，并镶嵌了大量剔透的精灵白晶。不同之处是，拂晓之冠拥有整圈凸起的冠叶，而薄暮之冠只有前半部分拥有冠叶。

安决斯正向坎娜走去，突然从天而降一道金光，挡在安决斯面前。美丽女神杰西卡从金光中迈步而出。坎娜瞧见，正欲起身施礼，美丽女神伸出左手示意坎娜不要动，随后又向安决斯伸出右手。安决斯会意，屈膝跪下，将薄暮之冠双手奉上。大厅内的贵族们也反应过来，纷纷向美丽女神施礼。

美丽女神双手捧着王冠，微笑着走到坎娜身前，将王冠高高举起，而后缓缓为坎娜戴上。接着，祂俯身吻了坎娜的额头，便消失不见了。

众贵族面朝坎娜单膝跪地,异口同声地喊道:"神佑女王(Gods save the queen)!"

礼毕。坎娜将宝剑、宝球、宝杖一一交给安决斯放回祭坛,起身向大厅外走去。

当坎娜走出王宫时,发现王宫外挤满了民众。坎娜开心地向大家挥手示意,民众也热烈地挥舞着双手,高声呼喊着"女王万岁"。声浪一波高过一波,久久不曾平息。

后日谈

芭芭拉

　　热闹的哥布林村迎来了三名骑着高头大马的客人。为首之人衣着华丽,身后跟着两名卫兵。三人将马停在路边,为首者向门卫打听道:"我是女王的传令官,芭芭拉村长在吗?"

　　哥布林门卫点点头,转身"咿咿呀呀"地喊村长去了。

　　芭芭拉得到消息后,飞奔至村门口,神情紧张。

　　传令官打开手中的卷轴,高声朗诵。

　　"奉梅蕾蝶斯王国女王坎娜·奥古斯都之命。

　　"鉴于哥布林村村长芭芭拉女士及全村哥布林于王国前美丽女神枢机主教叛乱期间,对王国拨乱反正做出的杰出贡献,特封芭芭拉村长为'高山男爵',世袭罔替。

　　"高山男爵之领地包括以哥布林村为中心的5.5平方千米的丘陵,以及以哥布林高山咖啡田为中心的10平方千米的山地。完毕。"

　　芭芭拉受宠若惊,跪下接过女王令,说道:"神佑女王。"

　　传令官将芭芭拉扶起,继续说道:"高山男爵,随女王令,还有一份有关阁下具体领地范围的地图，请一并查收。这里还有几件女王赠送的礼物，包括一面封地旗帜以及一枚爵位印章。"

芭芭拉仔细查看，发现旗帜和印章使用了同样的纹章，图案都是三个哥布林翻越高山的画面。一股暖流涌上心头，芭芭拉感动得热泪盈眶。

传令官继续说道："恭喜男爵大人！阁下是第一位在梅蕾蝶斯王国被封爵的哥布林。据我所知，这在整个人类世界也是第一例。"

芭芭拉激动得不能自已，抽泣道："祝女王身体健康，统治长久。"

之后，传令官及两位卫兵无法拒绝哥布林的盛情，留在村子里饱餐一顿，喝了个酩酊大醉，还被塞了一堆土特产带回去。

从此，哥布林村被正式命名为"高山村"。之后，高山村逐步扩建，又慢慢变成了高山城。人们因好奇而希望一睹战士王国哥布林男爵的尊容，给这里带来了诸多新客源，高山城逐渐成为著名旅游胜地。

多年后，被高山男爵垄断的高山咖啡风靡整个异沃世界，高山男爵一跃成为人类王国中最富有的贵族之一。当然，这都是后话了。

巴巴林·冒顿哈特

坎娜将巴巴林的骨灰及其遗物——记事本的羊皮封面、蓝色宝石一并寄往矮人王室，随包裹附信讲述了发现其遗骸的具体始末。

数月后，坎娜收到一封用蹩脚字体书写着人类通用语的简短回信：

谢谢。

——马加索·冒顿哈特

茱莉亚·简·玛丽·因达斯曲尔丝·福德·哈维斯特·赫尔西·嗨皮·哈里斯·莱特

　　抽出空闲，坎娜第一时间去了哥布林村，准备取回茱莉亚的骨灰，带去茱莉亚生活的村庄安葬。

　　可哥布林村的场景却让她不知所措。芭芭拉将"先知的圣灰"放置在村内丰收之神教堂的圣坛之上，许多闻讯从各地赶来的丰收之神信徒正匍匐在圣坛面前，虔诚地膜拜圣灰。以至于拿回骨灰这样的要求，坎娜根本无从出口。

　　坎娜知道茱莉亚是个孤儿，从小被村里教堂的牧师收留，吃村里的百家饭长大，这也是为何她有那么多中间名。于是，坎娜便去了一趟她们初识的那座丰收之神小教堂。年迈的牧师依然健在，得知茱莉亚骨灰的状况后表示，这是作为丰收之神信徒极高的荣誉，无需取回。自己日后也会携茱莉亚的几位修女好友一同前往哥布林村凭吊。

　　此事便告一段落。

安决斯·奥尔森

　　不灭之城美丽女神大教堂的修缮工作持续了很久。

　　这期间，安决斯时常去王国各地的美丽女神教堂巡视，会见诸位神职人员，并接见各地信众。在繁忙的神职工作中，安决斯发现了不少由弗朗西斯暗中培养的罪恶女神信徒，于是将他们都逐出了教会。

　　在安决斯及各地虔诚的神职人员的不懈努力下，王国美丽女神教派的工作恢复了正轨。而安决斯终于有空余时间研究王国政务，并时常为坎娜提供建议，分担其重任。

在坎娜加冕后，安决斯的摄政职位本应卸任，但此事并未得到坎娜的准许。

"在我因事外出时，你必须以摄政身份为我处理政务，维持王国的正常运转。"坎娜如是说。

好在安决斯似乎在管理方面拥有极高天赋，凡事都处理得井井有条。

爱德华·瓦利恩特

安决斯越来越忙，爱德华很难能有机会与他一起切磋战技。而他历来也不愿意与坎娜切磋，可能是由于责任感使然，他不喜对坎娜拔剑相向。

如今大多时候，爱德华的训练对象都是他的胞妹玛蒂娜·瓦利恩特。

玛蒂娜比爱德华年轻五岁，由于从小勤奋好学、乖巧懂事，远不像爱德华那般放纵不羁、吊儿郎当，所以一直深受家族长辈喜爱。另外，从十二岁起，玛蒂娜便获得了坚盾公爵爵位的第二继承顺位。除了爱德华，瓦利恩特家族同辈中已无人能在比武中赢过她。

玛蒂娜擅使鸢形盾（Heater Shield），对该类盾牌战斗的理解之深、技巧之高，令人惊叹，毫无疑问达到了大师级水准。加之她无可挑剔的品行，坚盾公爵对其期许极高。爱德华深知，家族中的大多数长辈都期望玛蒂娜能在未来的家族继承人比武大赛中战胜自己，获得坚盾公爵爵位第一继承人身份。

虽然此人严重威胁了自己在家族中的地位，但爱德华一直爱着这个妹妹，可能是因为从小到大她都喜欢黏着自己。幼儿时期，玛蒂娜就喜欢拿着爱德华为她制作的木盾、木剑，像甩不掉的尾巴一般跟着他到处乱跑。稍微长大些，每次爱德华随坎娜探险回城，玛蒂娜都很期待他给自己从各地带回的小礼物，并像一位真正的淑女一样，静坐在他身旁，微笑着听他讲述各种探险故事。

家中绝大多数长辈从爱德华小时候起便对他感到失望，只有祖母一人疼爱他。爱德华七岁那年，祖母离世，之后大多数时间里，他宁愿住在军营里也不愿回家。但如今，他在家居住的时间愈发增多，只因为家中有着让他异常期待的妹妹的笑颜。

"或许让她继承公爵爵位也不错呢。"

爱德华偶尔会这样想。但转念想到该爵位职责的危险性，又会不住摇头否定自己的想法。

坎娜·奥古斯都

也许是为了深入了解王国的地理状况，也许是为了和各地贵族拉近关系以及了解各地民生实情，抑或是常年待在王宫足不出户实属难受，继位后的大半年以来，坎娜时常会在坚盾公爵的陪同下，在王国内四处巡视。

刚离开王国西方威格山脉以北的霞光湖伯爵的领地，坎娜策马奔上了附近的小山丘。四周春意盎然，鸟语花香。坎娜翻身下马，将缰绳交给坚盾公爵，让其原地等候，自己则在附近随便走走。坚盾公爵表示荒郊野岭并不安全，直至坎娜承诺不会离开其视线范围，方才作罢。

往海拔高处行了百余米，不远处有个断崖，悬崖边立着一个身影，似乎在眺望山间美景。坎娜往悬崖靠近，对方似乎感知到有人接近，于是转身沿路返回。两人逐渐靠近，坎娜估摸着对方的身高应有2米。那人全身笼罩在一袭黑红相间的斗篷之中，看不清脸。

"从体态和步伐上看，像是一位女性。"

坎娜如此判断。

在此人和坎娜擦肩而过的瞬间，坎娜眼前明媚的阳光似乎被遮天蔽日的暗红云层阻隔，四周弥漫的花香被刺鼻的血腥味掩盖，周围的青山绿水似乎全部不见，取而代之的是尸横遍野、血流成河的悲惨场景。血肉模糊的鸟儿在空中翱翔，皮开肉绽的野兽在啃咬人类的尸体。天空突然下起滂沱血雨，坎娜从外到内被浇灌得透心凉。

一滴冷汗从面颊滑落，坎娜的右手已握住阿什莉的剑柄，猛然回头，却不见那人的身影。那血雨腥风的景象如梦似幻般消失不见，周围依然和风送暖、生机勃勃。树叶沙沙声、溪水潺潺声不绝于耳，天空中莺飞燕舞印证着岁月静好。

坎娜沿路寻找，依然未再见得那人。向坚盾公爵打听，他亦表示未见到可疑身影。

"陛下，您的手是怎么回事，是身体不舒服吗？"坚盾公爵疑惑地问道。

此时，坎娜才发现自己的左手依然死死紧握剑鞘，不住颤抖。

坎娜自嘲地笑了笑，摇摇头，甩了甩胳膊，说道："没事。"而后翻身上马，扬鞭而去。坚盾公爵策马紧随其后。

此番回城，坎娜得知了几个消息。俄邦登兰德城邦联合军溃败，贸易之国俄邦登兰联邦国覆灭，亡灵大军几乎弥漫全境。仅联邦北部少量地区被骑士王国部队守住，并划归骑士王国领土。原俄邦登兰德联邦国的众多难民涌入西方的骑士王国厚丽布鲁兰斯兰德以及南方的法师之国欧密森西第二共和国。

"大军出征的军备、物资等已准备了半年有余，是时候联络他国，一劳永逸地解决此番不死生物的问题了。"

带着如此思绪，坎娜独自向王宫深处走去。

终